限界国家

楡 周平
Shuhei Nire

双葉社

限界国家

装幀　bookwall

プロローグ

ロサンゼルス・コンサルティング・グループ、通称LAC（ラック）は、その社名が示すとおり、アメリカのロサンゼルスで創業された世界最大級のコンサルティング会社だ。

業務内容は経営分析、戦略の立案、マーケティング、M&A等々と多岐にわたり、世界四十カ国に支社を置く。

丸の内の高層オフィスビルにある日本支社の社長室に、前嶋栄作《まえしまえいさく》が現れたのは二〇二X年、仕事始めの翌日のことだった。

「新年、おめでとうございます。本日は会長自らお訪ねいただき、恐縮でございます」

日本支社の社長を務める下条貴子《しもじょうたかこ》は、ドア口に立つ前嶋に歩み寄ると深く上体を折り、右手を差し伸べた。

前嶋は東洋総合研究所、通称東洋総研の初代社長で、現在は会長職にある。設立時は旧財閥系企業が供出した資金が元であったが、前嶋の卓越した経営手腕もあって、今では高い独立性を持ち、東洋諸国の政治経済に関する研究、分析に特化、質の高いレポートを提供することで定評のあるシンクタンクだ。

もっとも「高い独立性」というのには、二つの意味がある。

一つは、時の政権やクライアントに忖度《そんたく》することなく、独自の視点で研究、分析が行われること。もう一つは、トップに君臨する前嶋の意向が、成果物に色濃く反映されていることだ。日本の独立性を重視し、短期的視点に立った政策や企業戦略には一貫して批判的で、特に中国に対しては、共産党の一党独裁政治を根本から否定。彼の国の市場への依存度を高める日本企業の姿勢に、早くから警鐘を鳴らし続けてきたことにある。

前嶋が「国士」、「憂国の士」と称される一方で、「右翼」「国粋主義者」と言われるのはその表れなのだが、それも政界、財界に大きな影響力を持つ、日本のフィクサー的存在であるからだ。

前嶋は下条と握手を交わしながら、

「新年早々、お忙しいだろうに、時間を割いていただいて、申し訳ありませんでしたね」

張りのある声で礼を述べる。

今年七十五歳になると記憶しているが、オールバックに整えた頭髪は、見事なまでの銀髪だ。しかし、毛量は豊かだし肌にも艶がある。大きな鼻に太い眉、ぎょろりとした目で下条を見る前嶋の姿に、老いの兆しは微塵《みじん》も見えない。

「意外に思われるかもしれませんが、実は年末年始は一年の内で最もスケジュールに余裕がある時期でして……」

下条はくすりと笑った。「アメリカ本社はクリスマスから年末休暇に入りますし、日本に駐在する外国人は、週明けが仕事始めなのです。クライアントさんも新年には社内の恒例行事や、挨拶回りに追われて通常業務が始まるまでには少し間がありましてね」

「ほう、それは意外ですね」

「ですから、時間のことはお気になさらずに……。会長とお話しできる機会は滅多《めった》にございませんので、勉強させていただきたいと思いまして、この日を選ばせていただいたのです」

前嶋から面会の申し出を受けたのは、昨年の十二月も半ばに差し掛かった頃のことだった。

なにしろ前嶋は政界の重鎮とも親交があり、外交方針や政策にも大きな影響力を持つとされ、日本のフィクサーの一人と目される人物である。「その前嶋が何用で?」と意外に思う一方で、彼の人物像に以前から関心を抱いていたこともあって、ならば、時間に余裕がある時にと思い立ち、面談をこの日に設けたのだった。

「いろいろとご配慮いただいたようで、恐縮です」

意外にも前嶋は、丁重に礼を述べると、「今日は、御社に仕事を依頼したくて伺ったのです」

早々に本題を切り出した。

東洋総研の業務内容は、LACと重複する部分が少なくない。

自社でもできるだろうに、なぜ……。

怪訝《けげん》に思いながら、下条は問うた。

「仕事とおっしゃいますと、どのような?」

「実は六月いっぱいで、会長職を退こうと考えておりましてね」

「えっ?」

まさに寝耳に水というやつだ。

しかも進退に関わることとなると、どう反応していいのか分からず、下条は短く声を上げた。

「私も、七十五歳になりましたのでねえ。生涯現役を貫こうとする方もおられるが、技術、社会、国際情勢、全てのことがすさまじい速さで変化している時代ですのでね。いつまでも、年寄りがトップにいたのでは、ろくなことにならない。遅きに失した感は否めませんが、この辺が潮時かと思うに至ったわけです」

「おっしゃるように、世の中の変化には加速度がつくばかりですが、経験や知見というものは一朝一夕には身に付くものではありません。前嶋さんのご指導を仰ぎたいと切望なさる政界人、財界人は、まだまだたくさんいらっしゃると思いますが？」

「その経験や知見というやつが、役に立たない時代になっているんじゃないですかね」

前嶋はしみじみとした口調で言う。「今現在最も勢いがあり、将来にわたって有望な産業はIT関連でしょう。それも大小問わず、いずれの企業の経営者はベンチャーばかり。翻って日本の財界は、今に至ってもなお、重厚長大産業が全盛期の時代に地位を確立した企業の経営者が牛耳っているんです」

異論はないが、話はとば口についたばかりだ。

下条は黙って先を聞くことにした。

「ここ数年、財界の会合に出る度に、複雑な思い……、というか、ぞっとするんですよ」

果たして前嶋は続ける。

「広い会場を埋め尽くすのは高齢者、それもオールドモデルと化しつつある産業の重鎮ばかり。

こんな人間たちが財界の重鎮と称され、日本経済の舵《かじ》取り役を担っているのかと思うと、暗澹《あんたん》たる気持ちになるんですよ。政治の世界もまた同じでね。総理総裁、大臣、政府の要職を占めるのはほとんどが高齢者だ」

「企業も政治の世界も、要職者に求められるのはキャリアと実績です。双方ともに、年齢が高くなるのは致し方のないことかと……」

「致し方がない？」

前嶋は目を細め、鋭い眼差しを下条に向けてきた。「財界、政界に共通しているのは、思考が昭和の時代で止まっていることですよ。自分たちが身に付けた経験やノウハウなんて、とっくに通用しない時代になっているってことが理解できない、というかあえて目を逸《そ》らしている。そんな人間たちが政治、経済の中枢の座にしがみついているんだから、日本が衰退するのも当たり前の話ですよ」

「会長のおっしゃることは理解できますが、議員を選ぶのは有権者、国民です。経営者を選出するのは役員会、承認するのは株主です。いずれも法に基づき、手続きを踏んで選出されるのですから、こればかりはどうすることもできませんよ」

前嶋の言わんとすることはもっともだと思う。いや、バブル崩壊以降の日本経済が低迷してきた最大の要因のひとつを言い当てているといってもいいだろう。

しかし、地位には権力が伴う。そして権力を握った者は、とことん地位にしがみつこうとする。それが人間の性《さが》というものである以上、国にせよ企業にせよ、制度や体制を劇的に変えるのは不可能だ。

「もっともだとおっしゃるからには、下条さんも、国や企業が高齢者に支配されている現状に問題意識を抱いておられるわけですね」

「それは、まあ……」

前嶋が来訪した目的がますます分からなくなって、下条は曖昧に返した。

「たった今、下条さんは国会議員を選ぶのは国民、企業のトップを選ぶのは役員会。承認するのは株主だとおっしゃった」

「ええ……」

「じゃあ、なぜそんな連中を国民が選び続け、株主が承認し続けるのでしょう」

「そうですね……」

下条は短い時間の中で思案し、答えを返した。「政治家と経営者の場合は、状況が異なりますので、分けてお答えいたします。まず政治ですが、日本人は変化よりも安定を好む傾向があると思うのです。つまり、今日の暮らしが明日も続く、いえ、長期的に続くことを望んでいる。だから、候補者個人に対する信頼や政策に対する期待というよりも政党で選ぶ。そして、政治は数。全ての政策が多数決で決まるわけですから、政権交代でも起きない限り、何も変わらないということになるのではないでしょうか」

「なるほど」

頷《うなず》く前嶋に向かって、下条は続けた。

「企業の場合は、社長候補は役員会で決まりますが、それはあくまでも建前で、現職が後継候補を指名するケースがほとんどです。ですから、現職の覚えがめでたい人間が、後継者候補に指名されがちです。もちろん株主総会での承認を得なければなりませんが、株主が経営者に求めるのは結果。それも短期的な業績にしか関心がありませんから、きちんと配当を出し、株価を上げてくれさえすれば、経営者の資質の有無は、ほとんど問題にしない——」

「要は、企業の将来がどうなろうと、株主は知ったことではないというわけだ」

途中で言葉を遮った前嶋に、

「はっきり言えば、そういうことになりますね」

下条は、苦笑を浮かべながら頷いた。

「政治の場合も、有権者は改革よりも安定を望む。だから、高齢者支配は変わらないのだと、いうわけですね」

「有権者の意識が変わらない限りは、そういうことになるでしょうね」

前嶋はうんうんと頷くと、

「それは、この国の国民が二十年、三十年先の日本が、自分たちの子供や孫がどんな社会で生きることになるのか、考えたことがないからだろうね」

憂いを帯びた眼差《まなざ》しを宙に向け、重い息を漏らした。

「えっ……」

「企業で働く人間たちも同じだよ。二十年、三十年先の市場、社会、ましてその頃会社がどうなるかなんて、考えもしないんだろうな」

下条は前嶋が、なぜ今日ここを訪ねてきたのか、その目的が、ますます分からなくなった。

「そうですね……考えもしないでしょうし、考える必要もないと思っているでしょうね。第一、二十年、三十年先のことなんて、誰にも分かりませんし……」

下条は、曖昧な言葉で答えたのだったが、

「分からない？」

意外にも前嶋は疑念を呈し、目を見開き睨《にら》みつけてきた。

「技術の進歩は日進月歩。しかも加速度がつくばかりです。それに伴って、社会もすさまじい勢いで変化している時代に、二十年、三十年先のことを予測しても、あまり意味がないことのように思うのですが？」

「なるほど、コンサルタント業が繁盛するわけだ」

口の端を歪《ゆが》ませ、嘲笑する前嶋の言葉には、明らかに皮肉がこもっている。「クライアントがコンサルタントに求めるのは、多くの場合、目の前の問題に対する解決策や、業績の向上を図るための戦略の立案だからね。それも短期のうちに効果が出るプランを望むんだ。せいぜい二、三年先の時代に合わせた提案をすりゃあいいんだもの、すぐに次の仕事が舞い込んでくるよね」

これには、さすがに下条もカチンときて、即座に反論に出た。

「それは、御社も同じではありませんか？　私どもとは少々内容は異なりますが、御社だって東洋地域の社会情勢や市場分析を行って――」

「下条さん」

前嶋は、低い声で下条の言葉を遮ると、続けた。

「二十年、三十年先のことを予測しても意味がないとおっしゃるが、本当にそうなんだろうか」

「一つの新技術の出現で、世の中が激変してしまっても不思議じゃないんですよ。そんな先のことは、とてもとても……」

「私はそうは思わないね。それは、携帯電話の歴史を見れば明らかというものではないかな？」

「携帯電話……ですか？」

「日本で携帯電話が普及し始めたのは九〇年代の半ば頃。使用可能なエリアは限られていたし、地下はもちろん、室内だって電波が届かないところがザラにあって、便利なのか不便なのか分からない代物だった。通話料も高額だったし、いずれ全国津々浦々、よほどの僻地《へきち》でもなければ日本全国、いや世界のどこからでも、どこにいても通話可能になると言われても、いつになったらそんな時代が来るんだとあざ笑う人間が大半だったんだ」

　今年五十一歳になる下条の脳裏に、遠い記憶が蘇った。

　携帯電話が普及し始めたのは、大学を卒業してから二年ほど経った頃のことだったが、確かに世間の反応はそんなものだったかもしれない。

　全国を通話可能にするためには、膨大な数の中継局が必要になる。当然、莫大《ばくだい》な先行投資が必要なわけで、利益が上がるようになるまで、携帯事業会社がコスト負担に耐えられるのか。まさに卵が先か、鶏が先かの議論が交わされたものだった。

　黙って頷いた下条に、前嶋は続ける。

「ところがだ。誰しもが持っていて当たり前の生活必需品となってしまうと、過去にどんな議論があったかなんて、過去の経緯を振り返る人間はまずいない。大半は、そんな時代があったな、の一言で終わらせてしまうんだ。だがね、考えてみたまえ。ガラケーがスマホに変わり、インターネットに接続されるようになるまで、それこそあっという間だ。つまり、携帯電話が普及し始めた頃には、すでにそんな時代の到来をいち早く見抜き、着々と技術開発に取り組んでいた人間がいたんだよ」

「なるほど……。日本でスマホが爆発的に普及したのは、ｉＰｈｏｎｅが発売された二〇〇八年のことですから、携帯電話が普及し始めてから僅か十年に満たないうちに、今のネット社会の基盤が出来上がったことになりますね」

「定年が延びたとはいえ、ビジネスパーソンが現役でいられる期間は半世紀にも満たない。携帯電話がスマホになって、いったいどれだけの製品が消滅したか考えてみたまえ。カメラ、録音機、録音媒体、ポータブルプレーヤー、他にも沢山あるが、かつてこれらは家電メーカーの一事業部として多くの従業員が研究開発、マーケティング、製造に従事していたんだよ。それが、スマホの出現で事業部がまるまる消滅してしまったんだ」

　確かに前嶋の言には一理ある。

　サラリーマンの大半は六十五歳で定年を迎える。大卒で入社すれば、ライフサイクルは四十三年。前嶋が挙げた製品をスマホが駆逐してしまうまでの時間を考えれば、今現在現役世代が従事している仕事が、画期的な製品の出現によって消滅してしまう可能性は高いと言えるかもしれない。

「そんな時代がいつ来るんだ。十年先か、二十年先かと言うかもしれませんがね。下条さん、来るものは来るんですよ。そして悲劇は、来ると分かっていても、あえて不都合な現実から目を逸らそうとする。未来の姿が想像できない、いや想像しようともしない、企業の経営者、政治家、官僚によって引き起こされると私は考えているんです」

そう聞けば、前嶋が依頼しようとしている仕事の内容に想像がつく。

「すると前嶋さんは、私共に二十年後、三十年後の社会や市場がどう変化するかを考察せよと？」

「それもありますが、もっと大きな視点で考察を行っていただきたいのです」

「大きな視点とおっしゃいますと？」

「その時、この国……、日本という国に何が起こるのか、どんな姿になるのかを……です」

前嶋は断固とした口調でいい、話を続けた。

「今、日本が直面している問題は数多くありますが、中でも少子化が招く人口減少は、国家の存亡に関わる重大事案です。二十年後の生産人口がどれほどになるかは、人口動態統計をみれば明らかなのに、政治家も企業経営者も、そして国民の大半も、不都合な真実から目を逸らし、根本的な解決策を講じようとする気配すらない。ならば、かかる問題を放置すれば、この国の未来はどうなるのか。それを突きつけ、覚悟を決めさせるしかないと思うのです」

そこで、前嶋は姿勢を正すと、

「もちろん、私がその時の日本の姿を目の当たりにすることはないでしょう。ですが、私はこの国の将来を心から案じているのです。御社の考察を公表し、これから先の日本を担っていく世代がどう考えるのか、自分たちが何をすべきか、真剣に考えてくれるようになってほしいのです。老い先短い老人の願いを、ぜひ受けていただきたい」

下条に向かって頭を下げた。

第一章

1

津山百合《つやまゆり》は、ＬＡＣに入社して十五年。新規事業への参入を計画している企業の市場分析や戦略立案、行政機関からの依頼を受けた事案を数多く担当し、現在はシニア・パートナーの職にある。

都内にある私立大学のトップスクールを卒業後、総合商社に入社。四年勤務したところで、アメリカの経営大学院（ビジネススクール）で経営学修士（ＭＢＡ）を修得すると同時にＬＡＣに入社。それが津山の経歴だ。

「二十年、三十年後の日本の姿……ですか？　正直、テーマが漠然としていてピンときませんし、そもそも、そんな先のことを予測することに意味があるんでしょうか。だって、五年先のことでさえ、何が起こるか見当がつかないのに、二十年先なんて、それこそ当たるも八卦《はっけ》、当たらぬも八卦、易や占いの世界じゃありませんか」

下条が依頼内容のテーマを告げた途端、津山は困惑した表情を浮かべ、思った通りの反応を示してきた。

「クライアントさんがおっしゃるには、数ある予測の中でも、人口動態統計は極めて正確。それをベースに考察すれば、この先、日本がどんな問題に直面するか。解決するためには、どんな策を講じる必要があるかが分かるはずだ。その結果、二十年、三十年後の日本の姿が見えてくるだろうと……」

正直なところ、下条も前嶋の依頼に面食らったことは事実だ。しかし、前嶋に「人口動態統計」といわれて、なるほど、それをベースに考察すれば可能かもしれないと考えを改めた。というのも、とある雑誌のインタビュー記事で、アメリカ人の高名な投資家が、「無人島で一人で暮らさなければならなくなったとき、一冊だけ本を持っていくとしたら何を選ぶか」と問われ、人口動態統計とこたえていたのを思い出したからだ。

数ある予測の中で、人口動態統計の精度が極めて高いのは当然のことである。

新生児の数は統計年度ごとに完全に把握されており、特に積極的に移民を受け入れていない日本では、今後の年齢別人口と見ることができるからだ。もっとも日本人の平均寿命は男性が約八十二歳、女性が約八十八歳。もちろん、平均寿命を迎える前に亡くなる人もいるのだが、統計的に一年間に亡くなる人口、いわゆる超過死亡率は一定の範囲に収まるとされている。

翌年からの新生児の人口については全くの予測になるのだが、こちらもひと組の夫婦が生涯のうちに設ける子供の数、合計特殊出生率を用いて算出すれば当たらずとも遠からず。誤差の範囲に収まるはずである。

「なるほど、人口動態統計ですか……」

さすがに、説明せずともピンとくるものがあったらしく、津山は片眉をピクリと吊り上げた。

「クライアントにいわれて、私も人口動態統計を調べてみたんだけど、二〇四〇年から五〇年の間に、日本の人口は一億人を割り込んで、九七〇〇万人台に、さらにその十年後、六〇年には八六〇〇万人台になるとされているのね」

その数字が意味するところは明らかだ。

果たして津山は言う。

「つまり、内需依存の経済が成り立つ時代は、二〇四〇年代で終わりを告げるってことですね。二十年先どころか、すぐ先のことじゃないですか」

「そう、目前に迫っているわけ」

下条は頷くと続けた。

「内需依存の経済が成り立つためには、一億人の人口が必要なのに、今現在でも日本のGDPの七割は内需に依存しているわけよ。クライアントが憂いているのはそこなの。今の日本企業の経営者、政治家、官僚に、その時の備えができているのか。策はあるのかと……」

津山は、思案するかのように視線を逸らすと、短い沈黙の後、断言した。

「誰も真剣には考えてはいないでしょうね」

「でしょうね。私だってクライアントに指摘されるまで、そんなこと考えてもみなかったし……」

「超高齢化時代に突入したと言われて随分経ちますけど、この問題は年を経るごとに深刻化していくんですからね。少子化も改善の兆しがないどころか、進む一方。このままでは、日本経済が苦境に陥るのは避けられませんし、それすなわち、国力の衰退を意味するわけですから。確かにこれは深刻な問題ですね」

津山も事の重大性に気がついたらしく、沈鬱な表情を浮かべ、声を落とす。

「これもクライアントが言っていたことなんだけど、危機が目前に迫っているのに、なんら策を講じない。見て見ぬ振りをしているのは、企業経営者、政界の重鎮、官僚の重要ポストを占める人間の大半が高齢者だからだと……」

津山も思い当たる節があるようで、尖《とが》った顎をクイッと突き出すと、

「分かります、それ……」

即座に肯定する。「私もLACに入社して以来、多くの案件に携わってきましたけど、二十年どころか、十年先を見据えた事案なんて皆無ですからね。民間企業のビジネスパーソンは、一定期間内に成果を挙げなければ、評価にバッテンがつき、昇進はそこで終わってしまいますし、それは経営者もまた同じ。会社の業績は株主から常に増収増益を求められているわけですから、当期、来期をどうやって乗り切るか。先のことなんか、考える余裕もないし、そもそも、自分がいるかいないかの時のことを考えても仕方ありませんからね」

「そう、そんな先のことなんか、知ったこっちゃないと思っていても不思議じゃないかもね」

「かもねじゃなくて、そう考えていますよ」

「政治家だって、それは同じよ。議員で居続けるのに必死なんだもの。有権者の大半が危機意識を持たないでいる問題に取り組んだところで、票にはならないからね。有権者に分かりやすく、かつメリットがあると簡単に理解される政策を公約に掲げるに限るんだもの。そりゃあ、こんな

難題に取り組む気にはならないわよね」

「知ったこっちゃないってのは、こちらも同じでしょうしね……」

今度は津山が、下条の言葉を繰り返す。

その声の中に、怒りがこもっているように感じられたのは気のせいではあるまい。

「分かりました」

果たして津山は言う。「私も、今の今まで、二十年、三十年後の日本なんて深く考えたことはありませんでしたけど、確かにこれは国の将来を考える上で、大変意義のあるテーマだと思います。ぜひやらせてください」

「津山さんは、今年四十三歳になるんだったわね」

「ええ……」

「となると、日本の人口が一億を割る時は、あなたが現役のうちにやってくることになるわけだ」

「内需が細れば企業は海外に市場を求めるしかありませんが、その時を見据えた戦略の立案に着手している企業はまずないでしょうからね。その時に備えてどんな分野に活路を求めるべきか、今のうちから分析を行い、随時内容をリバイズドしていけば、うちのビジネスにとってもプラスになりますし、政策にも大きな影響を与えることになるでしょう。面白い仕事になりそうですね」

津山はすっかり乗り気になった様子でこたえると、「ところで、この案件はどこからの依頼なんです？　差し支えなければ教えていただけませんか？」

続けて問うてきた。

「依頼主は、東洋総研の前嶋会長……」

「東洋総研の前嶋会長？」

津山は下条の答えを繰り返しながら、目を見開いた。

言いたいことは分かっている。

「前嶋さんは、この日本という国の将来を本当に案じていらっしゃるの。人口減少に伴う内需の縮小は、とどのつまり少子化問題であるわけ。この問題は随分前から議論されているけど、国民の大半はまるで危機意識を持っていないでしょう？　それに、子供を持つかどうかなんて個人の自由なんだし、ライフスタイル、所得、住環境と様々な要因があってのことだから、そう簡単に改善されるわけがない。ならば、人口を維持する、あるいは増やすために移民を迎え入れるのか。もしそれしかないのなら、その時、日本の社会はどう変わるのか。日本社会の将来像を明確にして、国民の覚悟を促したいと考えていらっしゃるの」

「確かに人口維持、あるいは増やそうと思うなら、移民は最も効果的、かつ即効性のある策には違いありませんからね……」

「もちろん、言語、文化、生活習慣が異なる移民を大量に迎え入れれば、様々な問題が発生するでしょう。最初はマイノリティでも、ネイティブ・ジャパニーズの人口が減少し続ければ、移民がマジョリティになってしまう可能性だってあるわけだからね」

津山は、その時の社会を想像しているのか、視線を伏せたまま言葉を発しないでいる。

そこで下条は問うた。

「津山さんもアメリカで暮らしたことがあるから、移民がマジョリティになれば、どんな社会になるか想像できるでしょう？　アメリカの公用語は一応英語ってことになっているけど、スペイン語を母国語とする人口は増加するばかりで、英語を話せない人たちは当たり前にいるからね」

「現時点では、スペイン語をネイティブとする人口は七人に一人ですけど、二〇五〇年には三人に一人になるという推計もありますからね。英語と似た言語でさえそうなんですから、〝悪魔の言語〟と称されるほど難解な日本語となればなおさらですよ。少なくとも、移民一世が日本語を使うようになるのは、ちょっと考えづらいですよね」

「ならばその時、ネイティブ・ジャパニーズはどうするのか。伝統、文化、風習はどう変わっていくのか。産業構造の変化のみならず、日常生活に至るまで、日本がどう変わっていくのかを考察してほしいの」

「分かりました……」

　頷く津山に向かって、下条は言った。

「分析に当たっては、識者へのインタビューや、その他諸々《もろもろ》、外部の人間の力を借りなければならないでしょうけど、社内の人材を使うのもいいかもしれないわよ」

「社内の人材といいますと？」

「うちには、ヤメキャリがたくさんいるでしょう？」

　下条はニヤリと笑ってみせた。

　ヤメキャリとは、ＬＡＣに転職してきた霞が関の元キャリア官僚のことで、社内でのみ通用する隠語である。

国家公務員上級職試験を突破し、キャリアとして採用されたにもかかわらず、若くして霞が関を去る官僚は後を絶たない。理由はそれこそ様々なのだが、退職に際してはコンサルタント業界に転ずる者も少なくない。

元々、優れた頭脳を持つ上に、国家運営を担う中央官庁で、幹部候補生として働いてきたのだ。国家組織に通じていれば、過去、現在にわたって各省庁が打ち出してきた政策についても熟知している彼らは、ＬＡＣとっても即戦力となりうる人材なのだ。

「なるほど、彼らに聞けば、少子化問題を国や各省庁がどれほど深刻に捉えてきたのか、日本の将来像をどう見ているのかが分かるというわけですね」

下条は、口元に笑みを浮かべ頷くと、

「早々に取りかかってちょうだい。前嶋会長は、今年の六月いっぱいで退任なさるそうなの」

「期限は半年ですか……」

「どう？　やれる？」

「やらなければ、ならないんでしょう？」

片眉を吊り上げながら、艶然と微笑《ほほえ》む津山の瞳には、自信の色が浮かんでいる。

その姿に満足しながら、下条は言った。

「楽しみにしているわ。もっとも、愉快な内容になる気はしないけど……」

2

神部恒昭《かんべつねあき》は、ＬＡＣに新卒で入社して、今年三年目を迎える若手社員だ。

四年とはいえ、民間企業でビジネスの現場を経験した津山からすると、新卒時の就職先にコンサルタント会社を志望する、神部のような若者の心情が理解できない。

クライアントの依頼内容は様々とはいえ、企業戦略や業績改善策を提示しなければならないことも多々ある。高学歴には違いないが、ビジネスの現場経験がない人間が、まともなアドバイスができるはずがない。なのに、新卒者の中には、いきなり経営指導や問題解決策を立案する仕事に携われると思い込んでいる者も少なくないのだ。

もちろん、コンサルタントと称するには未熟に過ぎる神部のような人間でも使い道はある。受験競争の勝者だけに書類仕事はお手のものだし、数字には滅法強い。膨大なデータを正確に処理する能力に長けていれば、資料を集め、分析する根気もある。最終的に津山がレポートを仕上げるに当たって、最も時間と労力を必要とする力仕事を任せるにはうってつけなのだ。

「二十年、三十年後の日本の姿ですか？」

津山が新たな任務のテーマを話した途端、説明も聞かぬうちに神部は怪訝な表情を浮かべる。

「そう、二十年、三十年後の日本の姿。その時この国がどんな社会になるのか。その間に国民は、企業はどんな備えが必要になるのかを考察するの」

「そんな先のこと、分かるわけないじゃないですか」

神部は嘲笑を浮かべると、「今現在絶好調な企業や産業にしたって、新技術が現れた途端、あっという間に廃れてしまう時代なんですよ。自動車業界なんて、その典型じゃないですか。今や市場の流れは完全にＥＶ（電気自動車）に向いて、新興企業、電器メーカーまで参入して、群雄割拠の様相を呈しているんです。完全自動運転技術が確立されるのは、そう先のことじゃありませんし、スマホだって半導体の性能や通信技術がどこまで進化するか分かったもんじゃありませんからね。そんなのＳＦ小説を書けって言ってるようなもんですよ」

神部には欠点が幾つもあるが、訳知り顔で反論するのはその一つだ。

津山は内心で舌打ちをしながら、ピシャリと返した。

「あのね、前から何度も言ってるけど、あなたはサラリーマンなの。サラリーマンは上司と仕事は選べないの」

「それは重々承知してますけど、それにしたって分かんないものは分かりませんよ」

「ご不満なようだけど、結構大事なテーマだと私は思うけど？」

津山は意識して柔らかな声で言い、続けて問うた。

「神部君は大学に現役で合格したんだったよね」

「もちろんです」

「ってことは、入社三年目だから今年二十五歳になるわけだ」

「そうですけど」

だから何だとばかりに、神部は答える。

「二十年後は四十五。その頃の日本がどうなっているか、興味を覚えない？」

「興味以前の問題じゃないですかね。だって、予測したところで、自分の力で何が変えられるってわけじゃなし、なるようにしかならないのが国、社会ってもんじゃないですか」

「じゃあ、将来に何の備えも、覚悟もしなくていいと思っているわけだ」

「それが、分かんないんですよ。備えとか、覚悟とか、したところで何か意味あるんですか？ そんなの、人間はいつか死ぬ。今のうちから覚悟を決めて、その時に備えろっていうのと同じじゃないすか」

「死ねば、終わりだけどさ、二〇四〇年から五〇年、あなたが働き盛りの真っ最中に、日本の人口は一億人を割り込んで、九七〇〇万人台に、さらにその後の十年、六〇年には八六〇〇万人台になるとされているのは知ってるのかな？」

「正確な数字は把握してませんけど、長いこと少子化が続いてますからね。そりゃ、そうなるでしょうね」

「こんなこと聞くと、ハラスメントになるかもしれないけど、神部君、結婚するつもりはあるの？」

「まあ、そりゃあ縁の問題ですから何とも言えませんけど、いずれするんじゃないですかね」

「結婚すれば、子供が生まれるかもしれないわよね」

「相手の意向もありますけど、結婚すればその可能性もなきにしもあらずでしょうね」

「仮に、三十歳で子供が生まれたとしたら、二十年後には十五歳。中学三年になるわけだけど、子供がどんな世の中を生きることになるか興味を覚えない？」

　神部は、それでもピンとこない様子で、首を傾げて黙り込む。

津山は続けた。

「確か神部君は、中高一貫の受験校出身だったと思うけど、我が子にも同じ道を歩ませるつもりなのかな？」

出来の悪い子供に答えを誘導するようで何とももどかしいが、理詰めで納得させれば、神部はよく働く。

津山は根気強く質問を重ねた。

「学歴は高いに越したことはありませんから、そりゃあそうなるでしょうね。なんといっても、母校は東京、いや、日本のトップスクールですから」

自慢げに胸を反らす神部に向かって、

「でもね神部君、その頃の日本って、内需に依存してたんじゃ経済が回らない状況に陥っているの。つまり、今まで以上に海外に出ていかないと生きていけない国になっているのよ」

「えっ？」

どうやら、その辺の知識は持ち合わせてはいないらしい。

そこで、津山は言った。

「内需に依存して経済を回そうとするなら、一億人の人口が必要なの。でも、その頃には、日本の人口は八千万人になっているのね」

「だったら、移民を受け入れればいいじゃないですか。肝心の日本人が子供を産まないんですもん、そうするしかないじゃないですか」

「そうね、不足する人口は移民で補うしかないんだけど、じゃあ日本にやってきた移民はどんな仕事に就くことになるのかしら」

　再び黙った神部に向かって、津山は続けた。

「さっき、神部君は自動車産業を例に出したけど、基幹産業だってかつての優位性は失われつつあるのよ。産業構造も大きく変わるだろうし、新たな基幹産業が生まれたとしても、仕事の内容、労働従事者に要求される能力は違ってくると思うのね。それでも日本の場合、国民の高齢化は今後も続くわけだから、介護職従事者の需要はなくならないけど、最初から日本語を理解している移民はまずいない。介護される日本人だって、英語すら満足に使える人間はほとんどいないでしょ？　つまり職はあっても、就くに就けないってことになるんじゃないの？」

「確かに、その通りかも……」

　神部もようやく事態の深刻さに気づいたらしく、神妙な表情を浮かべる。「ＩＴ企業なんかでは、随分前から多くの外国人が社員として働いていますけど、内需で経済を回すためには二千万人必要になるわけですからね。数が揃えばいいってもんじゃありませんし、そんなの無理ですよ」

「となったら、高齢者の介護は誰がやるの？　言葉が通じる日本人？　じゃあ、その人たちへの報酬は誰が負担するの？　個人の問題だからといってしまうのは簡単だけど、日本人の所得はずっと低迷したまま。蓄財に余裕のある人はそう多くはない。かといって、切り捨てるわけにもいかないなら、結局公金で支援するしかないっていうことになるんじゃないの？」

「それも、新たに国の基幹産業が生まれ、税収が劇的に増えない限り、財源という大問題に直面することになりますね……」

「そんな財源、どこにある？」

津山は鼻を鳴らした。「仮に財源の問題が解決できたとしても、施設にせよ、在宅にせよ、やっぱり介護する人が必要になるわよね。言葉を解さない移民じゃ無理なら、世話をするのは日本人ってことになるわけだけど、肝心の現役世代の日本人の人口が減っていくのよ？　世話する人なんかいないじゃない」

「確かに……」

神部は顔を強《こわ》ばらせ、虚《うつ》ろな目をして頷いた。

そこで、津山は止《とど》めの言葉を吐いた。

「それ、あなたが直面する問題なのよ」

「えっ？」

ぎょっとして、顔を上げた神部に津山は言った。

「当たり前じゃない。神部君は二十五歳。五十年後には七十五歳。その頃ネイティブ・ジャパニーズの人口が、仮に今の半分になっていたとしたら、そうなるじゃない」

神部はふうっと息を吐き、腕組みをして考え込む。

津山は続けた。

「そんな社会の到来を防ぐためには、合計特殊出生率を劇的に上げるしかないんだけど、ひと組の夫婦が二・〇七人子供を産んで、やっと今の人口が維持できるの。それが現時点で一・二台。つまり、一人がやっとなのに、二人だなんて不可能に決まってるじゃない。だから、経済を維持しようと思えば、選択肢はただひとつ。移民を受け入れるしかないわけ」

「となると、移民の雇用基盤。それも日本語ができなくとも、職につける環境を整備するのは必須ということになりますね」

「雇用基盤という点では、新たに国の柱となる産業の創出も必須よね」

「そういうことか……」

どうやら、この仕事の重要性を認識したらしく、「これ、どういった手順で進めたらよろしいでしょうか」

神部は津山に視線を向け指示を仰いできた。

「まずは、人口動態統計、それも都道府県別のデータを集め、その上でここにリストアップした人たちへ、インタビューをしようと考えているの」

そこで津山はファイルを開き、数枚のペーパーを手渡した。

「拝見します……」

素早くそれに目を通した神部は、「これ、うちの社員ばっかりですね。それもヤメキャリばっかりじゃないですか」

怪訝な表情を浮かべる。

「少子化が問題視されるようになって久しいけど、この間に打ち出された対策は、何一つとして効果がなかったでしょ？　それはどうしてだと思う？」

「う〜ん……」

神部は唸《うな》り声を上げながら、暫《しば》し考え込むと、「どんな対策が打ち出されたか、俄《にわか》には思いつかないんですけど、子ども手当とか、託児所や保育園の整備とか……」

「子ども手当の給付額は子供の年齢、自治体によっても異なるけれど、月額数千円から一万数千円が相場なの」

「そんなに少ないんですか？」

独身の神部が知らないのは無理もないのだが、あまりの金額の低さに驚きを隠せない様子である。

果たして神部は言う。

「そりゃあ、ないよりはマシですけど、子育ての足しになるって金額じゃないですよね」

「日本人の年間給与の平均は四三〇万円ちょっと。ところが、世帯別の平均では一〇〇万円未満が約六パーセント、一〇〇万円から二〇〇万円が約一三パーセント、二〇〇万円から三〇〇万円が約一四パーセント、三〇〇万円から四〇〇万円が約一三パーセント。世帯平均所得は約五五〇万円。つまり、世帯全体の所得が、年間給与の平均以下の家庭が五割もいるのね」

「全世帯平均はそうでも、全ての家庭が子育てをしているわけじゃ——」

「もちろんそうだけど、中には子育てをしている家庭もあるわよね」

津山は神部の言葉を遮って続けた。

「年収一〇〇万円、二〇〇万円の人たちにとって、月額数千円、一万円は、決して小さな額ではないでしょう。でもね、じゃあ倍貰えるから二人目を産もうかって気になるかっていえば、そうはならないわよね」

「そんなの無理に決まってるじゃないですか。年収が一〇〇万円や二〇〇万円じゃ、二人どころか、一人だって産もうって気になりませんよ」

「ってことはだ。行政が子育て対策として行っている政策は、少子化対策として何の効果も期待できない。つまり、無意味な策を延々と講じてきたってことになるわよね」

「そんなの今に始まったことじゃないですよ。役所は前例主義ですからね。少子化対策なんて、これまでやったことないんですし、無事これ名馬ですからね。下手に大胆な策を打ち出したはいいけど、失敗したら出世できなくなっちゃうんですもん」

神部の指摘は、的を射ていることは間違いない。

前例主義に加え、キャリア官僚は経験を積むために数年単位で部署を転々とする。仕事の内容も都度変われば、学歴は皆似たようなもの。野心に駆られてリスクを冒すより、出世の鍵は無事これ名馬。いかにしてミスを冒さないかが習性となるわけだ。

「だからヤメキャリに、話を聞くのよ」

津山はニヤリと笑った。「何たって、少子化対策に有効な策を打ち出せなかった当事者なんだもの。コンサルタントになった今、彼らがこの問題を、日本の将来をどう考えているのか、本音を聞いてみたいとは思わない？」

「なるほどねえ。そりゃあ、興味ありますけど、しっかし、津山さんも意地悪だなあ」

神部は苦笑しながら、悪戯気《いたずらつけ》に瞳をくりくりと動かした。「だって無責任、かつ他人事のような答えが返ってくるに決まってますもん」

「だからいいんじゃない。役所時代には口が裂けても言えなかった本音が聞ければ、どんな社会で生きることになるのか、日本がどんな国になるのか、はっきりと見えてくるでしょう？」

「面白そうですね」

神部はニンマリと白い歯を剝き出しにして笑うと、「じゃあ、すぐにデータを集めに取りかかります」

椅子から立ち上がった。

3

「これ、民間のシンクタンクが出している自治体ごとの年代別人口見通しなんですけど、すさまじい数字ばっかりで、驚いたというか、怖くなりました……」

早朝のオフィスで、津山の前に立った神部が声のトーンを落とし、書類の束を差し出してきた。

「東京で暮らしていると、年がら年中どこへ行っても人だらけだから、人口が減ってるって実感が湧かないけど、統計には真実が現われるからね」

「人口減少ってガンに似てると思うんですよね」

「ガン？」

問い返した津山に、神部は言う。

「静かに、確実に進行して、自覚症状が出た頃には時既に遅しってところがです。というか、少子化が進むにつれ、街から子供の姿が消えたとか、学校が廃校になったとか、ずっと前から兆候はあったのに、有効な治療を施さなかった。ガンは早期治療が予後を決するのと同様、少子化対策も有効な打開策を打ち出すのが遅くなればなるほど、命取りになるのに、それを放置してきたんですから、これはもう自殺行為といってもいいかもしれませんね」

「自殺行為ってのはどうかと思うけど、早期のうちに根本的な対策を施さないと手遅れになるっていうのは、確かにガンと似ているかもね」

たとえにしても、神部が過激な言葉を用いたのは、それだけ事態の深刻さに気がついた証しといえるだろう。しかし問題意識の高まりは、えてして思い込みに繋がりがちだ。

津山は冷静にこたえると、ファイルを開いた。

「二〇一五年の実データをベースにして、二十年後の人口を予測したものしか探せなかったんですけど、大半の自治体が二〇三五年では、総人口が十数パーセントから二〇パーセントの減。増加すると予測されている自治体は一つもありません。東京でさえ五パーセント減少するとあるんです。減少率が一番低いのは沖縄ですが、それでも一パーセントの減ですからね」

無言のままページを捲《めく》り、資料に目を通し始めた津山に向かって神部は続ける。

「深刻なのは〇歳から一五歳の人口減少が、とんでもないスピードで進むということです。東京、千葉、埼玉のような人口密集地でさえ二五パーセントの減。最も減少率が高い青森、秋田に至っては四一パーセントも減少するとされているんです」

資料にざっと目を通しただけでも、数字の前には▲ばかり。企業の決算書なら、倒産間違いなし。卒倒するような悲惨な数字のオンパレードだ。

「他の自治体も多少のばらつきがあるけど、おおむね三〇パーセント前後の減ってとこか……。なるほど前嶋さんが、日本の将来を案ずるわけだ……」

国レベルでの数字でも人口減少の深刻さは、十分に理解したつもりだったが、自治体別の数字を見せられると、深刻という言葉が生やさしく思え、絶望的な気持ちになってくる。

おそらく、ここに並ぶ二〇三五年の予測人口は、各自治体の一五年の実際の人口に特殊出生率の推移を考察して算出したのだろうが、人口動態統計は極めて正確といわれているだけに、津山はため息を漏らしそうになった。

そんな上司の気配を察したのか、神部は言う。

「この予測は二〇一五年の実人口を基準に算出したものですが、二十年後の青森、秋田なんて四一パーセント減じゃ済まないんじゃないですかね。だって、児童数が減少するんですから、学校の統廃合が続出するはずです。通学に不便を強いられるようになれば、孟母三遷《もうぼさんせん》じゃないですけど、教育のために都市部に移住する親が少なからず出てきますよ。一度離れたら戻る人はそうはいませんからね。実際、都市部への人口集中が地方の過疎化を加速させている要因の一つなわけですし……」

なるほど、神部の指摘は的を射ているのは間違いない。

人口動態統計は精度が高いと定評があるが、現人口と合計特殊出生率から算出したもので、人口減少に伴う当該地域の環境変化といった変動要因は一切考慮されていない。

「確たる雇用基盤が生じれば話は違ってくるんだろうけど、内需では食べていけない時代は目前に迫ってるんだから、海外に出て行くことはあっても、日本に留まる。まして地方に新工場を設ける企業はまずないだろうし……」

「それじゃあ、ただでさえ過疎化が進む地方の中小市町村の人口減少に歯止めがかかるわけないじゃないですか。それに、どこに移り住むにしたって、元手がいりますからね。貯蓄に余裕があれば別ですが、過疎高齢化が進んでいる地域の所得レベルは低いところが大半です。じゃあ、どうやって元手を作るかとなれば、家や畑を処分するしかありません。でも、過疎化が進んだ地域の物件が、簡単に売れるとは思えません。つまり、離れようにも離れられないってことになるんじゃないでしょうか」

「子供の教育にしても、義務教育の間は通学バスを運行している自治体もあるけど、高校はそうはいかないからね。統廃合も進んでいるようだし、下宿しないと高校に行けないってことになれば、家計には相当な負担よね」

「大学なんて、もっと大変ですよ。地方出身者は、授業料にアパートの家賃、通学費に生活費ですからね。ただでさえ地方の年収は低いのに、自宅通学者よりもかかるんですから、大学なんて、一人やるのがやっと。二人なんてとても無理ですよ」

「それ以前に、嫁の来手がいないってのが過疎地に共通した問題だからね。それに、必ずしも結婚しなけりゃならないってわけじゃないって風潮が、今の若い世代にあるのは事実だし……」

「津山さんもそう考えておられるわけですよね？」

センシティブな話題でも、あっけらかんと口にするのも神部の欠点のひとつだ。

今の時代、四十を過ぎた独身女性は珍しくはないのだが、部下だからまだいいようなものの、上司がこんな発言をしようものなら立派なセクハラだ。

さすがにカチンときたが、この手の話題になると、どうしても歯切れが悪くなる。

「別に結婚しない、子供を持たないって決めているわけじゃないいんだけどね……。結婚は出会い、縁の問題だし、タイミングってものがやっぱりあるのよ。それに、せっかくＭＢＡを取ったからには、学んだことをビジネスの現場で活かしたいって気持ちもあったし……」

「結婚よりも、仕事を取ったと？」

「っていうか、気がついたらってやつかな」

それは津山の正直な感想だった。

結婚は縁とタイミングの問題だと思っているし、仕事であろうと趣味であろうと、最も興味を覚えることに熱中するのは人間の性というものだ。津山の場合、仕事以上に惹《ひ》かれる男性に、今のところ出会っていないだけに過ぎない。

「でも、仮に結婚しても、子供を持つかどうかは分からないけどね……」

津山は、ふと思いついたまま口にした。

「どうしてですか？」

「神部君は、中学受験組だったわね」

「ええ、そうですけど」

「塾行った？」

「もちろん行きましたよ。小学校三年から」

神部は当然のように答える。

「私は、所謂《いわゆる》お受験組で、小学校から大学までの一貫校だったから、ガチな受験は経験していないんだけどさ。結婚して子供を産んだ同級生は、当然のようにお受験させるのね」

「中学受験も大概ですけど、小学校受験って大金がかかるらしいですね」

「冗談じゃなく、それこそ一財産よ」

津山は断じた。「もちろん、私のお受験費用は親が負担したから、どれほどかかったのか知らなかったけど、同級生たちの話を聞くと、そんじょそこらのサラリーマンじゃまず出せる金額じゃないのよねえ」

「その辺の事情は全く知らないんですけど、何でそんなにかかるんですか？　試験たって絵を描かせたりとか、面接にしたって答えるのは主に親なんでしょう？」

「だから大変なのよ」

ため息をついた津山だったが、神部は不思議でならない様子である。

津山は続けた。

「小学校受験の試験内容は、絵を描かせたり、工作させたり、指示行動とかが定番なんだけど、学習問題を解かせるテストと違って正解があるわけじゃないのよね。複数人で評価するとはいっても試験官の評価次第だから、どこを見られて、どんな点数が付けられるか分からない。だから怖いって言うの」

「なるほどねえ……。◯も×も、試験官次第じゃ、備えようがありませんね」

「受験するのは幼稚園の年長児だからね。情緒、感性とかをいかに磨くかが合否に繋がるんだから、もっぱら情操教育に力を入れることになるわけよ」

「情操教育ですか……。なんか、漠然としていて、何をやったらいいのか、いまいちピンときませんが？」

「だからお金がかかるのよ」

津山は顔の前に人差し指を突き立てた。「絵画教室、体操教室、ピアノにダンス、幼稚園児には日々の生活そのものが、全て情操教育に繋がるわけよ。だから対象はどんどん広がるばかり。

コンサートや美術館、動物園に出かけたり、海外に行って異文化に触れさせたり、とにかく手間とお金、時間を費やすことになるわけよ。そんなの、仕事を持ってる母親にはとても無理だし、教室にしたって、三つ、四つは当たり前だからね」

「お受験やると決めたその日から、情操教育の教室通いじゃ一人育てるのも大変だ。とても二人目どころの話じゃないですよねえ。中学受験にしても、経済的負担は大きいですからね。僕も五年生の頃からは、学校が休みになると春、夏の合宿、冬休みも講習。六年生になった頃には、学校よりも塾での勉強時間が遥かに長くなりましたからね」

神部は、感慨深げに漏らすと、「なるほどねえ……。最近じゃ〝親ガチャ〟って言葉がありますけど、地方に生まれたらお金があってもお受験できませんもんね。〝出生地ガチャ〟ってのも、あるのかもしれませんね」

しみじみとした口調で言う。

〝親ガチャ〟とは、どんな親の元に生まれついたかで人生の大半が決まってしまうことを意味する言葉だが、なるほど〝出生地ガチャ〟というのも言えているのかもしれない。

「〝生まれついたが運の尽き〟って言葉があるけど、それを言い始めたら夢も希望もないし、実際、地方出身だって大成功を収めた人はたくさんいるからね。個人の能力、志次第なんだと個人的には思うけど、都会にはなまじ環境と機会が転がっている分、親の選択肢も増えちゃうのよね」

「お受験の話を聞くと、結婚と子供を持つのは別だって考えるのも、分かるような気がしますし、そんなに手間暇かかるんならお金があっても子供は一人で精一杯。複数人持つなんて無理ですよ」

「それは人の価値観、人生観の問題だから、一概にはいえないと思うけど、もう一つ、社会がこうもめまぐるしく変化していくと、結婚や子供以前に自分の人生をつつがなく終えられるのかって漠とした不安を覚えても不思議じゃないと思うの」

暗い話が続いたせいか、どこか憂鬱そうな表情で会話を続けていた神部だったが、突然ニヤリと笑うと、

「人生をつつがなく終えられるかっていうなら、公務員は鉄板じゃないですか。キャリア官僚に至っては、天下り先に苦労しないんですよ。その約束された将来をなげうって、民間に転職してきた人たちが、日本の二十年、三十年後の姿をどう考えているのか。俄然興味が湧いてきましたね」

愉快そうに目を細めた。

4

ヤメキャリへのインタビューは、翌週の月曜日の午後一時に設定された。

それに先立つ週末の土曜日、津山はふと思いたって岩手に向かった。

かつて総合商社に勤務していた頃の上司が、定年を機に故郷に戻ったことを思い出したのだ。

津山は生まれも育ちも東京である。商社時代も一貫して本社勤務で、転勤の経験はない。出張は海外ばかりだったし、アメリカでＭＢＡを修めるために暮らした街はニューヨーク。日本の地

方の現状を、実際に目の当たりにしたことがほとんどないことに気がついたのだ。

かつての上司は江崎亮《えざきとおる》といい、当年七十一歳。津山が退社した頃は五十四歳で、職責は次長であった。年齢は大分離れていたし、新入社員に毛が生えた程度であった津山からすれば、部長目前の次長は雲の上の存在だったのだが、今に至るまで年賀状を欠かさず交換し合っているのは、偏《ひとえ》に江崎の人間性による。

大学の同窓ということもあったが、それ以上に人柄がすこぶるいいのだ。

東北人は素朴な人間が多いといわれるが、江崎を見ているとその通りだと思う。部下に対しても言葉遣いは丁寧だし、職位を嵩《かさ》に偉ぶる素振りは微塵も見せない。何よりも酒好きで、末端の部下に至るまで酒席に誘っては、率先して酌をする。しかも聞き上手ときているから、まさに理想的な上司であったのだ。

だからMBA修得を目指し、会社を辞するに当たって、真っ先に相談したのは江崎だったし、留学先をニューヨークにしたのも、かつて彼が五年ほど彼の地に駐在した経験から、世界ビジネスの中心の街で暮らし、学ぶことを強く勧めてくれたからである。

到着したのは、午前九時半。東京からやって来ると、やはり岩手の寒さは厳しい。

閑散としたホームに降り立った瞬間、津山は身を包む冷気に思わず身震いした。

しかし、それにしても人がいない。

乗降客は数えるほどだし、ホームから見える街からも、人が活動している気配が全く感じられないのだ。

駅構内には間口半間ほどの小さなキオスクがあったが、そこにも客の姿は一人としてない。

やがて改札口に行き着くと、

「津山さん！」

江崎が手を上げながら声をかけてきた。

「ご無沙汰しております。面倒なお願いをしてしまって申し訳ありません」

「いやあ、久しぶりだねえ。何年になるかなあ。前に会ったのは、君がＭＢＡを修得して日本に戻ってきた時だったよね」

江崎は頭を下げた津山を懐かしそうに見る。

「ええ、十三年になります」

「そんなになるのかあ……。どうりで年を取るわけだ」

呵々《かか》と笑い声を上げる江崎に、思ったほどの老いの兆しは見えない。

「そんなことありませんよ。江崎さんの実年齢は知ってますけど、随分お若く見えますけど」

「まあ、美味い空気を吸って、美味いものを食って、自由気ままに暮らしているんだ。ストレスフリーは、老化防止に一番効くのかもしれないね」

「こちらの暮らしを気に入っていらっしゃるんですね」

「東京で暮らしている同期は、落ち武者同然の姿を想像するみたいでね。暫《しばら》くぶりに会うと、みんな意外そうな顔するんだよ。年金暮らしとはいっても、うちの会社の企業年金は充実しているし、そもそも東京とは生活コストが格段に違うからね。それがココロの余裕に繋がってるのかもしれないいね」

穏やか、かつ余裕に満ちた江崎の表情からは、故郷での暮らしに心底満足している様子が窺《うかが》えた。

なんだか津山も嬉しくなって、口元に笑みが浮かんでしまったのだったが、

「おっと、こんな寒いところで立ち話なんかしてたら風邪ひかせちゃうな。さっ、行こう」

江崎は先に立って出口へと歩を進めながら、話を続ける。

「地方の衰退ぶりを実際に見たいって言うから、どこに連れて行ったもんかと考えたんだけどね。この辺を一時間も車で走れば、その酷《ひど》さが一目瞭然だと気がついたよ」

「新幹線が停まる街なのに、そんなに酷いんですか？」

「酷いねえ……」

江崎は物悲しそうな表情になる。「バブルが崩壊するまでは、日米間で貿易不均衡が大問題になるほど日本経済は絶好調。企業は安価な労働力を求めて、こぞって地方に生産拠点を求めたし、地方自治体も雇用基盤を確保しようと、工業団地を整備して企業誘致に懸命だったからね。この街周辺にも半導体工場や、自動車部品の製造工場とか、大手企業が相次いで進出してきたんだがね」

そう聞けば、現在がどうなっているかは想像がつく。

「半導体産業は今や見る影もありませんし、自動車産業もガソリンから電気の時代ですからね。さらに世界最大の市場であり、安い労働力を求めて、中国に製造拠点を移した企業も多々ありますし……」

「大企業が撤退すれば、失業者が大量に発生するから、地域経済が甚大なダメージを被るのは言うまでもないのだけれど、実のところ、もっと深刻なのは中小企業の撤退なんだよね」

「中小企業？」

「意外に思うだろ？」

江崎は、歩を進めながら言う。「雇用基盤の整備に躍起だったのは、過疎高齢化の問題に直面していた町や村も同じだったんだ。当たり前だよね。職がないから町を離れるというなら、職場を作る以外に人口流失を防ぐ手段はないんだもの」

「確かにそうですよね……」

「大企業の工場は、概して規模が大きい。広い敷地が必要だし、鉄道、高速道路といった輸送インフラへのアクセスの利便性も重視される。そして何よりも、最大の関心事は従業員の確保だ。工場を建てても、人が集まらないのでは話にならんからね」

「全ての条件を満たすとなると、地方でもそれなりの人口規模のある街周辺ということになりますね」

「用地の確保はそれほど難しい問題ではないのだが、大企業の工場が建つと、部品や資材を供給する下請け、孫請けの中小企業も周辺の市町村に工場を設けるようになったんだ。こちらは大企業の工場に納品するのが目的だから、輸送インフラへのアクセスはほとんど問題にならない。重要なのは製造コスト。つまり人件費でね」

「市町村レベルになれば、さらに安価な労働力が確保できる。下請け、孫請けの中小企業にとっても、工場を新設するメリットは十分あったわけですね」

「実際、工場誘致の効果は絶大でね。近隣の高卒生、大学の新卒者でも、Ｕターン、Ｊターン組が大企業の工場へこぞって職を求めたし、企業もまたそれを歓迎したんだ。中小企業に至っては、周辺の市町村では、過疎化が進んでいたこともあって若者だけでは足りず、対象年齢を広げて労働力を確保したんだ」

「定収入源が確保できてた反面、進出してきた各工場に依存する家庭が激増したわけですね」

「僕が子供の頃は、農閑期になると出稼ぎに行くのが当たり前だったことを思えば、一年を通して家族と一緒に暮らせるんだ。給料が安いといっても、都会と比べればの話だし、自宅もあれば田畑もある。だから、中小の工場でも、対象年齢を広げれば数十人、百人程度なら働き手を確保することができたんだな」

会話を続けているうちに、二人は駅舎を出、やがて駐車場に止めていた車に辿《たど》り着く。

「それが、櫛《くし》の歯が欠けるように、工場が一つ欠け、二つ欠けしていったら、取り残された地元採用者は、大変なことになりますよね」

「櫛の歯が欠けるなんてもんじゃなかったらしいよ……。だって、大企業の工場と一緒に、下請け、孫請けがやってきたんだからね。親亀がいなくなれば、子亀、孫亀だって一緒にいなくなるに決まってるじゃないか」

櫛の歯ではなく、潮が引くという言葉の方が、表現としては当たっているのだろう。

各家庭を支えてきた収入源が、突然なくなってしまえば、どうなるかは聞くまでもない。

沈黙するしかない津山に、江崎は続ける。

「悲惨なんてもんじゃなかったようだよ……。職場がなくなれば、現金収入はゼロだ。それじゃあ、次を担う若い世代が故郷に帰ってくるわけがないし、職場をなくした本人だって、故郷を捨てて新たな職を他所《よそ》で見つけるしかないからね。かくして、地方は衰退するばかりってことになるわけだ」

江崎はやるせない表情を浮かべ、車のロックを解除すると、「まあ論より証拠。百聞は一見にしかず。見れば分かるが、まさに、強者《つわもの》どもが夢の跡ってやつだよ」

津山に向かって、助手席に乗るよう促した。

5

「この週末、岩手に行ったんだけどね」

最初のインタビューの開始まであと十五分。神部との打ち合わせをひとしきり終えたところで、津山は切り出した。

「岩手ですか？　この寒い中を？　なんでまた？」

「考えてみたら、私、生まれも育ちも東京だし、留学先はニューヨーク。大学時代も地方って、観光地以外行ったことがなかったの。過疎高齢化が進む一方とはいわれているけど、自分の目で見たことがなかったから、実際に行ってみるべきだと思ってね」

「津山さんって、ホント、真面目なんですねえ……」

感心しているのか、茶化しているのか、どちらとも取れる口調で神部は言う。

「現場のことを知らないで、コンサルタントは務まらないのよ、神部君？」

皮肉を言ったつもりだが、

「いやあ〜。コンサルタントの鑑です。勉強になります」

どこ吹く風とばかりに神部はこたえ、「それで、分かったんですか？　地方の現状ってやつ」と問うてきた。

「本当に深刻だわ。平成の大合併で、人口は四万人程度になったそうなんだけど、新幹線の駅がある街なのに、駅前ですら人影がほとんどないの」

「それ、冬だからじゃないんですか？」

神部は即座に返してきた。「高齢化が進んでいるんでしょうからなおさらですよ。年寄りは外に出たがりませんからね」

何を知ったようなことを……。

イラッときたが、津山は無視して話を続けた。

「それだけでもないみたいなんだなあ。駅前の商店街なんて、昔は大層賑《にぎ》わっていたそうなんだけど、今じゃ文字通りのシャッター通り。都市整備でバイパスができたおかげで、中央資本の大型店が進出してきたのが原因だっていうんだけど、じゃあそっちは賑わっているのかといえば全然なのよ」

「実際に行ってみたんですか？」

「東京なら、週末の午後って買い物客で混み合うのに、広い駐車場は半分も車が停まってないし、案内してもらった人に聞いたら、週末ですらいつもこんなもんだって……」

「週末ですもん、みんな出かけてるんじゃないですか？」

「年寄りは、外に出ないっていったじゃない」

舌の根の乾かぬうちにこれだ。

痛いところを衝《つ》かれて、黙った神部に嘲笑を投げかけ、

「かつて、半導体工場があった工業団地にも行ったんだけど、人が住まなくなった家は傷みが早いっていうけど、工場も同じなのね。むしろ建屋がしっかりしてる分だけ、余計寂寥《せきりょう》感っていうのかな、もの悲しさが半端なくてね……」

津山は、一昨日目にした光景を思い出しながら言った。

「閉鎖されたんなら、従業員は解雇されたんですか？」

「結果的にはね」

「結果的にはって、どういう意味ですか？」

「大企業が地方に工場を設けるに当たっては、ほぼ百パーセント、子会社を設立するでしょう？例えば東北なんとかとか、岩手なんとかって名称で」

「安い労働力を求めて地方に進出するわけですからね。給与体系を本社並みにしたんじゃ、メリットがありませんし、おおよそ全ての企業が、本社とは別に、販売子会社、サービス会社を設立して、現地の賃金に合わせた給与体系にしますからね」

「それでも、本社名の前に東北がつこうと、岩手がつこうと、大企業の傘下にあることには変わりはない。給料が安いといっても、本社採用と比べればの話だし、地元の中小企業よりもマシなわけ。しかも自宅から通勤できる場所に、大資本の工場ができたとあって、近隣の高校新卒者、大学進学を機に都会に出た新卒者が戻ってくるきっかけになったそうなの」

「企業は安い労働力を得られた、地元には若者が戻ってきた、まさにウインウインの関係が成立したわけですね」

「それもこれも、大企業の看板があればこそ。つまり、誘致した自治体や、入社を望んだ若者の信頼が得られてこそのことだったわけ」

「それじゃあ、撤退することになりましたので、あなたの仕事はなくなります、じゃ済みませんよね。外資ならともかく、日本企業でそんなことしたら大変な騒ぎになりますからね」

「その通りなんだけど、じゃあ余剰になった従業員をどうするの？」

「本社社員なら、仕事も電話も与えず、勤務時間中はただ部屋に押し込めておくとか、嫌がらせをして退職に追い込むと聞いたことがありますけど、工場をまるまる閉鎖するとなると、そんな面倒なことやってられませんよね」

「新たに職場を設けるのよ」

「職場って、どこにです？　だって工場は閉鎖するんでしょう？」

「遠くに。この工場は閉鎖するけど、雇用は継続しますので、転勤してくださいって」

神部は大学を卒業して三年。それも引く手あまたの超一流大の出身だ。

大企業に職を求めれば、幹部候補生として採用されこそすれ、リストラに遭うことなど絶対にないと高を括《くく》っていたに違いない。

しかし、それは大きな間違いだ。

神部は大企業がいかに冷徹、かつ残酷な仕打ちをするものかをまだ知らない。

「さっき津山さんは、実家から通えるのが魅力で故郷に戻ってきた新卒者も多かったって言ってましたよね。自宅から通えなくなったら、メリットがなくなっちゃうじゃないですか。それに、実家から通えるのが動機になったのは、親の世話を考えてのこともあるんじゃないですかね。だったら、人生設計に関わる大問題じゃないですか」

悪辣《あくらつ》な手口にようやく気がついたらしく、神部は眉間に深い皺《しわ》を刻んで、嫌悪感を露《あら》わにする。

「遠くに転勤ってことになれば、妻子持ちなら単身赴任、あるいは一家揃っての赴任ってことになるんだけど、どっちにしても新たに住居を確保しなければならないし、生活用品だって買い揃えなければならないわよね。それに、転勤しても、ちゃんとした仕事が用意されているとは限らないし……」

「ちゃんとした仕事がないって……どういうことですか？」

「草むしりとか、清掃作業とか——」

「まさかあ！　いくらなんでも……」

神部の言葉を遮って、津山は言った。

「企業の側からしたら、不要になった人たちなんだもの、それくらいのことはするわよ。会社ってのはね、そういうところなのよ。普段は仲良くやってるようでも、社員は皆ライバル。自分が生き残るためなら、冷酷、残酷な手段を講じてでも、躊躇《ちゅうちょ》なんてせずに他人を蹴落とすものなの」

首を振りながら、ため息をつく神部に向かって津山は言った。「そろそろ時間だわ、行きましょうか」

6

新沼悦司《にいぬまえつし》は、三十九歳の元経済産業省キャリア官僚だ。

ＬＡＣに入社してくるヤメキャリには共通点がある。最難関大学の出身なのは言うまでもないが、もれなくＭＢＡの学位を修得していること、それも国費で留学していることだ。

官僚のキャリアパスは、たとえば財務省ならば、入省間もない二十代のうちに地方の税務署長を経験するとか、総務省なら一定の経験を積んだ後、副知事に就任するとか、所属官庁によって異なるのだが、国費での留学は省庁問わずキャリア官僚全員に選抜試験を受けるチャンスがある。留学先は様々だし、何を専攻するかもまたしかりなのだが、ＭＢＡを修得した官僚が数年の後に官庁を辞するのは珍しい話ではない。

新沼もその一人で、帰国後僅か二年で経産省を辞し、ＬＡＣに入社して五年目になる。

「お忙しいところ、申し訳ないわね。急ぎで纏《まと》めなきゃならない依頼を受けたもので、新沼さんの意見を聞きたくて……」

神部を伴って、ミーティングルームに入った津山は開口一番、新沼に告げた。

「津山さんに、意見を求められるなんて光栄至極ですわ。喜んで協力させてもらいますけど、しかしなんともけったいな案件ですなあ。二十年、三十年先の日本の姿を考察して何になりますのん？　第一、そんなん、予測して、なんか意味あるんですかね」

新沼は大阪出身だ。関西人は東京で生活していても、関西弁で通す人間が多いが、新沼もその例に漏れない。

「私も、最初にこの話を聞いた時には、同じ思いを抱いたんだけど、このまま少子化が続けば、日本の経済構造は根底から変わってしまうし、社会も大きく変わる……いや変わらざるを得ないことに改めて気がついたの。大袈裟《おおげさ》でも何でもなく、日本という国家の存亡の危機に繋がる大問題だと……」

「確かにこのまま、人口が減り続ければ、経済も衰退する。国として成り立たなくなるいうのは間違いありませんけど、しかしですねえ、こればっかりは、どうしようもないんですわ。ひと組の夫婦が二・〇七人、つまり二人以上の子供を持って、ようやく人口が維持できるんです。増やそう思うたら、それ以上。三人、四人と産んでもらわなならんのです。ただでさえも所得が上がらん時代が長く続いてるのに、先立つもんがなくて子供を産め言われても、産めるはずありませんわ」

これまでの経験から、所謂『秀才』、あるいは『専門家』と称される人間には二つのタイプがある、と津山は考えていた。

一つは自分の知識、見識に絶対的な自信があり、断定から入るタイプ。もう一つは、相手の話を十分に聞いた上で、一つ一つ論点について丁重、かつ慎重に持論を展開するタイプである。

どうやら新沼は前者のタイプのようで、こうした人間は黙っていても自ら持論を展開し始めるものだ。

思った通り、新沼は続ける。

「僕はねえ、少子化は資本主義社会の行き着く先に必ず起こるもの。宿命やと思うてるんです。

だってそうやないですか。企業は利益を出さな成り立たへんのです。経営者は利益を出すことが義務なんです。そしたら、真っ先にどこに目が行くか言うたら、固定費の削減ですわ」

「固定費にも、いろいろあると思うけど？」

「そら、人件費ですわ。月給もボーナスも毎月、毎年、ほぼ決まった金額が出ていくんですからね。簡単に解雇できない正社員は最小限に抑える。つまり、最小限の人員で、最大限の利益を出してみせるのが経営者の腕の見せどころですもん」

「なるほど、人件費を固定費とみなすならば、給与も低く抑えるに限る。その結果が、長年一向に上がる兆しがない、給与レベルの停滞に繋がっているというわけね」

「実際、その通りやないですか」

新沼は言う。「それが証拠に、業績がなんぼ良くとも、基本給はほとんど変化してませんからね。そら、そうですわ。退職金は基本給をベースに算出しますからね。一度上げたら下げられませんから、そっちを上げるくらいなら、ボーナス上げてやった方が会社の負担は軽うなります。それに、ビジネスは生き物です。ええ時ばかりやありませんから、マンパワーの不足分は派遣で補えば、ボーナス出したって雀の涙、退職金は払わんで済みますからね」

「最小限の人員で、最大限の利益を上げても、正社員も派遣社員もハッピーにはならない。喜ぶのは株主。つまり資本主義において恩恵を被るのは株主ってことになるわね」

いまさら解説を求めるまでもないが、津山が改めて問うと、

「そういうことになりますね」

新沼は肯定する。「株主を満足させられなんだら、社長かて首切られるんですよ。上司の顔色

窺いながら、ようやく経営トップになったんですもん、そらあできるだけ長くやりたいと思うてるに決まってますやん。数字出すためなら、やれることはなんでもやるんと違いますか」

「あの……」

隣に座る神部が軽く手を上げ、口を挟んだ。「おっしゃる通りだとは思うんですけど、賃金の停滞が少子化の原因の一つだとすればですよ、この状態が続く限り、国内の市場規模は年を経るごとに縮小していくわけです。それでは経営も、徐々に苦しくなっていくわけで――」

「そら、そうなりますわな」

新沼は神部の言葉が終わらぬうちに、あっさりと肯定する。「だからっちゅうて、日本の将来を案じて、給料上げる経営者はいませんわ。もちろん、オーナー経営の大会社もありまっさかい、株主の目を気にすることなく、給料上げてやれる会社もありまっせ。でもね、一つや、二つの会社がなんぼ給料上げたかて、その会社の従業員数が国内の労働人口に占める割合なんて知れてます。というか、ほとんどゼロですわ」

「まして、個々の企業の賃金体系に、国が口を挟めませんしね」

津山が言うと、

「それでも、給料の増額をお願いした政権は、いくつかありましたけどね」

新沼は即座に返してきた。「そやけど、仮に……仮にですよ、月額一万円上がっても、年収ベースで十二万円。児童手当を加えたら、倍近くにはなるのに、それでも子供は増えへんのです。毎年給料が確実に上がっていくなら、中にはもう一人って夫婦もおるかもしれませんけど、そもそも少子化問題に関心を持ってる経営者なんてどれほどいてるんですかね」

確かに、新沼の言う通りだろう。

　そこで津山は、いよいよ本題に入ることにした。

「そうは言っても、人口の減少は経済だけじゃなく、国家の存続に関わる大問題なわけじゃない。この危機を乗り切るためには、どうしたらいいと思う？　やっぱり移民を迎え入れるしかないのかな？」

「そら、それしかないと思いますよ」

　新沼は、そこで小さく肩で息をつくと、意外なことを言い始めた。「少子化にせよ過疎高齢化にせよ、この手の問題を声高に叫ぶ人には、二酸化炭素を問題視する人たちと共通点があるように思うんです」

「それ、どういうこと？」

「二酸化炭素の最大の排出源は火力発電です。太陽光や風力で電力需要が賄えるわけやなし、原発がダメやいうなら、水力か太陽光発電に頼るしかありません。当然、電力は圧倒的に不足することになりますが、温暖化を防止するためにはしかたがない。その二つの発電で賄える電力で生活できるライフスタイルに改めようなんて言う人がいてますか？」

　新沼は、答えは聞くまでもないとばかりに片眉を吊り上げると、続けて言う。

「もちろん、電気自動車もダメですわ。となると、アーミッシュのような暮らしを送るしかないということになるんですが、そんなこと言うてる人っていてはります？」

　アーミッシュとは、アメリカやカナダで、電気を使わず、家庭内に電話を持ち込まず、農耕、牧畜で自給自足の暮らしを送っている人々のことである。

「まあ、節電に努めたり、公共交通機関を使うことを心がけている人はいるかもしれませんけど、アーミッシュのような暮らしを提唱している人は聞いたことがありませんよね」

例に挙げるには、些《いささ》か極端な気はするが、祖先がアメリカに移民してきて以来、ずっと当時の生活様式を堅持している人たちが、三十五万人も現存するのだから否定するわけにもいかない。

津山は、歯切れ悪く答えた。

「少子化問題かて同じですわ。このままやったら国が持たん。もっと子供を産め言うなら、それこそ〝まず隗《かい》より始めよ〟ですわ。率先して二人、三人と産めばええんです。でも、そんな人、おらんでしょ？　国や周りに何とかせい言うてるだけですやん。ネイティブ・ジャパニーズが子供を産まへんのですもん、足りない分はいるところから来てもらう他ないですやん」

「移民が増えるにつれ、当然日本の社会、文化、風習も変わっていくわよね」

「最も影響を受けるのは、間違いなく日本語、言葉を使う産業ですわ」

「言葉の産業？」

「放送、新聞、出版とか……。当たり前やないですか。今でこそ、外国人労働者は看護師とか介護従事者とか、高い日本語能力を身につけていないと従事できない職種に限定されて就労が認められていますけど、そのうちそんなことは言っていられへんようになりますよ。特に、一次産業従事者の高齢化は著しいですからね。確か、二〇一九年で農業従事者の平均年齢は六十六・八歳、漁業は二〇一八年で五十六・九歳。漁業の方が若いのは、労働環境が厳しい分だけ、より体力を必要とするからでしょうが、どちらも高齢化が進む一方なのは同じです。実際すでに外国人労働者がぎょうさんいてはりますけど、日本語の能力試験なんて、基本ありませんからね。例外なのは、遠洋漁業の船員向けの養成所ぐらいのもんでしょう」

さすがに、元がつくとはいえキャリア官僚だ。統計上の数字が、淀みなく口を衝いて出てくる。

「でも、今では日本語を喋る外国人って、フツーにいるんじゃないですかね？」

またしても神部が口を挟んだ。「東京のコンビニなんて、日本人とほとんど変わらないレベルの日本語を使う店員ばっかりですし、アニメの影響もあって――」

「そら、そう見えるだけで、まだまだごく一部の外国人ですわ」

新沼はあからさまに嘲笑を浮かべ、神部の言葉を遮った。「コンビニでバイトやってはる外国人って、留学生の中でもエリートと言われてるんですよ。それに、アニメオタクの中には、日本語喋る外国人がぎょうさんいてはるのは知ってますけど、彼ら、彼女らが移住してきて何しますのん？」

さしたる考えもなく、思いつくままをつい口にしてしまったのだろうが、簡単に論破されると引っ込みがつかなくなるのが、所謂〝優秀〟と称される人間に見られがちな傾向だ。

素直に引き下がればいいものを、それでも神部は続ける。

「アニメやコミックは、海外でも大人気で、いまやビッグビジネスに成長してるんです。コミックの翻訳とか、世界を舞台に漫画家として活動するってことも可能な――」

「神部さ～ん」

新沼は話にならないとばかりに鼻を鳴らし、神部の言葉を遮る。「十人、二十人ならいざしらず、移民で頭数を揃えよう思うたら、何十万、何百万、ひょっとすると千万単位の外国人を迎え入れなならんようになるかもしれへんのですよ。大体、コミックが世界中で読まれてるいうことは、すでに翻訳者がいてるいうことやないですか。声優なんて、ただでさえ食うていくのが大変やいわれてるんでっせ。何人が、その道に進めると思います？」

「いや、市場が大きくなればなるほど――」

なあにムキになってんだか……。

ため息をつきたくなるのを堪え、

「つまり新沼さんは、移民を迎え入れても、大半は一次産業に従事することになると考えているわけね」

津山は神部の言葉を無視して、新沼に問うた。

「間違いなくそうなるでしょうね」

「確かに農漁業では、既に多くの外国人労働者が働いているし、彼らの日本語能力は決して高いとはいえませんものね。それに、数は力だから、外国人従事者の数が増えていくにつれ、日本語を身につける必要性はどんどん薄れていく。むしろ、日本人が外国語を身につけなければならないようになっても不思議じゃないかもしれませんしね」

「その通りです！」

さすがと言わんばかりに、新沼は顔の前に人差し指を突き立てる。「日本語がわからない移民は、日本語のテレビや新聞は見ませんし、読みませんからね。それでもテレビやパソコン持ってるだけで、ＮＨＫは受信料払え言うでしょうけど、民放はそうはいきません」

「視聴者人口が減れば、コマーシャルを打つ意味がない。スポンサー収入がメインの民放は経営が成り立たなくなる。人は増えても日本語を理解する人口が減ってしまえば、地方紙も同じだと言いたいわけね」

少なくとも、ここまでの新沼の見解に間違いはなさそうだ。

同時に、人口減少は内需に依存する大問題という認識はあったが、二十年、三十年後の日本の姿を考察するには、何も全国で考える必要はない。今後地方がどうなっていくのかを考えるのが最も早いことに気がつき、津山は口を開いた。

「じゃあ、移民が増加していくにつれ、地方はどう変わっていくと思います？　一言で移民を迎え入れるといっても、永住権を与えるのと、国籍を与えるのと二つの方法があると思うけど？」

7

「そら、今の時点では何とも言えませんね」

新沼は、当然のように答える。「現行制度の下では、永住権を取るのは簡単じゃありませんし、日本人と結婚するなら別として、国籍の取得はもっと大変ですからね。第一、永住権を持っとって、国籍取得しようと思えばできるのに、外国籍でいる人も、ぎょうさんいてはりますからね。祖国に対する愛着や民族への誇りとか、理由も様々でしょうが、国籍取れまっせ、ほな貰いましょうかっちゅうことにはならんと思いますね」

「それって、日本国籍を取ってもメリットがないってことですか？」

神部が尋ねる。

「国籍を持たんでいるデメリットいうたら、参政権がないことぐらいのもんですやん」

日本に腰を据えると決めれば、参政権は重要な権利のはずなのに新沼はあっさり答える。「リベラルの人たちは、外国人にも参政権を言いますけどね、そんなこと認めてる国は、世界に一つとしてあらしません。世界に類がないほど充実してる健康保険制度にしたって、住民登録さえすれば外国籍のままでも恩恵に与《あずか》れますしね。しかも、祖国にいてる家族も対象になるんでっせ。参政権をもらうためだけに、国籍取るいう人がどれほどいるか……。むしろ、そんな人たちが湧いて出てきたりしたら、それはそれで問題やと思うんですよ」

「問題？」

「特定の国から、何らかの意図を持った移民が押し寄せて、参政権持ってもうたら、極端な話、国を乗っ取られることにもなりかねませんからね」

「中国？」

「中国あたりなら、やりそうですよね」

新沼は、一瞬ぽかんとした表情で神部を見ると、「ないない、それはない」

大口を開けて、呵々と笑い声を上げた。

その反応に、むっとしたのか、

「どうしてです？」

神部は低い声で問うた。

「日本の少子化が問題やいわはりますけどね、中国かてそれは同じですわ。長いこと一人っ子政策を続けたお陰で、今度は子供が生まれへんようになってますもん。国を出る人が激増したら、人口減少が加速することになるやないですか。もっとも高齢者の海外移住はご自由に、若者はまかりならん。一党独裁の国やし、それくらいのことはやってのけるかもしれませんけどね。病気になったら、日本のお世話になりましょうって……」

新沼はまたしても大口を開けて笑い声を上げるのだったが、まんざら冗談とは思えないところが恐ろしいところだ。

日本の医療、健康保険制度の充実ぶりを語ると、「世界には医療が無料で受けられる国がある」という反論が聞こえてくるが、それは大きな間違いだ。

確かに無料の国はいくつかある。しかし、いつでも、どこの病院にも行けるわけではない。大抵は受診、治療が受けられる医療機関は家庭ごとに決められていて、しかも予約が必要とされているのだ。

つまり、急な病に襲われても、まずは予約。精密な検査が必要と診断されれば、設備の整った病院をまた予約。その日が来るまで耐えなければならないのだ。

だから富裕層は迅速に設備の整った病院で受診、治療を受けるために高額な料金を支払って、民間の保険会社と契約を結ぶのだ。もちろん、医療費の負担額に上限を定めた高額療養制度を設けている国は皆無だし、救急車にしても無料という国の方が珍しい。津山にしても、留学時代に暮らしたニューヨークで救急車を呼ぶと、一回二千ドルと聞いた時には、腰を抜かすほど驚いたものだった。

「それに、少子化が日本よりも深刻な国いうたら、韓国ですわ」

新沼は、そこで韓国の国名を出すと、「神部さん、少子化問題に直面している、中国、韓国、日本、この三つの国に共通しているのはなんやと思います？」

不意に話題を転じてきた。

「そ、それは……」

ヒントを与えても答えまで辿り着けるわけがないと確信していたのだろう。

「科挙ですわ、科挙。分かります？」

新沼は、小馬鹿にするような口調で再び神部を試す。

「か、きょ……ですか？」

「清の時代まで長いこと続いた、官吏登用試験のことですわ。これが、どんだけ過酷なものか、神部さん、あんた科挙を知らんところをみると、浅田次郎さんの『蒼穹の昴』読んだことあらへんやろ」

「よ……読んでません……」

「あかんなあ、今の若い人は何でもネットでググればすぐ分かる。本なんぞ読まんでもええ言いますけどな、読書は大切でっせ」

俯《うつむ》いてしまった神部に、新沼は続けて言う。

「ええ職業に就こう、ええ会社に入ろう思うたら、中国なら国家重点大学、韓国ならＳＫＹ（スカイ）に合格せなんだらまず不可能。それどころか、早くもその時点で人生決まってまうんですわ」

納得がいく視点である。

「なるほど、科挙の国か……」

津山は頷いた。「中国の大学入試、高考《ガオガオ》の光景は日本のテレビでもよく報道されるけど、受験生が乗るバスを市民が取り囲んで送り出すんですよね。ほんと、『蒼穹の昴』の世界だし、韓国でも、英語のヒアリング試験の間は飛行機の離発着を止めたり、試験会場の門前には後輩が応援のため押しかけるし、遅刻しそうだと白バイやパトカーが送ってくれたり、国を挙げての大騒ぎだものね」

「ＳＫＹいうのは、ソウル、高麗《コリヨ》、延世《ヨンセ》の三大学のことなんやけど、これがまたよう出来た語呂合わせでね。このいずれかに合格すれば、そこから先の人生は文字通り空に昇るがごとくに開ける言うんやから、そら親だって必死になりますわ。さて、そうなると何が始まると思います？」

さすがに神部もＳＫＹが何を意味するのか推測はついただろうが、答えが分かり切った質問を投げかけられ、いたくプライドが傷ついたらしい。

「受験勉強に必死になるに決まってるじゃないですか」

神部は憮然《ぶぜん》とした表情を浮かべて返した。

「よくできました。その通りや」

新沼はニヤリと笑い、津山に視線を転じると、話を続けた。

「実際、韓国では家計に占める学校外教育の割合は尋常なものではないそうですからね」

「具体的にはどれくらいになるんですか？」

「そら、家庭によって様々でしょうが、韓国では毎日二つ、三つの塾のハシゴも珍しくはないと聞きますね。それも早いと小学生の頃から始まって大学入試が終わるまで続くんですから、そら二人目どころの話やありませんわ」

「日本はそこまで酷くはないけれど、学校外教育に多額の費用を使うのは当たり前になっていますものね……」

「しかも、そこに住宅ローンがのしかかってくるのは、日本も中国も韓国も同じでしょうから、なおさら家計は苦しくなるわけです」

この点に関しては、改めて説明を受ける必要はない。

家庭を持てば、次はマイホームとは洋の東西を問わぬところだが、中国、韓国の場合は男性に持ち家があることが結婚の条件の一つになるのだ。つまり、キャッシュで家を購入できる富裕層は別として、大半は結婚と同時に住宅ローンを抱えることになる。

「中国、韓国共に、不動産価格は高騰し続けていますからね。中国に至っては、借金して複数の不動産を購入する人も少なくないと聞くし……」

「津山さんがおっしゃるように、不動産価格は値上がりしてますし、賃貸に出してもローンの返済分にあらかた消えてまうでしょうから、最終的には、売らなお金には変わりません。つまり、含み資産が増えているだけで、消費に回せる金にはならんのです。そこに塾代がのしかかってくる。しかも年々、増える一方となるんですから、そら二人目どころの話やないですわ」

「そう聞くと、日本はまだだマシですよね。学歴社会とはいっても、大学受験で人生が決まるってほどでもないし、地方では人手不足に悩んでいる業種は沢山ありますからね。空き家も沢山あることだし、外国人には、移住先として魅力的に見えるんじゃないですかね」

神部が外国人の移住に話題を振ると、

「それは、どうやろ……」

新沼は首を傾げる。「世界のどこの国に行っても、華僑《かきょう》は必ずおるけど、大半は商売やっとるからね。不動産を買うことぐらいはするかもしれへんけど、移住となると、日本よりも魅力的な国は他にぎょうさんあるように思うけどね」

「じゃあ、移住してくるとすれば、どこの国の人たちがメインになると？」

「やっぱり技能実習生として来日する国民が多い国になるんやないかなあ。ベトナム、インドネシア、フィリピンとか……。日本の生活環境はそら魅力的やろから、入国、就労条件が緩和されれば押しかけてくるんやないかなあ」

「でも、高度な能力を身につけた人材は、日本よりも高い収入を得られるほかの国を目指すんじゃないでしょうか。もし、そうならば、日本にやってきて、従事するのは主に一次産業ってことになりません？」

津山が見解を求めると、

「まあ、当面はそうなるとは思いますけど、それもいつまで需要があるか……」

新沼は険しい表情になって、腕組みをする。

「というと？」

「津山さんねえ、人手が足らんようになったら、人間、どないな策を講じます？」

「そりゃあ、人手不足を補うには、機械化するしかないでしょうね」

そこではたと気がついて、津山は「あっ」と声を上げそうになった。

「そうです。それしかありませんわな」

新沼は大きく頷く。「そして、ニーズを満たす技術開発が始まるわけです。現に、農業ではGPSを搭載したトラクターが実用化されて、夜間のうちに勝手に畑を耕してくれるようにもなってますし、イチゴ収穫用のロボットがあったりと、人の手が極力かからんで済むような機械が導入されていますからね」

神部もまた、納得した様子で新沼の見解を肯定する。

「耕作放棄地を集約して、農業に再参入する企業も出てきていることだし、採算性の向上が見込めるのなら、企業は資金力にものをいわせて積極的に機械の導入を図るでしょうね。どんなビジネスでも、最大のコストは人件費ですけど、機械の場合は減価償却が終われば、メンテナンスと燃料代程度で済みますし」

「もっとも、農業従事者の高齢化によって、耕作放棄地は今後も増加の一途を辿るのは間違いありません。企業がこぞって農業分野に参入したとしても、集約化に難点がある農地もかなりあるはずですから、放棄地になる方が圧倒的に多いと思うんです。それに、機械化が進めば進むほど、人の手はいらなくなるんですから、移民を農業従事者として迎え入れるといっても地方の過疎化はおろか、国全体の人口回復にはほとんど役には立たないと違いますかね」

「あっそうか……。それは言えてますね」

再び肯定する神部に向かって、新沼は続けた。

「ただ、企業が集約化に難点があると判断した耕作放棄地を移民に農業用地として解放したら、話は違ってくるかもしれませんね。特に中国人には……」

「それは、なぜ？」

「不動産の個人所有は中国人には大きな魅力ですし、中国の都市部と農村部とでは、生活環境、所得レベル共に、大きな格差があるからです」

津山の問いかけに新沼は即座に答える。

そう聞けば、新沼の言わんとしていることが見えてくる。

「そうか。全面的にとは言えないまでも、悪名高き戸籍制度は廃止されたけど、農村部で暮らしてきた人たちが、都市部に出てきたって、暮らし向きが良くなるわけないものね」

中国には都市戸籍と農村戸籍がある。この制度は、まさに〝ガチャ〟の典型例とも言えるもので、農村部に生まれたが運の尽き、都市部への移住が著しく困難になるのだ。

都市部と農村部の生活環境や所得格差は、この制度によるところが大きかったのだが、共産党指導部もさすがにここまで都市部が近代化し、格差が広がってしまうと、農村部を放置するわけにはいかなかったのだろう。二〇二一年に人口三百万人未満の都市に限るとしながらも、農村戸籍対象者の移住を認めることにしたのだ。

「そもそも中国では土地の所有は認められていませんからね。農村戸籍の大半は、都市部で暮らせるほどの財産を持ってはいないのです。出てきたところで、貧しい暮らしを強いられるのなら、条件次第では日本に移住しようと考える人も少なくないかもしれませんね」

「なるほど。制度次第といえば、医療制度は充実してるし、何よりも日本には自由があるからね」

「それもありますけど、移民を受け入れるに当たっては、職と住環境の整備は絶対に必要ですからね。そらそうですわな。国籍を与えるかどうかは別として、研修生とは違うんです。来てから自力で職を探せ言うわけにはいきませんからね」

「あの……」

その時、神部がおずおずと口を挟んだ。「でもさっき、新沼さん、おっしゃいましたよね。どこの国にも商売やってる華僑が――」

「限られたエリアに中国からの移民が住むようになれば、商売するのが出てくるに決まってるがな」

新沼は、あからさまに呆《あき》れた表情を浮かべ、神部の言葉を遮る。

「そうしたら、西川口のような街が、日本中たくさんできちゃうわね」

近年まで、西川口は一大風俗街として名を馳《は》せていたが、県が浄化政策を打ち出した結果、繁華街の様相は一変した。

風俗店の店舗規模はさほど大きくなく、構造も独特で転用しようにも業態が限られたこともあって、一大飲食街へと変貌を遂げたのだ。しかも、近くに中国人が大挙して居住する団地があったことから、気がつけば店に掲げられた看板の文字は繁体字ばかり。彼の国そのままのスタイルで営業するスーパーもある、一大チャイナタウンとなったのだ。

「そら、そうなるでしょうね。医療かて、至れり尽くせり。カネがあるかどうかから始まる中国とは雲泥の差ですしね。老いた両親を扶養にしておけば、病気になったら高度な治療でも格安で受けられるんですもん。そら、中国政府が制限さえかけなければ、大挙して押しかけてくると思いますよ」

新沼は、どうしようもないといわんばかりに、肩をすくめた。

8

「すると、ネイティブ・ジャパニーズが減少する一方だった地域に、外国人移民が住むようになれば、人口比で日本人と外国人の比率が逆転するケースも出てくるかもしれないわね」

「それは当の外国人次第ですけど、ネイティブが子供を産んだら、そうなるでしょうね」

津山の質問に、新沼は当然のごとく答える。

「そうしたら、街の伝統文化、例えばお祭りなんかも様変わりしてしまうわね」

「でしょうねえ」

何を想像したのか、新沼は含み笑いを浮かべる。「外国人がマジョリティになれば、そら絶対に母国の祭りの要素を取り込み始めますわ。例えば、青森や弘前辺りにブラジル人が多く住むようになったら、ねぶたの山車《だし》の上で踊り始めたりとか、リオのカーニバルのようになってまうかもしれませんね。そないなったら、刺青《いれずみ》禁止もなにもあったもんやないですよ。外国ではとっくの昔にファッションの一つとして市民権を得てますからね。浅草の神輿《みこし》も刺青見せたらあかん言われてますけど、そんなん言うてたら担ぎ手がおらへんようになってまうんと違いますかね。実際、神輿にしたってとうの昔に担ぎ手が確保できなくなって、全国の祭り好きを集めんと立ち行かなくなってるんですから」

「えっそうなんですか？　浅草の三社祭って、近隣住民が神輿担ぐんじゃないんですか？」

驚きの声を上げた神部に向かって、

「あんたなあ、世の中には祭り好きがぎょうさんおりましてな、参加できるとなれば、全国どこへでも喜んで馳せ参じますねん。祭りやる方かて、人出があった方が盛り上がりまっさかいな。それこそ願ったりかなったりいうもんですわ」

ついに神部を「あんた」呼ばわりする新沼であったが、その言葉を聞きながら、津山はこの週末に岩手で聞いた、かつての上司、江崎の言葉を思い出した。


「当たり前のことだけど、過疎高齢化が進む地域からは、代々受け継がれてきた伝統行事や祭りが消えていくんだよね……」

ハンドルを握りながら、江崎は寂しげに言った。

「それはそうでしょうね。人口が減少する。特に若い世代が減る一方となれば、継承者の絶対数が減ってしまうことになりますものね」

「寂しいもんだよ」

江崎は長いため息を吐く。「この街も僕が高校の頃には、五万人以上の人口があってね。夏には七夕や花火大会があって、周辺の町からも人が集まってきて、そりゃあ大層賑わったもんだった。それが街を離れて半世紀。戻ってきたら、花火大会はずっと規模が小さくなったし、七夕に至っては消滅しちゃったもんなあ」

「消滅?」

「七夕っていやあ仙台だけど、あれと似たような飾りが商店街のメインストリートを埋め尽くしてさ。それこそ、立錐の余地もない、芋洗い状態ってやつだったんだ。だけど、過疎化に加えてバイパスができた途端、商店街はたちまち廃れちゃってねえ……」

「シャッター通りになったとおっしゃってましたものね」

「仙台の七夕の飾りだって、あれ、商店主が自腹で作ってんだからね」

考えてみたこともなかったが、言われてみればその通りなのだ。

オリジナリティ溢《あふ》れた飾りの数々を、行政が予算を組んで製作するわけがない。商店街の販促進、お客様、ひいては地域への日頃の感謝の念を込めて、各商店が創意工夫を重ねながら製作するからこそ、人を惹きつけてやまない祭りになるのだ。

果たして江崎は言う。

「仙台は街が大きいし、アーケードが会場だから、今でも続いているんだろうけど、肝心の商店街が廃れてしまえば、豪華な飾りを作って人を集めたって意味ないしね」

「バイパスは道幅が広いし、店舗が密集しているわけでもありませんしね。そちらで復活させるってわけにもいきませんしね……」

「バイパス沿いに大型店舗を出しているのは、中央資本の大企業だよ。地域振興のために、カネなんか使うもんか」

江崎は苦笑すると続ける。

「花火大会がしょぼくなったのも、スポンサーになっていた商店が廃業してしまったせいもあるんだよ。田舎の花火大会じゃ〝ただいまの花火のスポンサーは誰それでした〟ってアナウンスが流れるんだよね。これも地域住民への日頃の感謝の印だったんだけど、商売をたたんじゃったら、感謝も何もあったもんじゃないからね」

「そうやって、昔からの風習や行事が、どんどん消えていってるんですね……」

車は市街地を抜け、工業団地がある隣町へと国道を北上しはじめる。

雪が少ないこの地域では、冬の耕作地は土が剝き出しになっていることもあって、寂寥感に拍車がかかる。

「僕の実家は、街から三十分ほどのところにあるんだけどね、子供の頃にあった行事や風習もすっかりなくなっちゃったもんなあ……」

江崎は感慨深げに漏らす。

「地域の中心だった街でも、大きなお祭りがなくなったって聞いたことがありますから、小さな町だとなおさらなんでしょうね」

「明治時代だったかなあ、大火事が発生したそうでね。その記憶を後世に残そうと、毎年その日の夜に子供たちが集まって、消防車の後ろに行列をつくって『火の用心』って拍子木を打ちながら町内を練り歩く行事があったんだけど、それも肝心の子供がいなくなっちゃって消滅……」

ため息の出そうな話ばかりだが、江崎は続ける。

「初盆を迎えた家に子供が線香を届ける習慣があったけど、それもなくなっちゃったし、どんなタイミングでやったのかは覚えてないけど、子供が車座になって大きな数珠を回しながら念仏を唱えるとかもあったなあ……」

「でもね、津山さん。伝統や文化の継承なんて、正直、気にしてもしょうがないと思うんですよ」

新沼の捨て鉢にさえ思える一言で、津山は我に返った。

「どうして？」

「いや、文化や伝統を守りたい言う気持ちは分かりますよ。ですがねえ、伝統行事にしても、祭りにしても、初期の姿のまま続いているのは皇室の神事ぐらいのもんで、時が経つにつれ、多かれ少なかれ、姿形が変わってきてるはずなんですわ」

なるほど……。

思わず頷いた津山を見て、新沼は続ける。

「祭りに至っては、今じゃ、それこそただの祭り。イベントですわ。だって、そうでしょう？　神輿担ぐのかて、神道信者とは限りませんわね。皆でわーわーやって、呑《の》んで騒いでが面白うて参加してるのが大半と違います？　人きな祭りになれば、伝統守るいうよりも、一番は、よーけ人が集まって地元にカネが落ちる。要は経済効果が目的でやってんのとちゃいますか？」

そう言われると、反論に困ってしまう。

伝統の祭りは多々あるものの、規模が大きくなればなるほど、観光資源と化してしまっている傾向が見られるのは否めない。宗教色が強い祭りでさえ、参加者が信徒ばかりではないのもまた事実というものであろう。

その時、神部が口を開いた。

「確かに、なんだかんだいっても、日本人は宗教への帰属意識が希薄な人が多いですからねえ。クリスマスなんてその典型ですよ。僕、学生時代にアメリカでホームステイしたことがあって、クリスマスにホストファミリーと一緒に教会へ行ったんですけど、日本とは大違いで、本当に荘厳、厳粛な宗教行事なんですよね」

神部の言葉を聞いて、津山も留学中に体験した二度のクリスマスでは、イブ、当日の二日間、一日を通してラジオから流れるのは賛美歌ばかりだったことを思い出した。

「それに、ネイティブがいなくなると、文化や伝統行事が廃れてしまう言いますけど、僕に言わせれば、いざとなると日本人って、その時々の世相に合わせて伝統的スタイルを変えるのにはあまり抵抗を持たないように思うんです」

「それ、どういうこと？」

「だって、鎌倉時代から、江戸の終わりまで、七百年近く日本人は丁髷《ちょんまげ》結ってたんですよ。開国して、明治になった途端、文明開化や言うて強制されたわけでもないのに、みんな丁髷下ろして、服かてあっという間に洋服になってもうたやないですか」

これもまた厳然たる事実である。

「なるほど、その通りだわ……」

思わず唸った津山に、新沼は言う。

「第二次世界大戦の時かてそうやないですか。昨日まで〝鬼畜米英〟、〝進め一億、火の玉だ〟言うてたのが、負けた途端、〝ギブ・ミー・チョコレート〟〝民主主義万歳〟に変わってもうたやないですか。日本人は諦め、割り切り上手なんですよ。どうしようもないとなったら、その時々の状況を受け入れる能力に長けている。ある意味、現実主義者なんですわ。それが証拠に、アーミッシュのように、頑《かたく》なにライフスタイルを変えることを拒む人たちなんて、日本のどこを探しても一人たりともおらへんやないですか」

少々乱暴な気もしないではないが、日本人の特性を見事に言い当てているのは間違いない。特に宗教上の戒律を守るということに関しては、日本人は最も希薄な国民といえるだろう。先に、二酸化炭素の削減について語った時にも新沼は、アーミッシュを例に挙げたが、期間は限定されているとはいえ、イスラム教のラマダンのような厳しい制約を信者に強いる日本の宗教行事を津山は知らない。そう考えると、時々の社会状況に適合しながら生きていくという点において、日本人はハードルを持たない、あったとしても極めて低いという特性を持つという、新沼の指摘は実に的を射たもののように思える。

「そないなことより、津山さん。日本の未来を生きる上で、もっと真剣に考えておかないとならんことは他にあるんとちゃいますかね?」

新沼は、一転して憂うような口ぶりで言った。

「それは、なにかしら?」

「職業のライフサイクルの短命化。つまり、現役時代をどう乗り切るかいう問題ですわ」

9

「神部君。君は、受験勉強一生懸命やった口やろ?」

突然、新沼は神部に問いかけた。

「中高一貫校でしたので、受験を経験したのは二度ですけど、中学受験は大変でしたね。あんな思いは二度としたくありませんし、思い出したくもありません」

どうやら、本心からそう思っているらしく、神部はうんざりした表情を浮かべる。

「分かるわあ。小学校の時分から、毎晩遅うまで塾行って、帰宅してもまた勉強やもんなあ。春夏冬の休みは合宿やし、教室の席も成績順や。気が休まる暇もあらへんもんなあ」

学歴、職歴からして、新沼も同じ経験をしたはずである。同類相憐《あわ》れむといったところか、初めて神部の言に理解を示したのだったが、そこはやっぱり新沼だ。

「で、必死に勉強して、その頃は将来何になろう思うてたん？」

底意地の悪そうな目つきをして訊《たず》ねる。

「何になろうって……」

「コンサルタントになるのが夢やったん？」

「まさか」

神部は苦笑しながら否定する。

「そしたら、なんでこの会社に入ったん？」

採用面接の様相を呈してきたが、これはこれで面白い。

志望動機は採用面接で必ず問われる質問だけに、学生も事前準備にぬかりはない。独自性に溢れた動機を語ろうと、練りに練った答えを用意して臨んでくるのだが、そこは所詮学生の浅知恵というものだ。学力も経歴も同じような学生ばかりなのだから、同じような答えのオンパレードとなるのが常である。

「なんでと言われましても……」

果たして神部は口ごもってしまう。

「ええ大学出たからには、ええ会社に入ろう思うたんか？」

「それは否定しませんけど……」

「一生懸命勉強したんも、ええ仕事、ええ会社に入ろう思うたら、ええ大学に入らなあかん。ええ会社に入れれば、たっかい給料貰《もら》えて、一生安泰。そない思うたからやろ？」

「それも否定はしませんよ。採用するかしないかは、それこそ会社が決めることですけど、難関大学を出れば、職業の選択肢が増えるのは事実ですし、足切りされることはまずありませんので」

そこで、新沼は津山に視線を向けてくると、

「私が問題と考えているのか、まさにそこなんですわ」

まるで神部の答えを予想していたかのように言い、話を続ける。

「先に、科挙制度が少子化に繋がると言いましたけど、高学歴を得れば将来進む道の選択肢が広がると信じられているからです。実際、今まではその通りやったわけですのでね」

もちろん、現実的に捉えれば、新沼の言う通りではあるだろう。

なぜならば、「野に遺賢なし」という言葉があるが、現実は必ずしもそうではないからなのだが、どこに埋もれているか分からない才能や人材を新卒学生の中から見つけ出すのは、パイが大きすぎて、それこそ砂山の中からダイヤモンドを探すようなものだからだ。まして、人気企業になればなるほど、志願者は殺到する。時間的制約もある中で、効率的に一定レベルの人材を採用しようと思うと、どうしても受験で学習能力の高さが証明された難関大学出身の学生が対象になってしまうのだ。

資格が必要な職業もまた同じで、試験なくして得られる資格は皆無である。それも、医師、弁護士、公認会計士といった、社会的ステータスが高い職業の資格試験は難易度が極めて高く、優れた学習能力なくして合格は不可能だ。

実際、津山が商社で働いていた頃、就活が話題になった際に、当時上司であった江崎がこう言ったことがある。

「僕らが就活をやった頃は、指定校制度が公然とあったからねえ。当時は解禁日ってのがあって、人気企業ともなると前日から、当日は始発電車が動き出すや、たちまち学生が押しかけてきて、長蛇の列ができたんだけど、選考は受付の段階で始まってたんだな。東大・京大・旧帝大、早慶上智、その他ってビラ貼った、三つの机が並んでいてね。最初から『その他』は受けるだけ無駄ですって宣告されてるようなもんだったんだ。まあ、それでも一次面接は受けられたんだけどね」

津山は江崎の言葉を思い出しながら言った。

「私の時代には、それほどあからさまじゃなかったけれど、昔は指定校以外からは採用しないって大企業が大半だったと聞いたことがありますね」

「今だって企業はやってますよ。エントリーシートには学校名を記載する欄がありますからね。それでも昔は、一次面接だけは受けられたと聞きますけど、今はコンピュータでスクリーニングして、指定校以外の学生には説明会の定員がいっぱいになりました言うて、門前払いですもん。やり方が巧妙化しとるだけですわ」

「まあ、端《はな》から採用する気もない学生を面接しても、企業側からすれば時間の無駄というものですからね。他所を回ってもらった方が、学生のためになるって考えも成り立つでしょうし……」

「津山さん、私が言いたいのはそんなことではないんです。一生懸命勉強して、ええ大学入って、満願成就大企業、有名企業に入社しても、どれだけ居続けられるのかということなんです」

「おっしゃることは分からないではありませんが、全員が役員、社長になれるわけじゃないのは今も昔も同じじゃないですか。まして、大企業ともなると出向、移籍も当たり前。自分がどこまで昇り詰められるかなんて、それこそ時の運。誰にも分からないわけで——」

「違いますよ。そんなことを言うてんのやないのです」

新沼は津山の言葉を遮って続けた。

「これから先、職業寿命がどんどん短くなると、言いたいのです」

「職業寿命？」

初めて耳にする言葉に、津山は思わず問い返した。

「津山さん、技術は最終的に何を目指して開発され、進化し続けていると思います？」

そんなことは考えたこともなかった。

不意を突かれ、小首を傾げて考え込んだ津山から視線を転じ、新沼は神部に話を振る。

「神部君。あんたは、どない思う？」

「う〜ん……」

下手なことを言えば、また馬鹿にされるとでも思ったのか、神部もまた、答えに詰まる。

「そうかあ。あんたも分からんかあ……」

新沼はニヤリと笑い、一瞬の間を置くと、「まずは労働の軽減。最終的には労働からの解放ですわ」

得意げに顔の前に人差し指を突き立てる。

そう言われても、意味するところが俄には理解できず、

「それ、どういうことです？」

津山は問うた。

「製鉄所を例に取って説明するとですね、昔は溶鉱炉の中で溶鉄ができると、鉄の飛沫や灼熱に耐えながら背丈以上の長い棒を使って掻き出す役、製造ラインに流す役と、工程の多くに作業員がいたわけです。それが、いつの間にか、ほとんど無人化され、灼熱下の労働から人間は解放されたわけです」

製鉄の現場作業を例にするところが、いかにも元経産官僚だ。

「なるほど」

いわんとするところが見えてきて、頷いた津山に、

「オフィスワークもそうですやん」

新沼はさらに続ける。

「パソコンが導入され、性能、機能が上がるにつれて、どれだけの人間が労働から解放されたと思います？　津山さんは、確か前は総合商社で働いてはったんでしたよね」

「ええ……」

「そしたらテレックスって聞いたことありません？」

「もちろん、ありますよ。私が入社した頃にはメールでしたけど、ちょっと前までは、海外との

やり取りのほとんどがテレックスだったと……」

「その時代の大手商社には、テレックス室いうのがありまして、ぎょうさんオペレーターが働いていたそうですわ。それだけやないですよ。外国語の書類はタイプライターで作成するもんで、タイピストを養成する専門学校があって、立派な資格でもあったんです」

「ああ……そうでしたね。私が入社した頃は、みんなワープロソフトを搭載したパソコンを使って自分で書いてましたけど、中学生ぐらいまではタイピスト養成の専門学校があったと聞いたことがありますね」

「日本語の契約書なんかの公文書かて、文書室いうのがあって、活字拾って作成してたそうですし、写真が必要なプレゼン資料を専門に作る業者もおったんですわ。確か『スライド屋』とか『ポジ屋』とか言われていましたね」

「それは、どういう仕事なんですか？」

「医者の学会なんかでは、病変部の症状を撮影した写真に文字を入れたりしたもんをスクリーンに映して発表したらしいんですわ。医者の世界かて見栄《みえ》ちゅうもんがありますからね。結構な料金を払って、スライドに文字入れをする専門業者に作成を依頼したそうなんです」

「それ、パワポでやれることですよね」

　よせばいいのに、神部が傍らから口を挟んだ。

「そうや、その仕事で食うてた人たちが、パワポの登場で労働から解放されたわけや。明かりを落とした会場で、プロジェクターに業者が作ったスライドをセットして、発表者の指示がある度に、カシャカシャやってたんが、今は発表者がパソコンのボタンを押せばええだけになってもうたんやから、下っ端の医局員も雑用が一つ減ったわけや」

そういえば、入社した頃のプレゼンにはオーバーヘッドプロジェクター（ＯＨＰ）が使われていたことを思い出し、

「今にして思うと、隔世の感がありますよね……」

津山は思わず呟《つぶや》いた。

「自動車の工場かて、そうですわ。昔は各製造ラインにぎょうさん工員がおって、溶接もエンジンの設置も全部人がやっとたんです。それでも人手が足りのうて、農閑期になると地方から農家の人が季節労働者、所謂『出稼ぎ労働者』としてやってきて、毎年何カ月も働いておったんです。それがロボットや機械の導入が進み、性能が向上するにつれ、工員の数も激減したし、出稼ぎ労働者に至っては、今や皆無です。つまり、多くの人が労働から解放されたわけです」

新沼は「労働からの解放」というが、本当はこう言いたいのだ。

「技術の進歩は、人間から職を奪い、労働の場を奪うってわけね」

「そう思いませんか？」

果たして、新沼は片眉を上げ、津山の視線を捉え、口角を吊り上げる。

「厄介なんは、経営者からすると、技術の進歩は人員削減、ひいては人件費の削減に繋がることです。生産の現場なら、ロボットに仕事をやらせれば、労働基準法を気にすることもなくなります。理屈の上では二十四時間、最低限の人員で、生産を続けることも可能ですし、労災事故が起きることもなくなりますからね」

「オフィスでも、コンピュータの機能が上がるにつれ、三人でやっていたのが二人に、そして一

人でやれるようになるってわけね」

「そこに革新的な技術が登場すると、あって当たり前だった職業が、丸ごとなくなってしまう。そこまで行かずとも、必要とされていた人員が激減することになる。これが、職業寿命の意味なんです」

10

新沼の指摘はもっともだ、と津山は思った。

しかしその一方で、これだけ技術が進歩しているのに、かつて勤務していた総合商社にしても、他業種の大企業にしても、従業員数が激減したという話は聞いたことがない。

その点を指摘しようとした津山だったが、

「そうはおっしゃいますけど、これだけＩＴ化が進んだ社会になっても、雇用は減るどころか、現実は人手が足りなくて困っている会社はたくさんあるじゃないですか。あまりにも悲観的に過ぎませんか？」

それより先に神部が反論した。

「神部ク〜ン。あなた、カメラ持ってはりますか？」

「もちろんです。スマホにカメラ付いてますもん」

「そしたら、ステレオは？」

「ステレオは持ってませんね。スマホで聞けばいいんだし、そもそもステレオ、売っていませんもん」

「当然、ビデオカメラも持ってないよね」

「動画もスマホで撮れますからね」

「あのね、神部君。それ全部、かつては総合家電メーカーの一事業部のビジネスやった製品なんやで。専門でやってるメーカーも幾つもあったんやで」

神部はスマホネイティブ世代といっていい。かつての市場規模は知らないだろうが、多くの人間がそれぞれの事業に従事していたことは、想像がつくはずだ。

果たして神部は、「うっ……」と短く漏らすと口を噤《つぐ》んでしまう。

新沼は続ける。

「どこの会社にも大きな工場があって、ぎょうさん人が働いてたんやで。工場だけやない。技術者もおったし、本社、販売会社にも従業員がおったんや」

「そうですよね……。それが、こんな小さなスマホの中に、全機能が呑み込まれてしまったんですからねえ。あの人たち、どうなったんでしょうね……」

その点を改めて指摘されると、技術の進歩は、必ずしも人を幸せにするとは限らないもののように思えてきて、津山は暗澹たる気持ちになった。

「知りませんがな」

ところが新沼は冷酷に言い放ち、話を続ける。

「働かな食うていけへんのですから、別の仕事で生計を立ててはるんでしょうが、入社当時は、まさかこんな日がやってくるとは想像だにせんかったでしょうな」

そして再び神部に視線を転ずると、

「大学の同期にも、銀行に就職したのいてはるやろ？」

唐突に問うた。

「銀行ですか？　大学からは何人か行ったでしょうけど、僕の周りではいませんねえ。だって、もうオワコンの業界じゃないですか」

「やっぱ、あんたの学校は賢いやつが、よーけおんのやなあ」

茶化すように返す新沼だったが、一転真顔になると、「僕らの時代は銀行に就職できれば、ええ給料貰えて、潰れることもない、一生安泰を約束された勝ち組やと誰しもが思うてたんですわ。ねえ、津山さん」

唐突に話を振ってきた。

「そうでしたね。銀行への就職を勧める親も多かったように思いますし、転勤が頻繁にある程度のことは知っていても、出向、転籍は当たり前といった厳しい世界だってことは、実際に働き始めてから分かることですからね。身分が保障されるイメージがあって、結構な人気業種でした」

「まあ、銀行言うても、所詮は金貸しです。借りる側と貸す側、どっちが強いかといえば貸す側です。銀行から、こいつの面倒を見てやってくれ言われたら、中小企業は断るわけにはいきませんからね。出向、転籍であろうと、最後まで銀行が面倒見てくれるのは事実ではあったんです。それに支店もぎょうさんありましたしね」

そこまで聞けば、話の展開が読めてくる。

「それが、ネットバンキングが登場して業務の効率化が格段に進み、支店の閉鎖も相次ぐようになりましたものね」

津山が先回りすると、

「しかもゼロ金利時代が長く続いたお陰で、最大の収益源であった融資での利益が思うように上がらんようになってしまった。つまり、今までの収益モデルが通用せんようになってしもうたわけです」

新沼はその先を促すように、津山に目で合図してきた。

「今まで無料だったサービスを次々に有料化して、小銭を稼ぐようになったのは、その現れですよね」

「津山さんのところへも、最近銀行からよう電話がかかってくるでしょう?」

「電話?」

「津山さんの担当になりました、何ちゃら支店の何々です。お役に立てることがございましたらお気軽にご相談ください、みたいな……」

「ああ、たま〜にかかってきますね」

「それ、この二〜三年のことやないですか?」

今の銀行との付き合いは、前の職場に入社した時点からだから、かれこれ二十年以上にもなるのだが、「担当になった」という電話を貰うようになったのは、確かに最近のことだ。

「相談なんてありませんから、すぐ切っちゃうんですけど、あれなんなのでしょうね。担当者が付くほどのおカネを預けているわけでもないのに……」

「銀行、というか口座を持つ支店からすると、津山さんは立派に大口客なんですわ。そやし、ただ口座に置いていたのでは、金利が安くて利子が幾らもつきません。運用するか、利率のいい定期にしませんかって、セールスかけとんのです」

「運用って……」

最後まで話を聞いたことがなかっただけに、津山は驚き、言葉が続かなくなった。

正直なところ、ＬＡＣの給与水準は世間相場と比べれば高額である。まして、津山はパートナー、しかも独身だ。普通口座に千万単位の預金があるのは事実だが、今の金利では、どれほど優遇されたとしても、高級レストランで一度ディナーをとれば吹き飛んでしまう程度でしかない。

「津山さん、話に乗ったらあきまへんで。定期にすれば利率がええ言うても、なんぼも違いませんし、投資なんてもってのほかですわ。一生安泰や思うて就職先に銀行選んだ人間が運用するんです。金儲けの才覚があるのなら、そもそも銀行なんか行きませんし、大損させられた挙句、手数料はしっかり取られて終わるのがおちですわ」

経験があるのか、新沼は声に力を込めて断言し、さらに続ける。

「相続の相談もあきません。うっかり相続対策のアドバイスを依頼したら、コンサルタント料やいうて、相続税払ったのと変わらんぐらいの請求書が来まっせ。ノルマもあることやろうし、ほんま、あの手この手でカネ稼ぎに必死なんですわ」

おそらく、相続の件については、新沼の実体験でもあるのだろうが、論点はそこではない。

「つまり、鉄板といわれた銀行員の雇用環境も、ＩＴ技術の導入で激変した。特に中高年の行員は、入行時には想像もつかなかった現実を突きつけられて、途方に暮れているってことですね」

津山は、話の軌道を戻しにかかった。

「銀行だけやないですよ。証券会社もそうやないですか。営業マンが電話かけまくって客に株を買わせたのも、気がつけば今や大半の取引がネットですからね。いったい、どれだけの証券マンが証券会社から姿を消したことか」

そう言われてみると、かつてはオフィス街に足を踏み入れれば、証券会社の看板がやたらと目についたものだが、今やこの界隈《かいわい》ですらほとんど見当たらない。それも道理というもので、売買に電話を使うのはもっぱら高齢者で、今やネット売買が主流になっているからだ。

「そうだよねえ……。そう言えば、証券会社の数そのものが激変したものね……」

「私はね、こうした現象もまだとば口についたばかり。あらゆる業種で、人手を減らす技術が導入される。それにつれて、職業寿命もどんどん短くなると思うてるんです」

「つまり、企業に就職できても、いつ仕事が、あるいは会社自体がなくなっても不思議じゃない。現役のうちに、二度や三度の転職を強いられることを覚悟しなければならない時代になるって言いたいわけね」

「間違いなくそうなりますが、となると新たな大問題が生じるんですね」

新沼は、深刻な表情になると、「職を失った人たちを、どうやって救済するのか、それが皆目見当もつかんのですわ……」

フウッと重い息を吐く。

「見当がつかない？」

「新技術の出現は、新たな雇用を創出する言う人もいてますけど、今まで三人でやってた仕事が一人でこなせるようになれば、二人いらなくなるんです。しかも、今まで従事してきた仕事に就くことはできないでしょうから、別のスキルを身につけなければならない……。そんなの言うは易く行うは難しの典型ですよ。社会に出て、十年も経った頃に勉強やり直すなんて、できる人なんてそう多くはいませんからね。だから、救えるとしても、ごく僅かやないかと思うんです」

新沼は、「思う」と断言を避けたが、本当は「僅かです」と言いたかったに違いない。

なぜなら、「技術の進歩が労働からの解放」を目指すものなら、たとえスキルが必要な職種でも、今まで以上の人手を必要とするわけがないからだ。

「なんだか、絶望的な見解ですね……」

津山は率直に言った。「新沼さんの見解を聞いていると、近未来の社会は失業者だらけになってしまうわね」

「経営者の考え方次第ではね」

「経営者の考え方次第ってどういう意味？」

「最終的には費用対効果の問題だからですよ。新しい技術を導入して、人件費を減らす方がええのか、それとも職にあぶれた人間を安く使うのが得なのか……」

「どっちにしたって、経営者以外は誰もハッピーにならないじゃない」

「そやから、ええ大学行って、ええ会社に入っても、幸せな人生を送れると約束できる時代やあらへんよ、と言うてるわけです」

そこで新沼は、またしても神部を見る。

ぎょっとした顔をして、身構える神部に、新沼は語りかけた。

「あんたも自ら進んで塾行って、中学受験をしたわけやないやろ？　ええ学校に行けなんだら、ええ仕事につけへん。親にそない言われて、一生懸命勉強したんやろ?」

「まあ……そうですけど……」

「確かに、お父さん、お母さんの時代まではそうやったけど、職業寿命は今後時間の経過とともに、確実に短くなっていくのは間違いないねん。ええ会社に入った思うてたら、途中で梯子外されて、なんでこんなことになるんやちゅう時代にね」

「その職業寿命はどれくらいだと、新沼さんは考えているの?」

津山は問うた。

「そら、業種によって様々ですから、一概には言えませんけど、今現在、将来性がある言われている業種でも、二十年かそこらでしょうなあ?」

「その根拠は?」

「ありません。私の勘ですわ」

新沼はあっさり言うと、「これまでの常識を一変させてしまうような革新的技術が、いつ出てきても不思議じゃありませんのでね。そやし、これからの時代を生き抜くためには、一生懸命勉強して、ええ大学に行くのも結構やけど、世の中の流れを読む力、何があっても食うていける能力を身につけなならんと思うんです」

「それは分かるけど、親の世代の経験則や価値観って、そう簡単に変わるもんじゃないわよ?」

「津山さん、私、職業寿命二十年は勘や言いましたけど、日本にはかつて『大国』とか『立国』いう言葉がついた産業が幾つもあったやないですか」

「ありましたね。家電大国、電子立国とか……」

「それ、今どうなりました？　家電産業も半導体も、今や見る影もないほど落ちぶれてもうたし、古くは『鉄は国家なり』言われた製鉄産業かてそうやないですか。今度は自動車がそうなるでしょうね」

「じゃあ、絶対に廃れることはない、鉄板の職業ってのは、これからの時代、存在しないってわけ？」

「産業ならありますよ」

「例えば？」

「人間がいる限り必要不可欠なのに、従事者は減る一方。農業や漁業、所謂一次産業は鉄板ですわ」

「え〜っ……」

神部は、暗い声を上げる。

「え〜って、必要不可欠なのに、なり手がいない仕事は狙い所やで。もっとも、これも早い者勝ちや。前に言うたけど、農業も機械化が進んで、人手がどんどんかからんようになってますんでね。農場経営者になるか、労働従事者になるかでは、収入も雲泥の差になるやろからね」

「やっぱ、医学部行っとけばよかったなあ……。人が居る限り、病気はなくなりませんからねえ」

心底後悔するように、神部はため息を漏らすと、がっくりと肩を落とした。

ところが、新沼は神部を一瞥《いちべつ》し、

「医学部ぅ？　分かってへんなあ」

あざけるように鼻を鳴らす。

「分かってないって、なにがです？」

新沼は、神部の問いかけに答えることなく、津山に視線を向けて来ると、

「このインタビュー、峰岸《みねぎし》さんにもなさはるんですか？」

厚生労働省出身のヤメキャリの名前を挙げた。

「ええ、明日に……」

「じゃあ、医者のことは、峰岸さんに答えてもろたらええですわ」

新沼はあっさりと言い、話を戻しにかかる。「それから、飲食、観光業は、当面の間はええと思います。日本は外国人観光客に大変人気がありますし、食もハイエンドからローエンド、実にバラエティに富んでますのでね。日本全体を一大観光テーマパークにするようなプロジェクトを打ち立てて再開発すれば、観光立国も夢やないし、食の需要が増大すれば、一次産業も活性化しますからね。祭りにしても、ねぶた、三社祭、山笠、だんじりなんかが外国人の参加をＯＫにしたら、世界中からわんさか観光客が押し寄せてくるでしょうなあ」

ヤメキャリ、しかも経産省で働いていた新沼にこう言われると、当然の疑問が湧いてくる。

「それって、経産省マターじゃない。そんなアイデアを持っているのに、どうして辞めたの？第一、公務員はどんな時代になっても、仕事がなくなることはないし、リストラされることもない、最も安定した仕事じゃない」

津山が問うと、

「しかも、国費でＭＢＡを修得したんですよね？」

待ってましたとばかりに、神部が迫る。

「組織に身を置く限り、仕事は選べませんのでね。それに、万事が前例主義で、斬新なことをやるのは難しいし、キャリアは数年で部署を異動しますから。一つのテーマに腰を据えて取り組むことができへんのですわ。しかも、官僚の評価は天下り先をなんぼ作ったかですからねえ……」

「それ、よく耳にしますけど、本当のことなんですか？」

神部は興味津々な様子で、身を乗り出した。

「あのね、神部君。キャリア官僚は大変な激務なの。何で、こないわけの分からんやつのいうこと聞かなならんの、頭下げなきゃならんのって、日々大変なストレスを覚える仕事なの」

「そんなの、どこの職場でもそうじゃないですか？」

「まあ、上司はまだええのやけどね、問題は国会議員なんやね」

よほど屈辱的な思いをしたのか、新沼は苦々しい表情を浮かべ、話を続ける。

「大臣の国会答弁を作成するのは官僚やからね。深夜になって、質問状を出してくる野党のセンセも当たり前におるのよ。国会期間中は徹夜は日常茶飯事やし、答弁する大臣センセかて、質問内容も理解できていなければ、何を答えているのか分からんいうのも当たり前におるんよ」

「大臣が答弁に詰まって、側に控える官僚に助け船を出してもらうところとか、よく見ますもんね」

「徹夜で答弁書いたら昼は国会。そうでなくとも、センセ方から呼び出されて、説明にあがることも頻繁にあるしね。その傍らで国の経済、産業をどうすべきかを考え、政策を打ち出さなならんのやで」

「激務の割には給料が安い。だから退官後は天下り先で、楽して給料貰ってもバチは当たらないってわけですか？」

よせばいいのに、神部は皮肉めいた質問を発する。

「国会議員のレベルがどんなもんか、分からへんからそないなことが言えるんや」

秘めていた思いというものは、一旦口にしてしまうと歯止めがきかなくなってしまいがちだが、どうやら新沼もそのモードに入ったようだ。

新沼は勢いのまま続ける。

「そら、有権者に選ばれた議員なんやから、仕えるのは官僚の義務や。そうは言ってもやね、知識もない、見識もない、大局観もない。どうしたら国会議員で居続けられるか、大臣になれるか。そればっかしか頭にない議員がぎょうさんおるんやで」

「確かに国会中継を見ると、程度の低さは一目瞭然ですもんねえ」

その点は理解できるとみえて、神部は気の毒そうに相槌を打つ。

「議員で居続けるには、まず目立つこと、露出を多くするに限るわな。特に野党は、政権奪取が悲願やさかい、絵になりそうなことをすんねん。閣僚を責め立てるのはまだええとして、官僚に矛先を向けてくるんやから、ホンマ堪《たま》ったもんやないで」

「ああ、あの官僚を呼びつけて、カメラの前で罵倒するやつですね」

「あんなん、立派なパワハラやで。なんで問題にならへんのか、不思議でならんわ」

「パワハラかあ……確かにそうですよね」

苦笑する神部だったが、ふと思いついたように訊ねる。「でも、経産省って一流官庁じゃないですか。大臣、政務官にはそれなりの人が任命されるんじゃないんですか？」

「経産省は確かにマシやけど、パフォーマンス好きが大臣になると、とんでもないことになんねん」

「例えば？」

「レジ袋の有料化とか……」

「ああ……」

ここにきて、急に二人の波長が合い始めたようだ。

話の内容は大分ずれてしまっているが、面従腹背と分かっていても、官僚の本音が聞けるチャンスは滅多にない。

津山は黙って二人の話に聞き入ることにした。

「海洋生物が誤飲するいうけどね、海洋投棄なんてマナーの問題や。有料にしたから言うて、使用量がどんだけ減ってん。カメや魚が誤飲せんようになったんかい」

「ほんと、単純というか、おめでたいというか、レジ袋ってゴミ出す時に重宝するんですけどね」

「脱原発をいい出したのも、あれや」

新沼は、ついに大臣を『あれ』呼ばわりして、さらに続ける。「ソーラーパネル団地を造るために森林伐採って、二酸化炭素は植物が吸収して酸素に変えるって、小学校で教わらなかったんかな。パネルの下は日陰になって、植物なんかろくに育たへんのやで」

「ですよねえ……。やってることがメチャクチャですよね。思いつきでやってるとしか思えませんけど、でもどうして世の中の人は、声を上げないんでしょう。それどころか、結構人気があって将来の総理候補と言われてるんですよ」

「考えてないねん。世の中のことなんか、どうでもええねん。自分の関心がある分野、情報にしか興味ないねん。原発かて、そうやんか」

そこで新沼は、津山を見ると、「まあ、時既に遅しですけど、原発を止めている限りは、少子化なんて改善されませんわ」

突然、本題に戻してきた。

その理由は、説明を求めるまでもない。

「電力料金が、高止まりするだけだものね」

「その通りです」

果たして新沼は頷く。「電気料金は、製造コストに直結しますから、料金の高止まりは世界市場で競争力を失うことを意味するんです。こんな状態が続いたら、安い電力を求めて、製造業は日本から出ていくばかりになってしまいますわ」

「かくして、ますます雇用は失われ、国民の暮らしは貧しくなるばかり。それでどうして子供を持てるのかって言いたいわけね」

「メディアに出てくる文化人やタレントは、原発は危険や、何かあったら国が滅ぶ。あんな危険なもんを動かすくらいなら、皆で貧しくなろう言いますけど、ほんま気楽なもんですわ。人が減ってもうたら、メディアの仕事なんて、なくなってしまうことに頭が回らんのですわ」

「前に新沼さんが言ったように、今メディアに出ている人たちも、自分たちは現役で逃げ切れると考えているんでしょうね」

「だから、将来のあるべき姿を考えるのは、若い世代に任せるべきやと思うんです。政界、財界が高齢者に牛耳られている限り、少子化対策に本気で取り組む機運なんか生まれませんよ。もっとも、時既に遅しってやつですけどね……」

新沼が、そう締めくくったのを見透かしたかのように、彼のデスクの上で電話が鳴った。

短く二度ずつ鳴るのは、内線である。

新沼は腕時計を見ると、

「すんません、ミーティングが入っておりまして……。なんや、とりとめもない話ばかりしてしまいましたが、まあ、そういうことで……」

おそらくは、気乗りのしないインタビューであったのだろう、救われたとばかりに立ち上がる。

「お手間をとらせました。ご協力、ありがとうございました」

津山は、丁重に頭を下げると、神部を促し席を立った。

11

オフィスに戻った津山は、新沼に行ったインタビューの内容を要約して報告書にするよう神部に命じた。

次にスマホを手にすると、番号リストの中にある樫山舞《かしやままい》の名前をタップした。

発信音に続いて、三度の呼び出し音が鳴ったところで、

「ユリ、久しぶりぃ」

舞の声が応えた。

「今、大丈夫？」

舞とは小学校入学以来の仲だ。それも大学までの一貫校である。

もちろんクラス替えもあったし、大学では津山は経済学部、舞は文学部と別の学部に進学したのだったが、小学校入学時の女子生徒数は五十名。当然同窓の絆は強くなるわけで、今でも頻繁に連絡を取り合う仲である。

「珍しいじゃん、平日のこんな時間に。仕事中でしょう？」

「今日は、一児の母親としての考えを聞きたくて、電話したの」

「それ、仕事なの？」

「じゃなかったら、勤務時間中に電話なんかするわけないじゃん」

そうは言っても、やはり旧知の仲との会話となると、どうしても友達口調になってしまう。

「だよねえ。あんた真面目だもんねえ」

舞は、茶化すように言い、「で、なに？　一児の母親としての考えって」

質問の内容を問うてきた。

「純平《じゅんぺい》君、高校生になったんだっけ？」

「そう、ようやく高校一年になったわ」

純平とは舞の一人息子で、小学校受験に成功し、両親と同じ大学までの一貫校で学んでいる。

「じゃあ、そろそろ学部を決めなきゃならないわよね」

一貫校とはいえ、大学進学時には志望する学部ごとに必修科目が異なる。志望者が定員を上回れば成績上位者からの順番になるから、内部進学とはいえ勉強に手を抜くことはできない。

「そうなんだけど、なかなかねえ……。本人に聞いても、はっきり言わないのよ」

「前に、医学部へ行けたらって言ってたじゃん」

「私はそう思っているんだけど、純平には全然その気がなくてねえ……」

舞の声からは困惑している様子が窺えた。

果たして舞は言う。

「医学部は高二からの必修科目が多くなって勉強が大変だし、それに内部進学の定員は十五名。高校受験で入ってきた子たちは、ものすごく勉強ができるしね」

「舞と勇作《ゆうさく》さんの遺伝子を引き継いでるんだもの、純平君も優秀なんでしょ？」

「まあ、今のところ狙える成績は取ってはいるけど、肝心の本人がねえ……」

「どうして？」

「それがよく分かんないのよ。医者になれば一生安泰なんて、いつの時代の話だよって、相手にしてくれないんだもの」

「親の言うことに耳を傾けるより、反発を覚える年頃だもんね」

苦笑しながら津山が言うと、

「それがねえ、純平だけじゃないの。主人も好きなようにさせればいいじゃないかって言うのよ。子供の進路、職業については、親の価値観でアドバイスできる時代じゃないって……」

ついに舞はため息をつく。

正直、これには驚いた。

「勇作さんが、そんなこと言うの？」

というのも勇作は、三代続く開業医の家に生まれ、自身は医師ではないが、父親が経営する病院の副理事長をしているからだ。医師になれなかったのは、医学部への内部推薦枠から漏れてしまったからだが、経営に医師免許は必要ない。ただ、孫である純平を医師にするのは義父の悲願だと聞いたことがあった。

「まあ、弟が医者だから、病院の跡取りには困りはしないけど、あの人、純平の考えには、妙に理解を示すのよ」

「何て言って？」

「何をして食っていくにせよ、大学を四年で卒業して、どこぞの企業に就職するのなら、あいつも大したことはないなとか、チャレンジこそが人生だと言わんばかりなの」

舞は母親らしく、困惑と不安が入り混じった声で言うのだったが、津山は勇作の考えに俄然興味を覚えた。

「医者になるかどうかは別として、少なくとも有名校を出れば、職業の選択肢は増えるって考えてるからなんじゃない？」

「それまた、二人とも同じ事を言うのね」

「同じこと？」

「日本にしがみついていたら、ろくなことにはならない。就職したって、会社が決めた仕事しかできないんだ。やりたいことがあるのなら、自己責任でやるべきだ。それなら失敗しても諦めがつくだろうって……」

「そんなこと言うの？」

そう返したものの、新沼から「職業寿命」という言葉で、これから先の雇用がいかに不安定になるか、私見を聞かされた直後のことである。それに、医師に関しても、神部が「医学部に行けばよかった」と口にした途端、新沼が鼻で笑ったことを津山は思い出した。

「なんかさあ、二人とも、ビル・ゲイツはハーバード中退だし、イーロン・マスクは大学院まで行ってるけど、最後に入ったスタンフォードは二日で辞めたとか言うんだよね。そのうち、大学には行かないなんて言い出すんじゃないかって、戦々恐々としてんのよ」

母親が、我が子に幸せな人生を送ってほしいと願うのは当然のことだが、舞の口を衝いて出るのは、当事者間の職業観、人生観のギャップに対する困惑と不安ばかりだ。

「二人の言い分は、理解できなくはないけど、誰しもがビル・ゲイツやイーロン・マスクになれるわけじゃないからね。むしろ、彼らを目指して起業しても、途中で夢破れてしまう若者の方が、圧倒的に多いんだしさ」

「醒《さ》め切ってんのも問題だけど、人成功を収めた人たちを目標にするのもどうかと思うのよ。だって十六歳だよ。そろそろ現実ってもんが見えてくる年頃じゃん」

自分の考えを肯定されて、舞は言葉に勢いをつけるのだったが、そうなると、今度は二人に理解を示し、どんなコメントが返ってくるか、俄然興味が湧いてきた。

「でもさ、純平君や勇作さんが、そんな考えを持つのも無理ないかもよ」

「どうして？」

「だってさ、純平君はお受験しか経験していないんだよ。小学校受験なんて、親の受験のようなもんだし、今だって親が敷いたレールの上に乗っかってるだけじゃん」

小学校受験、所謂「お受験」に学力試験を課す学校は極めて稀《まれ》だ。あったとしても、幼稚園の年長が対象だけに、知能テストに毛が生えた程度のものでしかない。しかも、選考過程は非公開。全くのブラックボックスなのだ。

津山は続けた。

「その点、中学や高校から入学してくる子たちは、本物の受験を経験してるんだよ。何年間も毎日夜遅くまで勉強して、一点の違いが合否を分ける競争を勝ち抜いて入学が許されたんだよ。合否の基準が曖昧なお受験に合格しさえすれば、大学までの進学が保証される子供たちに、現実の厳しさを知れっていうのが無理なんじゃないかな」

「純平はそうでも、主人は病院経営者なのよ。社会に出てからどれだけ経つのよ。現実の厳しさを十分知ってるはずなのに、なんで純平の夢物語に理解を示すのか、理解できないから言っているのよ」

「あんた、そのこと勇作さんと、とことん話し合ったことがあるの？」

「それがさあ、話そうと思っても、浮世離れしたお前には分かんないだろうって、相手にしてくれないのよ」

舞は、声のトーンを落としてぼやく。

「浮世離れ？」

「正直、今までのところ、経済的な面では不安を覚える生活をしたことないし、会社勤めの経験だってないからね。そこのところを衝かれると、返す言葉が見つからなくて……」

確かに、勇作の言うことも分からないではない。

舞の父親は代々続く洋菓子店の社長で、大学を卒業した舞を海外に遊学させる余裕があるほどの資産家だ。勇作と結婚した後は専業主婦となって家庭に入ったのだったが、炊事はともかく、掃除や洗濯といった雑事は通いの家政婦任せだ。

「確かに、そこを衝かれると黙るしかないわね」

「なによ、あんたまで皮肉を言わなくてもいいじゃない」

「そんなつもりで言ったんじゃないんだけどさ。そう聞くと勇作さんや純平君の考えを、一度直に聞いてみたくなるなあ」

「なんで、そんなことに興味を持つの？」

「実は、今日電話したのはね、日本の将来像を考えるって仕事を抱えててさ――」

津山が前嶋からの依頼内容を話して聞かせると、

「だったら、あなた、今晩空いてる？」

舞は唐突に問うてきた。

「今晩？」

「今日の夕食は、主人も純平も家でとるって言うんで、すき焼きをやることにしたの。三人で食卓を囲むって、最近は滅多になくてさ。ちょうどいい機会だから、都合がつくならいらっしゃいよ。あたしは世間知らずかもしんないけど、ユリはバリバリのキャリアウーマンなんだからさ。二人の考えを話してくれるんじゃないかな」

願ってもないチャンス到来である。

「ぜひ！」

津山はふたつ返事で快諾した。

第二章

1

「ところで純平君、お母さんから聞いたんだけど、医学部志望じゃないんだって？」

夕餉《ゆうげ》も佳境に入り、ワインの酔いがほどよく回ったところで、津山は純平に話を振った。

「ユリ姉《ねえ》、なんでまたそんなこと聞くんすか？」

赤ちゃんの頃からの付き合いである。身内同然の仲とあって、純平は津山を「ユリ姉」と呼び、ため口で接するのが常だ。

「だってさ、純平君ちの病院は、お父さんで四代目だよ。個人経営の病院としては規模も大きいし、名も通ってんじゃん。純平君は一人息子なんだし、てっきり五代目として跡を継ぐんだとばかり思ってたんだけど、お母さんが、純平は医学部行く気がないみたいって言うんだもん、そりゃあ驚くじゃん」

「ユリ姉、医者って、そんなにいい職業だと思う？」

やはり今どきの少年だ。それに身内同然の仲ということもあってか、純平はあからさまにしらけた表情を浮かべる。

「そりゃあ、いい職業だと思うさ。ステータスはあるし、収入だって十分高い部類に入るし、何よりも資格仕事だよ？　それも簡単には取れない資格じゃん。しかも定年もないんだし。だから医者になりたいっていう人が大勢いるんじゃない」

「親の世代は、皆そう考えるよね。それと、勉強ができるやつの大半もね……」

そこで、純平はため息をつきそうになるのを堪《こら》えるかのように一瞬の間を置くと、「でも、僕は、他にやりたい仕事があるんだもん、しょうがないっしょ」

小さく肩をすくめた。

「やりたい仕事ってなにさ？」

「ＩＴ関係。メタバースを使ったビジネスに興味があんだよね」

出たよ……。

ＩＴ産業が無限の可能性を秘めていることに異論はない。これから先も、革命的な技術が開発され、人間社会を急速に変化させながら、巨大な産業として成長し続けていくことだろう。

まして、純平の世代はスマホネイティブ。あって当たり前どころか、もはや〝肌身離さず〟、スマホなしでは日常生活も成り立たない時代の中で成長してきたのだ。しかも機能は日々進化し続けているのだから、そこに大鉱脈が埋まっていると考えるのも無理のない話ではある。

しかしだ。

「純平君さあ、確かにＩＴの世界には、大きなビジネスチャンスが眠っているとは思うよ。でもさあ、その分だけ競争が激しい世界だし、テクノロジーものすごいスピードで進歩してるから、ついていけなくなったらそれまでじゃん。相当、ハイリスク、ハイリターンの業界だと私は思うんだけど……」

津山がネガティブな意見を口にすると、

「そんなの、十分過ぎるくらい分かってるよ」

純平は苦笑を浮かべる。「ベンチャーやろうって人は、自分のアイデアが実現したら、世の中を変えられる。莫大な富を摑むことができると確信して挑戦するんだよ。もちろんリスクはあるさ。でも、成功するかしないかなんて、実際に挑戦してみて初めて分かることでしょ？」

「純平君は、おカネの心配はないかもしれないけど、それでも借金こさえたら大変だよ？　人生長いんだよ？」

津山がそういった途端、純平は首を振りながらため息をつくと、

「おカネの心配はないって、どういう意味？」

少し怒ったような口調で問い返してきた。

「えっ？」

「まさか、親に頼るとでも思ってんの？」

「いや、そう言うわけじゃないけど……」

「じゃなかったら、何なの？」

純平の指摘が当たっているだけに、津山は答えに窮し、口を噤んだ。

「あのね、ユリ姉。僕はね、自分がベンチャーを起業する際には、投資家から資金を集めるつもりなの。当たり前でしょ？　僕がイケると思っても、投資家に〝誰がそんなつまんねえもんに金

を出すかよ〟って言われたら、それで終わりじゃん。つまり、資金集めに成功するってことは、投資家が僕のプランを実現可能、ビジネスとして十分通用するって評価したってことなんだよ」

正直、津山は驚いた。

まだ、子供だと思っていた純平が、意外にも地に足がついた考えを持っていたからだ。

「まあ、その通りではあるんだけどさ。世の中はそんなに甘くはなくて——」

それでも反論に出た津山を、

「甘いなんて、これっぽっちも思ってないけど？」

純平は話の途中で遮る。「実際、大成功を収めた人たちが、現に存在するじゃない。アップルだって、スティーブ・ジョブズがスティーブ・ウォズニアックと二人で始めたんだし、ビル・ゲイツだってそうじゃん。イーロン・マスクもジェフ・ベゾスも、何もないところから夢の実現に挑戦して今の成功を摑んだんだよ」

「そりゃそうだけど、〝桜の樹の下には死体が埋まっている〟って言葉があってね、成功者の陰には、その何千倍、何万倍もの夢破れた——」

「じゃあ、僕は成功者になれないって言いたいわけ？」

純平は、再び津山の言葉半ばで問い返してきた。

「そりゃあ断言はできないけど、確率的には天文学的に低いって言ってるの」

「何事も挑戦してみなきゃ、結果なんて分かんないじゃん」

純平の言い分は絶対的に正しい。これが見ず知らずの少年ならば、「そうね」と返して早々に議論をやめるところだが、身内同然の存在となるとそうはいかない。

「純平、ユリはあなたの将来を心配しているから言ってるの。ユリはいろんな会社、いろんな人たちと付き合いがあるんだもの、あなたが進もうとしている道の厳しさ、考えの危うさが分かるのよ」

堪りかねたように、舞が口を挟むと、

「じゃあ一つ聞くけど、ユリ姉は医者の将来性についてどう考えてるの？」

純平は母親を無視して、津山に見解を求めてきた。

「どうって……人間は必ず病気に罹るし、最期は必ず死ぬんだからね。少なくとも、人がいる限り仕事がなくなることはないわよね」

「それ本気で言ってんの？」

純平の反応を見た瞬間、「医学部へ行けばよかった」と漏らした神部に、「医学部ぅ？」とあざ笑うかのような反応を示した新沼の姿が脳裏に浮かんだ。

同時に二人の会話を黙って聞いていた勇作が、「ぷっ」と噴き出すのを見て、津山はますます返す言葉に窮してしまった。

そんな津山に勇作が初めて口を開いた。

「いや、僕もね、こいつがベンチャーを立ち上げて、メタバースをやりたいって言い出した時には、同じような理由で反対したんだ。でもね、純平の話を聞いてみると、医者の将来性については、なるほどと思える点が多々あってね」

「多々って、例えば？」

純平が言うように、やってみないことには分からないのが結果である。

しかし、成功するか失敗するかは、確率の問題でもある。特にベンチャーの世界では、成功する者よりも失敗する者の方が圧倒的に多いのは厳然たる事実だし、何よりも運、それも強運に恵まれる必要がある。

そう、運……。これればかりは、自助努力で手に入れられるものではない。そして、運に恵まれる人間は極めて少ないのが現実だけに、夢に賭ける危険性を指摘したくなるのだ。

「医師が職業として成り立つ大前提は、何だと思う？」

質問を投げかけた津山に向かって、逆に勇作は問うてきた。

「大前提と言われると、いろいろありすぎて……」

本当のところは、適切な答えが思いつかなくて、津山は言葉を濁した。

そんな津山の内心を見透かしたかのように、勇作は言う。

「患者だよ。医者という職業が成り立つのも、病院経営が成り立つのも患者がいればこそ。患者が来なけりゃ、医者は飯の食い上げだし、病院なんかあっという間に潰れてしまうだろ？」

津山は、「あっ」と声を上げそうになった。

新沼が、なぜあんな反応を示したのか、純平や勇作が何を言わんとしているのか、瞬時にして理解してしまったからだ。

「この先日本の人口は、減少していくばかり。それすなわち、患者の絶対数、医療産業の市場規模が縮小していくことを意味するってわけね」

「僕も純平から指摘されるまで、考えたことがなかったんだけど、まさに言われてみればってやつでね」

「つまりね、人口減少は患者の減少に直結するんだよ。でも、その一方で、医者の絶対数は増えることはあっても、減ることはないの。それで、どうして――」

どうやら純平も津山の内心を見透かしていたらしく、胸を張って解説を始めたのだったが、津山はそれを遮って質問を発した。

「ちょっと待って、患者が減るのは分かるけど、医者の絶対数がどうして増えるの？」

「勤務医には定年があるけど、人抵はどこかの時点で開業するからね。体が続く限りは現役でいられるし、開業時には設備投資をしてるから、子供に跡を継がせようとする。だから、医者の絶対数は減るわけがないんだよ。それに、医学部だって定員を減らせるわけがないんだもの」

「医学部の定員を減らせないって、どういうこと？」

「定員減らしたら学校経営が成り立たなくなるでしょ？」

またしても、「あっ」と声を上げそうになった津山に、今度は勇作が口を開いた。

「当たり前に考えりゃ、医療産業の市場規模は縮小するなら、医者の数を減らせばいい、養成機関の医学部の定員を絞ればいいってことになるんだろうけど、定員を減らしたところで、医学部の運営コストはそう変わるもんじゃないからね。定員を絞れば、授業料は高騰するから、国公立はともかく、私立の医学部なんて、カネ持ちの子弟じゃなければ行けなくなってしまうもの」

「確かに、その通りよね……。今でさえ私立の医学部の授業料はべらぼうに高額だから、ローンを組んで授業料を支払っている親もいるものね……」

「それでも、借金を上回る金銭的メリットが医者という職業にあるならいいんだけどさ。どうも、そうはならない時代が、すぐ目の前まできてるんだよな」

勇作はそう言うと、そこから先はお前が説明しろとでもいうように、純平に視線を向けた。

2

「ユリ姉は、コンサルタントだから、ビジネスの世界には詳しいんだよね？」

早々に純平が問うてきた。

「それは、まあ……」

「じゃあ聞くけどさ、地域の人に愛されて、二代、三代と続いてきた老舗料理屋があったとしようか。ところが、その地域の人口が減ってしまって、このままでは経営が行き詰まる。かといって代々受け継いできた料理以外、客に出せるものはない。そんな状況下にある店の経営者から相談を受けたら、ユリ姉、どうアドバイスする？」

老舗料理屋を何に例えているかは明らかだ。

「生活していくためには、料理屋を続けるしか道はない、それ以外の仕事には就くことはできないってわけね」

「さすがはユリ姉。察しがいいねえ」

そこら辺の高校生にこんなことを言われたら、さすがにぶち切れるところだが、純平は別だ。

「だったら、答えは一つしかないわね。料理に自信があるのなら店を移す。それも人が多く住む場所で、再出発を図ることを提案するでしょうね」

「それと同じことが、まず地方の開業医に起こると、僕は考えているんだよね」

「過疎、高齢化が進んでいる地域では、いずれ患者がいなくなって、病院経営に行き詰まる。となると、人が多く住む都市部で再出発を図ることになるって、純平君は言うわけだ」

「そうなりませんか？」

自信満々の態で、片眉を吊り上げる純平を見ていると、あの幼子がここまで考えるようになったのかと、津山は何だか嬉しくなった。同時に、純平の先を読む力、洞察力に内心舌を巻いた。

「勤務医だって同じだよ」

純平は続ける。

「公立病院だって患者が少なくなれば、医者の数を減らすに決まってるからね。まして医療機器だって日々進化するからね。問診どころか、手術だってリモートでって時代がやってくると思うよ」

「かくして都市部に医者が集中すれば、次に始まるのは患者の争奪戦。病院経営どころか、医者の所得レベルも現状維持どころの話じゃなくなるってわけかあ……」

津山は、結論を先回りすると、「純平君、あんた、そんなこと、いつ頃から考えるようになったの？　私、驚いたというか、感心しちゃった」

素直な感想を口にした。

「ユリ姉、僕らの世代はボーッとして生きていたんじゃ早晩野垂れ死に必至って、厳しい時代を生きてんだよ。これから先は、組織に依存するのは最も危険な生き方だし、所得や身分が保障される職業なんてありはしないんだ。だから、若いうちにできるだけ多くカネを摑んで、新しい才能や起業家に投資して暮らしていくのが、最も堅実な生き方だと思うようになったってわけ」

「じゃあ、すでに動き始めているわけなの？」

「今のところは、人脈作りの段階かな。それも、世界的なネットワークを構築しようと思って……」

「世界的なネットワークって……」

高校生が語るには、スケールがあまりにも大きすぎて、津山は唖然《あぜん》として息を呑んでしまった。

「そんなに驚くようなことかな。僕らはネットネイティブの世代だよ。日本にいながらにして世界中の人と繋がり、直接会話ができる環境が整っているんだもの。活用しない手はないでしょう」

当然のように語る純平を見ていると、つくづくジェネレーション・ギャップを感じてしまう。同時に、大学を卒業してからの僅か二十年ちょっとの間の世の中の激変ぶりを思い知らされた気がして、思わず素朴な疑問が口をついて出た。

「でもさ、ネットワークといっても、どこの誰とも分からない人と結びついちゃうのがＳＮＳじゃない。役に立つかどうかなんて、分かるものなの？　人脈なんて築けるの？」

「入り口は、学校の先輩ですね」

純平はニヤリと笑う。「知っての通り、うちの学校って、メッチャ同窓意識が強いじゃないですか。後輩だと分かると随分歳が離れていても、『おお、そうかあ』ってことになりますよね。そこで、こんなこと考えているんですけどって言うと、『だったら』って、人を紹介してくれるんですよ」

「なるほどねえ」

合点がいく話である。

小学校から大学までの一貫教育校は、人脈形成造りの格好の場だ。

小学校は百数十名とそこそこの規模だが、中学、高校と進むにつれ、各段階で定員が膨れ上がり、大学ともなると四万人以上もの学生数になる。もちろん、全員と知り合いになれるわけではないが、同窓と知った途端、距離が縮まり、会話がスムーズになるのは毎度のことだし、政財界の重鎮も多く、各界で活躍しているという卒業生は数知れない。

「ユリ、あんた、なに感心してんのよ。問題は、その入り口なのよ」

その時、舞が苛立《いらだ》った声で口を挟んできた。

「入り口？」

「この子、人脈造りを口実に、夜の街をうろついてんのよ。高校生のくせに……」

「夜の街って……」

「まあ、酒の席とか」

純平は平然という。

「酒の席って……。学校にバレたら大変じゃん。停学になるよ」

「バレやしませんって。今どきの警察は、高校生の飲酒、夜遊び程度じゃ、学校に連絡しないから」

「えっ、そうなの？　なんで？」

「停学や退学になったのがきっかけで、グレられたら警察の仕事が増えちゃうからだよ」

純平は、瞳を悪戯っぽくクリッと動かし、含み笑いを浮かべる。

「それ、本当のこと？」

純平が拍子抜けするほどあっさり言うので、津山の声は間の抜けたものになった。

「大体、こんな場所に住んでるんだもの、そりゃあ声がかかるさあ。『今、こんな人と呑んでんだけど、出て来るか？』って誘われたら、行かないわけにはいかないっしょ」

確かに、純平の言も分からないではない。

自宅は麻布のマンションだから、都内最大級の繁華街、六本木、西麻布、赤坂ならば、徒歩で行ける距離にある。

一昔前なら一家に一台、固定電話があるだけだったから、子供の交友関係の把握も容易であったが、今や一人にスマホ一台の時代である。しかも、どこにいようとリアルタイムで連絡を取り合うことができてしまうのだから、親が子供の行動を監視することなどできるはずがない。

鬼のような形相で睨みつける舞を尻目に、純平は続ける。

「最初にクラブに呼んでくれたのは、小学校の先輩だったたんだけどね、そこで紹介された人に気に入られちゃってさ。ことあるごとに声をかけてくれるようになったんだ。そこから先はまさに芋づる式ってやつで、知り合いの輪がどんどん広がって……」

「それが、いつの間にか海外にも広がったってわけなんだろ」

苛立ちをあらわにする舞とは対照的に、勇作はどこか自慢げに言う。

「海外にまで？」

驚くような話が次から次へと出てくることに、津山は愕然として、思わず問い返した。

「そりゃあ、東京は国際都市だもの。クラブには、外国人だって大勢やって来るわけだし、何度か会って話をしてれば、どんな人間かわかってくるじゃん。そんなに驚くような話じゃないでしょ？」

「あんた、本当に凄いわ……。私、見直しちゃった……」

津山の褒め言葉を聞いた舞は、

「ちょっと、ユリ！　あんたまで何よ！　高校生ごときの夢物語を真に受けて――」

「だからさあ、お母さんの時代とは、全然違う世界になってんの。いつまでもそんなこと言ってたら、馬鹿だっていわれるよ」

「馬鹿って……。あんた、親に向かって何てこと言うの！」

いきり立つ舞を前にしても、純平はいささかも動ずる気配はない。

それどころか、

「お母さんの思考能力って女子アナレベルだよ」

よせばいいのに、火に油を注ぐようなことを口にする。

その言葉を聞いた勇作が、「ぷっ」と噴き出すや大声で笑い出した。

「なんで、あなたが笑うのよ！」

食ってかかる勢いで、金切り声を上げる舞を遮って、

「どうしてお母さんが女子アナレベルなの？　それ、褒め言葉じゃないわよね？」

津山は冷静な口調で問うた。

「女子アナはまだマシかな。定年まで勤め上げるつもりなんか、さらさらないだろうからね。でも、今どきテレビ局に就職しようだなんてのは、先が読めてないことを自ら証明しているような

もんだよ。つまり、なあ〜んも考えてない、見えてないってことだもの」

「テレビの時代が終わるって言いたいわけね」

津山は新沼の言葉を思い出しながらいった。

「当たり前じゃん」

大きく純平は頷く。「人が減れば、地方の開業医が真っ先に食っていけなくなるのと同じで、人がいないところに広告流しても意味ないじゃん。スポンサーがつかなくなったら、民放の地方局なんてひとたまりもないし、国全体の人口が減っていくんだもの、キー局だってやっていけなくなるのに決まってんじゃん」

語る内容が新沼と寸分違わぬものであるだけに、津山は改めて純平の洞察力の確かさに感心するばかりだ。

「だから僕は、マスコミの報道、特に論説、解説は一切読まない、聞かないようにしてるんだ。だって、そうでしょ？　テレビにせよ新聞にせよ、先細るのは目に見えてるんだよ。なのに、わざわざそんな業界に就職するなんて、先が見えていないって証拠だもの」

辛辣《しんらつ》に過ぎる気がしないでもないが、言わんとすることは理解できないこともない。

純平はさらに続ける。

「それにマスコミって、ジャーナリストだとか、ジャーナリズムだとか言うけどさ、所詮はサラリーマンの集まりだからね」

「それ、どういうこと？　私だってサラリーマンだけど？」

「サラリーマンの世界って、階級社会ですよね。上司の意向、指示、命令には逆らえないんでしよ？」

　いきなり核心を衝かれ、

「まあ……それはそうなんだけどさ……」

　津山は口ごもった。

「部下が書いた記事には必ず上司のチェックが入る。上司の上にはまた上司がいるんだし、記事の論調が会社の方針にそぐわなりれば、訂正を求められるか、記事そのものが没にされてしまうことだってあると思うんだよね。つまり、どんな報道にもバイアスがかかってる。だから信じることはできない。読むだけ、見るだけ、時間の無駄だって言いたいわけ」

「でもさあ。それじゃ世の中の動きも分からないし、玉石混淆《こんこう》の情報が乱れ飛ぶ世の中になるだけで——」

「何が起きているのか。何を信じていいのか分からなくなるって言うの？」

　純平は津山の言葉を先回りする。

「そう……」

「ユリ姉……。百歩譲ってマスメディアに価値があるとしたら、それは〝情報〟だけを伝えてくれる場合だよ。記者や専門家といわれる人たちの論評や解説をつけた途端、何が真実なのか分からなくなるんだよ」

　マスメディアに対する不信感が、特に若者の間で高まっているのは承知しているが、この年代の考えを直に聞くのは初めてだ。それだけに純平の考えは聞くだけの価値があると思えて、津山はテーブルの上のワイングラスを持ち上げ、先を促した。

「テレビにせよ、新聞にせよ、論評は記者、あるいは記者が所属する組織の見解なんだよ。特に政治に関しては、媒体にも右、左があるから、論調はそれぞれ違うでしょう」

「なるほど」

「そこで報道内容の正確性、正当性を裏付けるために、専門家が登場するわけだけど、そもそも記事の内容を否定するような人にコメントさせるわけないじゃん」

「まあ確かに、紙面に制約がある新聞は、そういった傾向があるかもしれないけど、テレビだと肯定派、否定派の双方が出演して激論を交わす番組があるわよ」

「ユリ姉……。それ、バラエティーじゃん」

純平は呆れたというよりも、失望したかのように言う。

「そうかも知れないけどさ……。一応はその世界で名の通った人間が出てきて――」

「名が通ってる?」

純平は小馬鹿にした口調で言い、片眉を吊り上げる。「本当の権威は、テレビなんかに出ないと思うけど?」

「えっ?」

「そりゃそうだよ。研究者にせよ、実業家にせよ、一般大衆相手の番組で、ガチで自分の専門分野の話をしたら、視聴者のほとんどは理解できないよ。それ以前に、テレビに出る時間なんかないだろうし、別に世間に顔を売る必要だってないんだもの」

「つまり、出てほしい人じゃなくて、出たい人ばっかりが出演してるって言いたいわけ?」

まるで、昔あった議員候補を選ぶときのキャッチフレーズ「出たい人より出したい人を」そのものだが、純平の話の内容にはぴったりだ。

「そうじゃないのかな」

純平は言う。「名誉欲は大抵の人が持っているけど、実績が評価されて初めて得られるものだし、名声は同時についてくるものだと思うんだよね。ノーベル賞の受賞者なんてそうじゃん。受賞するまで、受賞者の研究歴、研究内容はおろか、名前だって一般人は聞いたこともない人ばっかじゃん」

「おっしゃる通り……」

あまりにも的を射た見解に、津山は肯定するしかない。

「医者にしたって、テレビに出てくんのは開業医とか、教授の前に『特任』とか『客員』とかわけ分かんない肩書きがつく人ばっかじゃん。つまり、テレビなんかで顔や名前を売ろうって人は、専門家として大した実績がない人間ばっかりのように思うんだよねえ。第一、有名になって世間に顔を知られて、なんかいいことあるのかなあ？」

「えっ……じゃあ純平君は、有名になりたいとは思わないの？」

「そりゃあメタバースの事業で成功すれば、名が知れ渡るかもしれないけど、極力露出は避けたいよね」

「どうして？」

「顔を売ってナンボの芸能人と違って、ベンチャーの経営者なんて、顔を売ってもナンボにもならないもの。成功すれば、黙っていても投資家は現れるし、どこへ行くにも人目を気にしなきゃならないなんて、不便でしょうがないじゃん。そんなのまっぴら御免だよ」

「でも、メタバースの分野で成功したら、自然と注目されちゃうわけで……」

「ユリ姉……。ＩＴ業界には、十億単位程度の財産築いたベンチャー経営者なら、日本人でも結構いるんだよ」

「えっ、そうなの？」

「そうなのって……。ユリの会社のクライアントにも、ベンチャー経営者がいるんじゃないの？」

舞が唐突に口を挟んできた。

「いや、それが――」

「そりゃいないっしょ」

答えは聞くまでもないとばかりに、純平は断じる。「こう言っちゃなんだけど、コンサルタントを雇うようなら、ベンチャーで成功なんかできないよ。経営者が確たるビジョンを持ってなきゃ、そもそもベンチャーなんか始められるわけがないんだし、コンサルタントなんかより、その分野には通じているはずなんだもの。アドバイスを受ける必要なんてあるわけないよ」

「コンサルタントなんか」とは、随分な言いようだが、悔しいことにその通りなのだから仕方がない。

そんな津山を尻目に純平は続ける。

「とにかく、僕が知ってる人たちは、みんな必要以上に注目されたくないし、日本での生活に執着していないっていう共通点があるんだよ。だって、税金高いし、人材を集めるのも苦労するし。だからさっさと海外に拠点を移しちゃうんだよ。海外には、百億単位のおカネを摑んだベンチャー経営者なんて、わんさかいるからね。そんな中に入っちゃうとほとんど目立たなくなっちゃうんだよ」

「まさか成功したら、あなたも海外に移住するつもりじゃないでしょうね」

舞は純平が医学部に進学しないことに不満を抱いていたくせに、今度は海外移住を心配し始める。

「そのつもりだけど？」

「じゃあ、このマンションをどうするつもり？　病院はどうするの？」

「マンションは貸しにでも出して、親父、お袋の老後の暮らしの足しにでもすりゃあいいし、病院は伯父さんに任せればいいじゃん」

話が家庭内のことに向いてきたところで、

「ねえ純平君、もう一つ聞きたいことがあるんだけど……」

津山は軌道修正を図った。

「なんすか？」

「日本を捨てることに、抵抗はないの？」

「全然」

純平はあっさりと答える。

「日本の文化、風習、言葉すら、なくなってしまう可能性があっても？」

「それって、僕らが考えなきゃならないことなの？」

「えっ……」

想像もしなかった反応に、答えに窮した津山に向かって、純平は反論できない言葉を口にする。

「だってそうじゃん。それって、少子化が問題視されはじめた時から、散々言われてきたことだよね。なのに政治家は、何の有効策も打ち出さなかったどころか、若い世代よりも高齢者を優遇する政策に重点を置いてきたんだよ。まあ、政治家は選挙に勝たなきゃ議員でいられないわけだから、高齢者の歓心を買う政策を打ち出すのは分かるけど、そのツケを若い世代に押しつける。まして、何とかしろだなんて、あまりにも虫がよすぎるよ」

3

ＬＡＣのパートナーである峰岸俊太《しゅんた》の部屋に向かうべく、エレベーターに乗り込んだところで、神部は手にしていたファイルに目を遣《や》りながら、ぽつりと漏らした。

「峰岸さんも中学受験組なんですね。新沼さんもそうでしたけど、キャリアになる人って、やっぱり中学受験組が多いのかなあ……」

「どうかしらね」

津山は小首を傾げた。「キャリアって、出身大学はほとんど同じだからね。合格実績からいっても、都会なら、中高一貫の受験校、地方だと、その県のトップスクール出身者に集中することになるんじゃない」

「そういえば、キャリアの世界では、〝どちらの学校〟って質問は、卒業した高校のことなんですってね」

「高校？」

「最終学歴じゃ差がつかないってんで、出身高校の難易度でマウント取り合うんですって」

「それ、本当のことなの？」

天下国家を論ずる官僚が、そんな瑣末《さまつ》なことでマウントを取り合うとは俄には信じ難い。

津山は思わず問い返した。

ところが神部は、即座に答える。

「そう聞きましたけど？」

「だとしたら、つまんないことに拘《こだわ》るものね。って言うか、むしろ偏差値の低い高校から、難関大学の入試に合格した方が、地頭がいいってことになると思うけど？」

「まっ、自他ともに認めるトップエリートの集団ですからね。学歴も含めて、経歴もピカピカなことに越したことはないと考えてるんじゃないすか」

神部はしらけた口調で言い、「実際、うちの大学からキャリアになったヤツが、〝俺たち私立出身者に高校名なんか聞くやつなんかいねえから〟って苦笑してましたもん」

自嘲めいた笑みを浮かべる。

峰岸の部屋は二つ下のフロアーにある。

たわいもない話をしているうちに、エレベーターが停まり、ドアが開く。

短い距離を歩き、峰岸の部屋のドアを津山はノックした。

「どうぞ」

ドアを開くと、窓を背に執務席に座っていた峰岸が立ち上がった。

一八〇センチは優にある高身長。確か年齢は五〇歳。立派な中年だが、筋肉の鎧《よろい》を纏《まと》ったようながっしりとした体格である。

そういえば、高校、大学を通してラグビー部だったと、峰岸が何かの折に話していたことを津山は思い出した。

「お忙しいところ、申し訳ありませんね。昨日お伝えした内容について、峰岸さんのお考えを、是非伺いたくてお時間を頂戴しました……」

「津山さんのクライアントは、ＬＡＣのクライアントですからね。それすなわち、私のクライアントでもあるわけです。気にすることはありませんよ。ささ、どうぞそちらにお座りください」

いかにも運動部出身らしく峰岸は気さくに言い、執務席の前に置かれたソファーにどかっと腰を下ろすと、

「二十年、三十年先の日本の姿でしたね」

自らテーマを切り出した。

「そうなんです。クライアントは、少子高齢化がこのまま進めば、日本社会はどう変わるのか、どんな国になってしまうのかと甚《いた》く案じているのです。厚労省の官僚だった峰岸さんには、制度を含めた医療分野の将来を、どう考えていらっしゃるか、お聞きしたくて……」

「なるほど」

小さく頷いた峰岸だったが、「まあ、結論を先に言ってしまえば、明るい材料は一つもないのですが、さて、どこから話したらいいものやら……」

眉間に浅い皺を浮かべて考え込む。

そこで、津山は昨夜、樫山家で交わした会話を思い出し、質問を発した。

「峰岸さんは、医師という職業の将来性についてはどう思われます？」

「医師の職業としての将来性？」

訝《いぶか》しげに問い返す峰岸に、純平が語った内容を話して聞かせると、

「ふう～ん。高校生がそんなことを言ったんですか。それは、大したもんですね」

感嘆するかのように唸った。

「確かに、当たっているようには思うんです。医療だってビジネスですからね。人口の減少は、市場の縮小を意味しますから、医師の数が減らなければ、患者の争奪戦が始まるわけです。患者の側からすれば、選択肢も増えるし、医療サービスの質の向上も期待できますけど、食えない医者が出てくるのは避けられないように思うんです」

「おっしゃる通りでしょうなあ……」

純平の考えを肯定する峰岸だったが、「でもね、津山さん。その考えが成り立つのは、患者が、増えないことを前提にすればの話ですよ」

奇妙なことを言い出した。

「患者が増えなければって、どういうことです？」

「医者、というか医学界っていうのは、一筋縄では行かない世界でしてね。患者を増やそうと思えば、増やすことができるんですよ」

「どうやって？」

「その前に、一つ……。津山さん、医者だけじゃなく、製薬業界も含めた医療産業が一番困るこ

とってなんだと思います？」

　そう言われても、すぐに答えが浮かばない。

「さあ……」

　首を捻った津山に向かって、峰岸は言う。

「みんなが健康になることですよ。病気にならなきゃ、薬はいりませんからね。そんなことになったら飯の食い上げどころか、医者も製薬会社もいらなくなってしまうじゃないですか」

　津山は、「あっ」と声を上げそうになった。

　まさに、言われてみればというやつだ。

　人間には病がつきものだ。体調不良を訴える患者を診察し、適切な治療を施すのが医者ならば、症状を改善、治癒するために存在するのが薬である。つまり、健康な人間が増えれば増えるほど、医療、医薬品業界への需要は低下し、衰退していくことになるのだ。

「ならばどうすればいいのかというと、病人を作るんですよ。例えば、血糖値や血圧です。健康診断で基準値よりもちょっと高い数値が出ると、生活習慣を改善しなければ病気になりますよって言われるでしょ？」

　津山は至って健康体で、そんな経験はないのだが、父親は長年にわたって高血圧症の薬を服用している。

「そうですね」

「それで、ジョギングを始めたり、食べ物に気をつけたり、生活習慣を改めると、数値はある程度よくなっていくんです」

「えっ……そうなんですか？」

「食品産業にとっても、生活習慣病の改善、予防は大きな市場ですからね。減塩、低脂肪、糖質カット、健康に気をつかった食品はたくさんありますし、ジョギングやジムに通って、健康維持に努める人もいっぱいいますよね。血圧に至っては、今では計測器も安いし家で簡単に測れますからね。そりゃあ健康な人が増えますよ」

　峰岸は、そこでぐいと身を乗り出すと、ここからが本番だとばかりに話を続ける。

「でもね、それじゃあ医者や製薬会社が困るわけです。だから、みんなが頑張って基準値をクリアするようになると、今度は基準値を下げて要治療者を増やしにかかるんですね」

「えっ……。でも、基準値を変えるには医学的、科学的なエビデンスが必要ですよね」

「医療や製薬業界だって、ビジネスですからね。霞《かすみ》を食って生きてるわけじゃなし、まして素人があれこれ言える世界じゃありませんのでね。エビデンスなんてどうにでもなるんです」

　峰岸は両眉を吊り上げ、肩をすくめる。

「それって、エビデンスをでっち上げるってことですか？　そんなことをやったら、同業者の間から不正行為だと糾弾する人が出てくるんじゃないですか？」

「患者が増えて困る医者、製薬会社はいませんよ」

　峰岸はあっさりと言うが、確かにその通りではあるのだ。

　呆気《あっけ》にとられ、言葉に窮した津山に向かって峰岸は続ける。

「実際、血糖値なんて、かつては一二〇が空腹時の正常値だったのが、今や一〇〇、血圧だって一三〇が一二〇に引き下げられましたからね。その途端、高血糖、高血圧の要治療者が急増したわけです」

「そうか……。治療しないと大変なことになりますよって言われたら、定期的に通院するようにもなるし、薬も飲むようにもなるものね」

「しかも例に挙げた血糖、血圧は、薬が効いている間は下がるってだけで、完治しませんからね。つまり、一度飲み始めたら、一生飲み続けなければいけないんです」

「じゃあ私たちは、不必要な治療や薬の服用を強いられているってわけですか？」

「それが不必要と証明できないから厄介なんですよ」

峰岸は眉間に深い皺を刻んだ。「だって、エビデンスの元データを集め、分析するのは医者ですし、それを元に基準値を決めるのも医者ですもん。しかも権威ある医者が、決めるんですよ。誰もそれはおかしいなんて言えやしないでしょう」

「でも、そのエビデンスって、どうにでもなるって、さっき――」

津山の言葉を遮って、

「津山さん、医者の研究費って誰が出してるか、ご存じですか？」

峰岸が問うてくる。

「そりゃあ、国立の大学病院なら国、私立なら――」

「そうじゃないんです。医学研究費の大半は製薬会社が出しているんです」

「えっ？　民間企業が？」

「国の予算なんて僅かなもんですし、私立大学ともなれば、なおさらです。しかも、公立私立を問わず、研究費を学内予算で確保しようとすれば、激烈な争奪戦になりますし、山ほど書類を書いて、根回しして、交渉して、やっと確保できても雀の涙。ロクな研究なんかできやしませんからね」

「その点、製薬会社は民間企業。資金を提供した研究が実を結び、特許でも取れば、製薬会社の利益向上に直結する。先行投資といえるわけね」

「それに医者の世界も企業と同じで、出世しようと思ったら、実績を上げなければなりません。医者の世界での実績とは論文数。それも権威ある医学誌に掲載されるに越したことはないんですから、注目されるような論文、つまり画期的な論文を書かなければなりません。だから資金は、いくらあっても足りはしないんですよ」

初めて耳にする医学、製薬業界の実態に、津山はただただ驚くばかりで、すっかり言葉を失ってしまった。

「それにですね、製薬会社って、将来有望と見込んだ医者には、海外留学の費用も援助するんですよ」

よほど津山の反応が愉快とみえて、峰岸は目元を緩ませる。「そんな医者が、後に教授になっても、製薬業界の意向に逆らえるわけがありません。正義感に駆られた弟子が、〝教授、それ違うんじゃないですか〟なんて言おうものなら、どんなことになると思います？　僻地の病院に飛ばされて、研究もできないただの医者になってしまうんです」

「でも、象牙の塔の世界はそうでも、開業医だって沢山いるわけだし——」

やれやれとばかりに、峰岸は薄く目を閉じ首を振ると、

「津山さん……。医者になるのって、どんなタイプの人間だと思います？」

またしても津山の言葉を遮って、問うてきた。

「どんなって、医学部に行くくらいだもの、学習能力に優れているのが大前提ですよね」

峰岸はカッと目を見開くと、顔の前に人差し指を突き立てた。

「僕は、そこが問題の始まりだと思うんです」

「問題？　人の命を預かる仕事だし、高度な学習能力がなければ、医学のような複雑な学問、知識は修得できないと思うけど？」

「僕が言いたいのは、その優秀の定義なんですよ」

峰岸は思った通りの展開になったとばかりに、津山の視線を捉えたままニヤリと笑った。

4

「世間は、学業でいい成績を収めて、高い偏差値の学校へ行った人を、無条件で優秀と見なしますよね」

「まあ、そうですね。それが、最も分かりやすい基準ですから」

そう答えた津山に、峰岸は穏やかな笑みを湛《たた》えながら小さく頷くと、

「高校時代のクラスメートにものすごく博識で、考え方や価値観もユニークだし、行動力もあるのに、勉強はそこそこってヤツがいたんですけどね」

そう前置きし、話を続ける。

「そいつ、化学がとことん苦手で、何かの拍子に、その理由をこう言ったんです。『俺ね、中学

の化学の授業で先生から、炭素には足が六本あるって言われた時に思ったんだよ。その足、誰か見たことあるのかよって』……。そうしたら、一緒にいた同級生が、『そんなつまんねえ疑問を持つから駄目なんだよ。そういうもんだと覚えりゃいいんだよ』って言いましてね」

「それ、絶対に正しいですよ」

その時、我が意を得たとばかりに、神部が初めて口を開いた。「いい成績取るためには、教えられたこと、教科書に書かれていることに、いちいち疑問を持っちゃ駄目なんです。誰が見たとか、何でこうなるのかなんて言ってたら、先に進めませんよ。覚えなきゃいけないことは山ほどあるんですから」

我が意を得たりは、峰岸も同じのようで、

「神部君も、新卒でＬＡＣに採用されたところからすると、さぞや成績優秀だったんだろうねえ。実際、そう語った同級生は医学部に現役で合格したからね」

皮肉めいた口調で神部に言うと、津山に視線を転じ話を続ける。

「つまり、世間で優秀といわれる人間って、先生の教えること、教科書の内容に一切疑問を持たず、内容をひたすら覚えることに終始してきた人たちなんですね。そして医者や官僚、一流企業のサラリーマンは、そうした人間の集団ってことになるわけです」

「おっしゃることは分からないではありませんけど、学生時代はそうでも、社会に出てからは、現実社会の中で経験を積むうちに、自分なりの考えを持つ方だってたくさん出てくるわけで――」

「津山さん、一旦身に染みついた習性って、そう簡単には改まるものではないと思いますよ」

峰岸は、津山の話が終わらぬうちに口を開く。「医者は患者の症状から病名を判断し、治療方針を決め、薬を処方しますが、独自で判断を下しているわけじゃないんです。この症状にはこの薬と、ガイドラインに従った治療を施すのです。効果が見られなければ別の薬を使うわけですが、それも全て決まっているんですね」

「当然だと思いますけど、それのどこが問題なんでしょう？」

「津山さん、既存薬ってご存じですか？」

「言葉からして、既に使用が認可されて、実際に使われている薬のことですよね」

「その通りです」

よくできましたといわんばかりに、峰岸は口元を緩め、「じゃあ、ここで一つお訊ねします。薬の用途は病状に応じて厳密に決まっているのですが、他の病気には効く可能性はないのでしょうか？」

と問うてきた。

質問が意図するところが読めず、津山は一瞬答えに窮したが、またしても神部が口を挟んだ。

「あるんじゃないですかね。実際、今、医薬品として販売されている育毛剤は、全く違う病気に使われる薬の治験中に、服用した患者の毛が生えてきたのがきっかけじゃありませんでしたっけ」

「よく、ご存じで……」

峰岸は少し驚いた様子で言い、話を続けた。「でもね、育毛剤に使われるようになったのは、実際に発毛効果が確認された初の成分だったから。そして育毛剤の市場が大きかったからなんですよ」

「はあ……」

津山が、思わず間の抜けた声を上げたのは、ここに至ってもなお、峰岸が言わんとすることが、まだ理解できないでいるからだ。

「製薬業界では、既存薬が他の病にも効くんじゃないかという研究は禁忌なんです。なぜなら既存薬が他の病にも効く、それも新薬を開発中の病にもなんてことになったら、ビジネスにならなくなるからです。まして、既存薬の特許が切れていたら、えらいことになりますよ。ジェネリックが出てきて、新薬の開発に費やした費用どころか、利益がほとんど得られなくなってしまいますからね」

理屈は分かるがジェネリックで済むなら薬代を負担する患者、ひいては健康保険組合側からすれば、歓迎すべきことである。

そこで津山は問うた。

「でも、社会にとっては、実に喜ばしいことじゃありませんか。特許が切れた既存薬ってことは使用実績も十分だから、安全性も高いのでしょうし、試す医者はいないものなんですか？　中には探求心旺盛な医者もいるのでは？」

「津山さん、さっき言いましたよね。身に染みついた習性は、そう簡単には改まるものじゃないって……」

相変わらず口調こそ穏やかだが、峰岸は嘲笑するかのように口の端を歪ませる。「医者は優秀な人が就く職業。優秀の定義が学業に優れた人。つまり、先生の教え、教科書に書かれていることとに何ら疑いを持つことなく、ひたすら覚えることに終始してきた人たちならば、教師が医学界の権威、教科書がガイドラインに変わるだけ。仮に医者の誰かが、この薬はこの病に効果があると言ったところで、試す気にすらなりませんよ。第一、そんなことしたら、適用外使用になるんですよ。問題が起きたら、訴訟になっても不思議じゃありませんからね」

「ってことは、ガイドラインに沿った治療をしている限り、何か問題が起きても責任は問われない。だから、余計なことは考えない、行わないってのが医者の習性だってわけですか？」

「そうですよ」

峰岸はあっさり言う。

「でも、既存薬が別の病の治療にも効果があるなんて、大発見じゃないですか。医療費の削減にも大いに貢献することになるんですから、医師としての実績にも——」

「仮に既存薬が、他の病にも効果があると唱えた医者が現れても、証明できなきゃそれまでじゃないですか」

峰岸は絶望的な面持ちで、津山の言い分を否定すると、その理由を話し始めた。「既存薬が他の病にも効くことを証明するには、大規模な治験が必須になります。治験者を集め、データを解析しと莫大な費用とスタッフが必要になるんですが、誰がその段取りを行い、費用を負担すると思います？」

「健康保険の負担が軽くなるんですから、国が後押ししてもいいのでは？ジェネリックでもOKなら、保険負担が軽くなるんですもの、なおさらじゃないですか」

「国は治験の面倒なんか見ませんよ」

峰岸は鼻で笑う。

「えっ？　じゃあ誰が？」

「製薬会社ですよ」

「製薬会社？」

驚愕した神部が素っ頓狂な声を上げる。「なんで、製薬会社なんですか？　ジェネリックにせよ新薬にせよ、人間の体に入れるものじゃないですか。治験は第三者機関が行うべきでしょう」

「これ、一般の人にはあまり知られてはいないんですけど、治験データの処理から、効能分析、副作用の内容、発生頻度、安全性の評価等々、全てが製薬会社の手によって行われるんですね」

「新薬を認可してもらう側が治験費用を負担するのは当然だとしても、じゃあ医師は臨床試験を請け負うだけってことになるわけですか？」

「もちろん、試験データを分析、評価し、認可するか否かの判断を下すのは、国の機関です。でもね、国の機関とは言っても、判断するのはやっぱり医者なんですよ。さっきも言いましたけど、散々製薬会社の世話になった医者が、儲けになるどころか新薬の邪魔になるかもしれない既存薬に有効性を認めると思います？　いや、それ以前に製薬会社が既存薬の有効性を確かめる治験に資金を出すわけないじゃないですか」

「そりゃあ、やるわけないですねぇ」

津山の返事に峰岸は苦笑すると、

「それに、医者と製薬会社は持ちつ持たれつの関係にありますのでね」

またしても妙なことを言い始めた。

日本の将来像について、彼の見解を聞きにきたのに、医学、製薬業界の闇の部分に俄然興味が湧いてきて、

「それ、どういうことですか？」

津山は、つい先を促してしまった。

「開業医だって製薬マネーの恩恵に与っていますからね。毎日製薬会社のＭＲが開業医を訪ねては高い弁当届けたり、ゴルフや麻雀に付き合ったり、講演会を開催して講演料を払ったり、著書を出させたりと、日頃からいろいろと世話をしてるんですよ」

「もしかして、本も製薬会社が買い取ったりとか？」

津山は半ば冗談で訊ねたつもりだったのだが、

「そうですよ」

当然だと言わんばかりに峰岸が頷くのには驚いた。「医者とはいえ、開業医が書いた本ですからね。肩書き、知名度からして、そんなに売れるものじゃありませんが、製薬会社がまとまった部数を買い取れば、増刷もかかるじゃないですか。それが出版社を通じて医者の元に印税として支払われるんですから、合法的に現金供与が成立するってわけです」

なるほどねえ、と胸中で津山は唸った。

自著を待合室にでも並べれば、ただの開業医にあらず。本まで出せる権威なのだと患者に印象づけることができるだろう。医者にしたって本を出版した上に、増刷となれば気分が悪かろうはずがない。しかも、出版社から部数に応じた印税が支払われるのだから、まさに濡れ手で粟《あわ》というやつだ。

出版不況で苦境に立たされている出版社にとっても、まとまった部数が確実に捌《さば》けるのはありがたい限り。まるで、自費出版の費用を製薬会社が肩代わりするようなものだが、これもまた法に反しているわけではない。かくして、製薬会社、医師、出版社と、三者の間でウイン・ウイン・ウインの関係が成立するというわけだ。

「それに、さっき言いましたけど、製薬会社は将来有望な医者が海外に留学する際には、費用を負担したりもしますのでね。さすがに恩義を感じますから製薬会社の意向に意義を唱えることなんかできませんよ」

「かくして医学界は、製薬会社の意のままになっているってわけですね」

初めて聞かされた医学界と製薬業界の癒着ぶりに、ため息を吐いた津山に向かって、

「津山さん……、最初に私、医者にとって最も困るのは、万人が健康になることだって言いましたよね」

峰岸は改めて念を押すように訊ねてきた。

「ええ……」

「この点は製薬会社も同じなんですが、こちらにはもう一つありましてね。それは万能薬が見つかるか、開発されることなんです」

峰岸の言葉に神部がすかさず反応する。

「分かります、分かります。そんな薬が出てきたら、新薬を開発する必要がなくなっちゃいますもんね。それこそただの薬の製造業、それも特許が切れた途端に、ジェネリックが出てきて、とてつもなく収益性の低いビジネスになってしまいますもんね」

「まあ、実際には万能薬なんて開発できるわけがないんですが、既存薬の中で別の病気にも効果があるなんてものが見つかろうものなら、さあ大変。だって、患者は生かさず殺さず。高い薬をずっと飲み続けて、症状が維持されるに越したことはないんです。それが製薬会社にとっては理想的な環境なんですから」

「それは、医者も同じだって言いたいわけですね」

津山は、ここまでの峰岸の言を締めくくり、「もしかして、峰岸さんはそんな医療業界の実態に嫌気がさして、厚労省をお辞めになったのですか？」と訊ねた。

「それもありますが、厚労省だって同じ穴の狢《むじな》だからですよ」

峰岸は、苦々しい顔になり、唾棄《だき》するように言う。「定年と同時に完全引退なんてキャリアは、どこの省庁にもまずいませんからね。退官時のポジションに応じた天下り先がちゃんと用意されていて、何年かごとに渡り歩き、その度に退職金を貰って肥え太るんです。製薬会社が用意するポストだってたくさんありますからね。それで、まともな行政が行えると思います？　そんな組織に身を置き続けるのは、身を売るどころか魂までも売るようなもんですよ」

正論には違いないが、峰岸の言はあまりにもご立派過ぎて、逆に何か他に理由があるのではないかと津山は疑念を抱いた。

そんな内心が顔に出てしまったのか、

「日本の二十年後、三十年後の社会が今日のテーマなのに、話が変な方向に行ってしまいましたね」

峰岸は話題を変えにかかると、間髪を容《い》れず続ける。

「でもね、今、申し上げたことは、日本の将来にも深く関わることなんですよ。少なくとも医療という観点からしても、日本の将来は絶望的ですね。もう、どうしようもない。行き着くところまで、突き進むしかないんですよね」

「医療費が、ますます増大する一方になるからですか？」

「そうです」

峰岸は頷く。「年代別人口を見れば一目瞭然ですよ。だって最も多いのは四十五歳から四十九歳。高齢になるにつれ人口が減るのは当然ですけど、若くなるにつれ、ほぼ同じ比率で減少してるんですから」

そう言うなり、峰岸はテーブルの上に、グラフが記された紙を置く。

見れば縦軸を境に、左側には年代別の男性人口、右側には女性人口。若年になればなるほど人口が減少しているのが一目瞭然だ。このままこの傾向が続くなら、重心が上にある細長いコマのような形になるであろう。

「巷間《こうかん》よく、今現在は一人の高齢者を二人の現役世代で支えているけど、早晩一人の高齢者を一人で支える時代になると言われますが、私はそれすらも甘い見立てだと思っていましてね」

峰岸は、深刻な表情を浮かべる。

「と言いますと？」

「医療技術の進歩、新薬の登場を考慮していないからですよ」

峰岸は確信に満ちた声で答えると、「失礼ですが津山さんは、どれくらいの頻度で医者にかかります？」

唐突に問うてきた。

「頻度といわれましてもねえ。至って健康なもので、年に一度か二度といった程度じゃないですかね」

「神部さんは？」

「僕は入社以来一度も医者にはかかったことありませんね。あまり風邪もひかない体質ですので……」

予想された答えだったのだろう。

峰岸は、うんうんと頷くと、

「日本は、男性八一・六四歳。女性に至っては八七・七四歳と世界有数の長寿国ですが、健康寿命は男性で約九年、女性は実に一二年も早く尽きてしまうんです」

「健康寿命……ですか？」

初めて耳にする言葉らしく、神部が問い返す。

「健康上の問題で、日常生活が制限されることなく生活できる期間を健康寿命というのです」

「つまり、男性は九年、女性は一二年も何かしらの問題で、日常生活に不自由するような健康状態で生活を送るようになるってわけですか？」

正直なところ、健康上に何ら問題を抱えていないこともあって、自分の老後を深刻に考えたことはなかったし、父親は定期的に薬を処方してもらっているとはいえ、両親もまだまだ健康な部類だ。人間は必ず老いると分かっていても、改めて現実を突きつけられると、愕然とするものがある。

声を張り上げた津山に、

「その通りです」

峰岸は当然のように答える。「実は、医療費が最もかかるのが、健康寿命を迎えた後からなんです。当たり前ですよね。日常生活を自力で行えない理由は人によって様々ですが、病気になれば医療費が、体が思うように動かなくなれば、そこに介護費が重なってくるんですからね。そして、その双方を必要とする高齢者が歳を重ねるごとに、増えていくんです」

「なんか、それ、嫌だなあ……」と神部がすかさず反応する。

「嫌だと言っても、神部さんにだって、そうなる時が必ずやって来るんですよ。だって、人間だもの」

「それ、相田……」

詩人の名前を口にしかけたのだろうが、なぜか続く言葉を呑み込んだ神部に向かって、峰岸は含み笑いを浮かべると、

「寿命は今後も延び続けると考えて、まず間違いありません。なぜなら、その気になれば、生かしておける技術が進歩し続けるからです。医療機器もそうですが、新薬も続々と登場してきますよ。なぜなら、社会が単純に長寿を是とする限り、医療、製薬業界の市場は大きくなり続けるからです」

「かといって、安楽死を認めるってわけにはいきませんしねえ……」

さすがに暗澹たる気持ちになって津山は漏らした。

「認めている国もありますけど、日本ではまず無理ですね。事前指示書を残しておくのがせいぜ

いですよ」

「事前指示書って、何ですか？」

神部が聞くと、

「延命治療を望む・望まない旨を記した書面のことです」

峰岸は即座に答える。「例えばガンになって、回復が見込めない状態になったら手術は望まない。抗ガン剤の投与も拒否する。命を縮めることになっても、痛みを抑える薬を投与してほしいとか、食事が摂れなくなっても、胃に食べ物を直接流し込む、胃瘻《いろう》は拒否するとか……」

「事前指示書なんて、あまり知られていないんじゃないですか？」

「だから、延命されちゃうんですよ」

神部に向かって峰岸は言う。「神部さんねえ。あなただって、親には一日でも長く生きてほしいと思うでしょ？」

「それは、そうですよ。だって、親ですもん……」

「誰しもが同じ思いを親だけではなく、妻子にも抱くものです。では、そこでお訊ねしますが、もし、あなたの親が、経口から栄養を摂れなくなった。胃瘻をやらなければ死ぬのは時間の問題と医師に判断を迫られたらどうします？」

「それは……」

言葉に詰まった神部に向かって、峰岸は言う。

「しないと言えば、神部さんは親を見殺しにしてしまったという罪悪感に苛《さいな》まれるんじゃありませんか？　だから、多くの人が同じ思いを抱き、胃瘻を望むんですね。親ということもありますが、人の命は地球よりも重いって言葉に納得してしまう国民性もありますのでね」

そこで、峰岸は津山に視線を向けてくると、憂えるような表情を浮かべる。

「遺伝子治療や再生医療の研究が進めば、今までは治療が不可能だった病が克服される日がやってくることでしょう。でもね、問題はただ生きながらえさせればいいってもんじゃないって点なんです。ＱＯＬを無視しては絶対にいけませんし、費用対効果も同じです。新技術、新薬を用いた治療はとてつもなく高額ですので」

「そう言えば、ガン治療の新薬が、何千万円もすると、問題視されたことがありましたよね」

「先に医療、製薬も立派なビジネスだと言いましたけど、新しい医療技術を確立する、新薬を開発するには莫大な費用がかかります。製薬会社にとって開発研究費は先行投資ですから、認可されたとなれば、短期間のうちに回収して利益に変えなければなりません。独占的に販売できるのは、特許の有効期間の実質十年程度。切れた途端にジェネリックが出てきますからね」

「収入によって違いはあるとはいっても、後期高齢者の医療負担は基本一割ですからね。しかも日本の健康保険制度では、個人負担額に上限が設けられていますし……」

「そう、高額療養費制度ですね。あの制度も問題山積ですよ」

峰岸は顔の前に人差し指を突き立てながら、深刻な表情を浮かべる。「一定金額を超えた医療費の差額分は、患者本人が加盟している健康保険が負担してくれる。患者本人にとっては、まことにありがたい制度ですが、平均寿命を迎える頃の国民が加入している保険ってなんだと思います？」

「圧倒的に国保、国民健康保険でしょうね」

「想像してみてください。最も医療が必要になる年代に差しかかった人たちが、新薬や最先端の遺伝子治療、再生医療を受け始めるようになったら、国保はどうなります？　今でさえ国保の財源はとっくに赤字。税金で補填しているんですよ？」

津山はため息を漏らしそうになった。そしてますます暗澹たる気持ちになった。

健康、長寿、病の克服は人類の夢だ。難病、あるいは不治とされていた病が克服されるのは、人類にとって喜ばしいことには違いない。しかし、患者一人の治療に何千万円も費やし、その大半を国家が負担するとなると、素直には喜べない気持ちになってしまうのだ。

「難しい問題ですよねえ……。難病、不治とされていた病が克服できるとなれば、そりゃあ誰だって治療を望みますし、高額だから保険は適用されない、患者負担だなんて言えば、カネのないヤツは死ねと言うのかって、バッシングにあうのは目に見えていますからね」

さすがに、神部も事の深刻さに気がついたらしく、神妙な口調で言う。

「そこなんですよ」

峰岸は、グッドポイントというように、再び顔の前に人差し指を突き立てた。「つい数年前に、旧知のアメリカ人が心臓発作を起こして、病院に担ぎ込まれましてね。心臓が止まったものの、死ぬ寸前ってところで助かったのは良かったんですが、請求書を見た途端、また発作が起きそうになったって言うんですよ。だって、請求額は五十万ドル。日本円にして六千万円以上ですよ」

「ろ、六千万以上！……ですか？」

神部もアメリカの医療費がべらぼうに高額なのは知っているだろうが、さすがに六千万円超は日本人の感覚では理解できるものではない。

「そう言えば、私の知人もアメリカで大腿骨を骨折して、治療を受けたら六百万円請求されたって言ってましたね」

津山が追随すると、

「骨折で六百万？」

神部は口をあんぐりと開けて呆然《ぼうぜん》とした面持ちになる。

「そりゃあ、そのくらいはするでしょうね」

ところが、峰岸は当然のように言う。「救急車だって無料じゃありませんからね。ニューヨークだと確か一回二千ドルだったかを請求されるんですよね」

「えっ！　救急車って、タダじゃないんですか？」

神部は、またしても声を張り上げる。

「そりゃそうですよ。運営しているのは民間企業ですからね」

峰岸は常識だといわんばかりにあっさり言い、話を続けた。

「全国民が医療保険に加入していて、救急車もタダ。その上高額療養費制度なんてものがあって、個人の医療負担額に限度があるなんて国は、世界広しといえども日本だけなんです」

「なるほどねえ……。おカネがなければ救急車も呼べない、医者にもかかれないんじゃ、寿命も短くなりますよね。どうりで日本が長寿大国になるわけだ」

神部はいまさらながらに納得した様子で二度、三度と頷く。

「救急車は無料。医療費の負担は基本三割、高齢者は一割。その上医療の個人負担には上限がある。こんな至れり尽くせりの制度に馴《な》れきった日本人が、制度を改める、個人負担分を引き上げるといったら受け入れると思いますか？　高齢者の医療負担を三割にするといっただけでも大騒動になるのは目に見えているじゃないですか」

「ですよねえ……」

これには津山も同意するしかない。「高齢者の多くは年金に頼って暮らしていますし、医療を最も必要とするのがその世代ですからねえ……。おカネがなければ病気も治せない。さっさと死ねってのかとか、絶対に言い出しますよね」

「そして、その最も医療を必要とする世代の人口比率が、今後増大していくわけです。それで、国がもつと思います？　二十年後、三十年後の日本なんて、医療費だけを取ってもお先真っ暗。絶望的だとしか言いようがないじゃないですか」

5

津山は、早くも前嶋に提出するレポートの内容を考え始めていた。

新沼といい、峰岸といい、口を衝いて出てくるのは暗い、それも漆黒の闇に包まれた日本の将来像ばかりである。

コンサルタントの仕事は様々だが、最も多いのは現状を精緻に分析した上で、問題点を見いだし、解決するための手段を提案することだ。

前嶋の依頼は、「二十年後、三十年後の日本の姿」だが、お先真っ暗だけで済むわけがない。ならば、どうすればいいのか。回避する手段を提示してみせなければならない。

「津山さん、先ほど医学部への進学を拒否している高校生の話をしてくださいましたよね」

そんな津山の内心を察したのか、峰岸がふと思いついたように訊ねてきた。

「ええ……」

「私にも大学生の息子がいるんですけど、その高校生の親と同じで、彼の進路に関しては、一切口出ししないことにしてるんです。まあ、家内はせっかく父親と同じ大学に現役で進んだのにって、不満たらたらなんですけどね」

峰岸は苦笑を浮かべ、肩をすくませる。

「それは、息子さんが間違った選択をしないと信じていらっしゃるからですか？」

「いえ、そうじゃないんです」

峰岸はきっぱりと否定し、続けて言った。

「私たちの職業観や価値観で、これから社会に出ようって世代にアドバイスなんかできないからですよ」

「その高校生の父親も同じことを言っていましたね。それに元経産省の新沼さんは、職業寿命がどんどん短くなっていくとおっしゃっていましたので、お二人の見解を合わせて考えると、おっしゃることがとてもよく理解できます」

「職業寿命？」

「技術の進歩はこれから先もすさまじいスピードで進む。今は有望とされている仕事でも、二十年後には過去の仕事になっていても不思議じゃないんだと……」

「なるほど、職業寿命ねえ。さすがは新沼さんだ。実に、的を射た言葉ですね」

「峰岸さんも、やはりそう思われますか？」

「もちろん、そう思いますが、もう一つ。職業寿命以前に、これから先、いや既にそうなんですが組織、それも大組織になればなるほど、イノベーティブな技術を開発できない。新技術、新製品の出現によって生まれる巨大なビジネスをものにすることができない時代になっているように思うんです」

「それは、どういうことでしょう？」

「組織における仕事は与えられるものであって、選ぶことができないからですよ」

峰岸は、津山の視線を捉えてきっぱりといい、話を続けた。

「かつて、コンピュータの世界で巨人といわれたＩＢＭが、なぜアップルのようなＯＳを開発できなかったのか。なぜトヨタやフォルクスワーゲン、ＧＭのような自動車産業に君臨してきた巨大企業が、ＥＶの開発でテスラの後塵を拝することになったのか、その理由を考えてみたことがありますか？」

そう問われると困ってしまう。

「いえ……。一度も……」

津山が正直に答えると、

「神部さんは？」

峰岸は神部に視線を向ける。

「私も同じです……」

そんな二人を交互に見ながら、峰岸は頷き、一瞬の間の後、口を開いた。

「資金力もある。優秀な人材もたくさん抱えている。技術力もある。その気になれば、ジョブズやマスクがやったことを先んじてやれたはずなのに、なぜ巨大企業がベンチャーにしてやられたのか。その最大の理由は、組織が大きくなればなるほど、適材適所が実現しにくくなるからだと私は考えているんです」

「なるほど。おっしゃるように、会社における仕事は与えられるものであって、社員は選択できませんからね」

そう言った津山に、

「それこそが大組織の盲点であり、欠点なんですね」

峰岸は脚を組み替えると、ぐいと身を乗り出した。「どんな企業も常に将来性に満ち溢れる新しいビジネスを探し求めています。事実、名称は違っても、どこの企業にも『新規事業開発室』といった部署は必ずありますからね。そして、この類の部署に配属されるのは、社内でも優秀、有能と目された人材です。なのに、なぜ資本力、組織力、技術力、企業規模と、全ての点が比べものにならないほど貧弱なベンチャーに先を越されてしまったのか……」

「まあ、組織が大きくなると、部門間、部署間のしがらみとか、既存事業と新ビジネスとの兼ね合いとか、いろいろと制約を受けることもあるからなんじゃないですかね」

分かったようなことを口にする神部を無視して、

「最大の要因はアサインメントを受けた時点では、当該社員の頭の中に新事業についての構想が何一つとして存在していない。配属されてから考え始めるからですよ」

峰岸は断言した。

なるほど、彼が指摘する通りかもしれない。

目から鱗《うろこ》が落ちる思いを覚えながら、津山は頷いた。

「おっしゃる通りですね。やりたいことが明確にあるからこそのベンチャーですものね。お前の仕事はこれだと会社に命じられてから、ああでもない、こうでもないと考え始めたのでは、端から勝負になりませんよね」

「その通りなんです」

峰岸は、我が意を得たりとばかりに、身を乗り出す。「一代にして大きな成功を収めた創業者に共通しているのは、そこなんですよ。しかも、神部さんが言ったように、組織にはしがらみもあれば、既存ビジネスとの兼ね合いも考慮しなければなりません。つまり、ベンチャーが真っさらなカンバスの上にフリーハンドで絵を描けるのに対して、大企業の場合は、制約が多すぎて好き勝手に絵を描くことはできない。おまけに師匠がたくさんいて、随時あれこれ指示してくるんです。もちろん、それも何を描くかの構想が浮かべばですけどね」

「なるほど……。ほんと、おっしゃる通りですよねえ……」

神部もすっかり感心した様子で唸る。「そう言われると、日本の政治も行政も時代に全く適応できない理由が分かりますねえ」

ヤメキャリとはいえ、さすがに元官僚を前にして、その言葉はない。

「ちょっと――」

「そうなんですよ」

意外にも、部下を止めようとした津山を遮って、峰岸は言う。「政治家の関心は、ただ一つ。

議員で居続けること。いかにして、より多くの票を集めるかなんです。となれば、大票田は高齢者層。だから、さっき言った医療制度の改革なんて、必要性は理解できても、やれるわけがないんです。そんなことやろうものなら、落選どころか政権が転覆しちゃいますからね」

「それに、医療、製薬業界は厚労官僚の天下り先をたくさん抱えているんでしょう？」

峰岸が肯定したこともあってか、神部の口調に弾みがつく。

「もちろんです」

これもまたあっさりと認め、峰岸は続ける。

「それに、官僚は数年ごとに部署が変わります。本省から関連機関に出向することも当たり前にありますので、じっくり腰を据えて一つの課題に取り組むなんて、そもそもできないんですよ」

「結果、現状維持。いつまで経っても何も変わらない。適材適所なんて概念は、考慮もされないってことになるわけですね」

「まして官庁は、民間企業と違って絶対に潰れませんからね。違法行為を犯しでもしなければ、定年まで確実に雇用が守られるし、政権が交代しても、ほとんど影響はありませんからね」

絶望感が深まるばかりで、胸の中が鉛の塊を呑み込んだかのように重くなる。

こうも否定的な見解ばかりを聞かされ続けると、ならば親として子供の将来をどう考えているのか、津山は改めて訊ねたくなった。

子供の行く末を案じぬ親はいない。たとえ親の一方的な願望であっても、その答えの中に、これからの時代を生き抜くために必要なこと。ひいては、日本社会を維持するためのヒントがあるかもしれないと、津山は考えたのだ。

「先程峰岸さんは、ご子息に親の世代の価値観や職業観で、将来進む道をアドバイスできる時代じゃないとおっしゃいましたよね」

津山が問うと、

「ええ」

峰岸は、「それが？」と言わんばかりに答える。

「ならば、おっしゃったような絶望的な時代を、ご子息が生き抜くためには、何が必要だと思われますか？　医師は勧めない。大企業に就職しても定年までいられるかどうか分からないとおっしゃるのなら、起業しろとでも？」

峰岸は、小難しい顔になって暫し考え込むと、やがて口を開いた。

「突き放すように聞こえるかもしれませんけど、それはやっぱり本人が考えるべきですよ。息子は、私と同じ大学で経済を学んでいます。就職するなら、本人が望む企業に採用される可能性は高いとは思いますけど、もしそういう道を選択したのなら、大したやつじゃないなと思うでしょうね」

「では、やはりベンチャーを目指してほしいと？」

「いや、ベンチャーであろうとなかろうと、自分のやりたいこと、進みたい道を学生でいる間に見つけてほしいんです。だから私、密《ひそ》かに期待してるんですよ。やりたいことが見つかったら学校を辞めると言い出さないかって。まあ、こんなこと、家内には言えたもんじゃありませんけどね」

峰岸は、そう言い放つと、愉快そうに呵々《かか》と笑い声を上げた。

まさに昨夜、樫山家で勇作から聞かされた言葉の再現だ。

「まさかビル・ゲイツはハーバード中退、イーロン・マスクはスタンフォードの大学院を二日で辞めたとか言い出さないかと期待なさってるんじゃないでしょうね」

軽口のつもりで津山が問うと、

「さすが、津山さん。その通りなんですよ」

峰岸はホウとばかりに、両眉を吊り上げる。「彼らはいずれも大富豪ですが、財を成すのが目的で起業したのではありません。夢を抱き、実現に向けて試行錯誤を重ねて、夢だった技術なり製品の開発に成功した。結果的に、お金がついてきただけなんです」

あまりに正論すぎて、頷くしかない津山に、峰岸は続ける。

「商売なんて、みんなそうじゃないですか。飲食業にしても、どうしたら客に喜んでもらえるかを第一に考える店は、必ず繁盛すると思うんです。当たり前じゃないですか。客の支持を得てこその商売なんですから。ところが、儲けることが先に立つと、原価率を下げ、人件費を切り詰めたりと、数字を重要視するようになる。でもね、客は鋭いもので、儲けを重要視する店をたちまち見抜いてしまうんです」

「おっしゃる通りですね。価格以上の価値があると評価されれば、黙っていても客は押しかけてきますからね」

「ベンチャーで大成功を収めた彼らだって、同じじゃないですか。より快適、より便利な世の中にしようと新技術、新製品の開発に心血を注いで見事完成させて世の中を一変させたんですから、巨額の財を摑むのは当然です」

「そうですよね……。ＩＴ技術の急激な進歩が変えてしまったのは、日本だけじゃありませんものね」

津山が漏らした途端、

「これ、私の推測なんですけど、この案件を依頼してきたクライアントって地位がある、それも高齢者なんじゃないですか？」

不意に峰岸が訊ねてきた。

「ええ……。それは、まあ……」

「やっぱりねえ……」

峰岸は合点がいった様子で頷いた。「このままだと日本が日本じゃなくなってしまうとか、遅きに失した感はあるものの、何とかしないと、とかって危機意識に駆られるのは、功成り名を遂げた高齢者でしょうからね」

「なぜ、そう思われるんですか？」

「それだけいい人生を送ってきたからですよ」

峰岸は、当たり前だと言わんばかりに返してきた。「だってそうじゃないですか。この国のシステムや企業組織の中で生きてきて、成功を収めた勝ち組にしたら、日本はいい国だ。未来永劫《えいごう》にわたってこの国の姿、形でいてほしいと思うに決まってますもの」

さすがは峰岸だ。考えもしなかったが、確かにそれは言えているかもしれない。

「成功者には違いありませんね。名もあれば、地位もある方ですので……」

「やっぱりねえ……」

峰岸は納得した様子で頷くと、「でもね、私が思うに、そのクライアントさんは、現状が全く認識できていないようですね」

「と、おっしゃいますと？」

「これから二十年、三十年と生きていく、若い世代が何を考え、何をしようとしているか、全く把握できていないとしか思えないからです。そうじゃなければ、こんな案件を依頼してきやしませんよ」

「そう言われても、これ、正式にうちが受諾した案件ですからねえ……」

峰岸の指摘は正しいと思うだけに、どうしても歯切れが悪くなってしまう。

「今、話題になっているメタバースとかＮＦＴ（非代替性トークン）なんて、どんなものかどころか、言葉すらご存じないんじゃないですかね」

ここでメタバースに加えてＮＦＴときた。

「正直申し上げて、私もそちらの知識はほとんどなくて……」

自然と声が小さくなり、津山は思わず視線を落としてしまった。

「これからの技術ですし、大きな市場になるかどうかもまだ分からない代物ですけど、これらの技術に可能性を感じて、新しいビジネスをものにしようと取り組んでいる若者は、日本にもたくさんいるんです。そして、彼らは、間違いなく先の時代を見据えている。我々とは別の世界が見えているんですね」

「それは、今の国の姿、形をどうしたら維持できるかと考える人たちには、到底理解できない世界だということですね」

「もちろん、若い世代といっても様々です。医者になれば安泰だとか、大企業に職を求める若者がマジョリティには違いありませんからね。でもね、いつの時代だって同じだったんです。ベンチャーを志す若者はいつの時代にもいたし、創業者の夢が実現して、会社が成長するに従って、職を求める人間が押しかけるようになった。それが産業の変遷というものですから」

峰岸の言うことが、ことごとく腑に落ちるのだが、さて、そうなるとレポートをどうまとめるかがますます気になってくる。

人口動態統計や、その他の資料から、今後日本が直面することになる問題点を洗い出すのは難しくはないが、前嶋が現在の国、社会の形が激変することに危機感を抱いている以上、対策案を盛り込む必要がある。

そんな内心が表情に出たのか、

「津山さんも、難しい仕事を受けてしまったものですね。レポートまとめるにしたって、なるようにしかならないとは書けませんものね」

同情するように言うと、突然思い付いたように意外な提案をしてきた。「そうだ、一度ベンチャーを実際にやってるか、やろうとしている若者と、クライアントを会わせてみたらいかがです？」

「会わせてどうするんですか？」

峰岸の意図するところが俄には理解できず、津山は問い返した。

「これからの時代を生きていく若者の考えを、クライアントに知ってもらうんですよ。自分の足で立ち、これからの時代を生きようとする若者は、功成り名を遂げた高齢者が憂えるほど柔《やわ》じゃないと、彼らが見ている世界や考えを直接聞けば、クライアントも安心なさるんじゃないでしょうかね。もっとも、理解できるかどうかは分かりませんけどね」

峰岸は、そう言い放つとニヤリと不敵な笑みを浮かべた。

第三章

1

「やっぱりねえ……。そうなるわよねえ……」

津山の話を聞き終えた下条が、ため息混じりに漏らした。

ヤメキャリの二人の口を衝いて出てきたのは、いずれも日本の暗い将来像ばかりだ。

津山にとっても二人の見解は、実に的を射たものばかりで、反論する余地が見つからない。

誰しもが漠然と感じていたこと、あるいは敢えて考えないようにしていたことを、二人は問われるがまま語ってしまったに過ぎない。

かといって、「お先真っ暗、どうしようもありません。以上」なんてレポートを出せるわけがない。

そこで、今後の方針を相談すべく、下条の部屋を訪ねたのだったが、まるでヤメキャリ二人の見解を予想していたかのような反応である。

だったら、こんな依頼、受けなきゃいいのに……。

そう言いたくなるのを堪え、

「これ以上インタビューを重ねても、似たような見解しか出てこないと思うんです。少子化が深刻な問題なのは誰しもが認識しているでしょうが、個々の人生観や教育観が絡むことですし、産業構造や雇用環境の変化にしても、今後どんな技術が出てくるかすら見当もつかないんですから、二十年後、三十年後の日本だなんて、予想することなんて不可能ですよ」

津山は本音を一気にぶちまけた。

「それはごもっともと言うしかないのだけど、前嶋さんの依頼だからねえ……」

下条は困り果てた様子で、歯切れ悪く答える。

だから何だと言うのだ。

まさか前嶋は高齢者。予測したところで、その頃にはこの世にいないだろうから、希望を持てるようなことでも書いておけとでも言うのだろうか。

「ポジティブ、ネガティブ、どちらの方向性でレポートを書くにしても、確たるデータの裏付けが必要です。でも、今まで集めた資料を見る限り、日本の姿、形を維持できる根拠になるものは皆無でして……」

「前嶋さんも人生の終盤に差し掛かって、国の将来が心配でならないのはよく分かるんだけど、かといって内容をねじ曲げるわけにはいかないものね……」

下条も、どうしたものかとばかりに、視線を落としてため息を吐く。

「実は、峰岸さんがおっしゃった中に、なるほどと思ったことがいくつかありまして……」

津山はそう前置きすると話を続けた。

「こんな依頼をする人は、功なり名を遂げた高齢者でしょうって。その理由を訊ねたら、それだけいい人生を送ってきた国だし、社会だもの、このままの姿であってほしいと考えるのは当然だと……」

「なるほどねえ。確かにそうかもしれないわね」

下条は視線を上げ、感心しきりとばかりに眉を開く。

「そうなんです。国や社会に不満を抱きながら生きてきた人なら、こんな国や社会なんか、どうなろうと知ったことじゃないと思うに決まってますからね」

「人口が減るなら、移民でカバーすればいいと簡単に言う人がいるのは、そんな気持ちの表れなのかもしれないわね」

同調する下条の言葉に、津山は意を強くして話を進めた。

「人口の減少は市場規模の縮小を意味する。それでは内需依存の日本経済が立ちゆかなくなると言うのなら、移民を受け入れて人口を増やせばいいだけなんです。じゃあ伝統文化や言語はどうなるなんてことを言い出すから話が俄然ややこしくなるんですよ」

「まあ、日本も厳密には多民族で構成されている国だけど、肌の色も言語もほとんど同じだからね。民族も言語も明らかに異なる人たちと、入り交じって生活する社会を経験したことがないんだもの。そうなったときの社会を想像すると、そんなの日本じゃない、国の姿形が壊れてしまうって危機感、というか嫌悪感を抱いてしまうのかもね」

「でもよくよく考えてみると、他民族との共生なんて、とうの昔に始まっているんですよ」

「とうの昔？」

「例えば米軍ですよ。日本には全国各地に百三十もの米軍基地があって、そのうち八十一は専用基地です。それ以外にも、東京には中国人、群馬にはブラジル人が集団居住している地域がありますし、東南アジアからの実習生に至っては数知れず。すでに大変な数の外国人が暮らしているんです」

下条は、ふむといった表情になり、執務椅子の背凭《もた》れに身を預ける。

「それは言えてるわね。外国人コミュニティー周辺の住人以外は気がついていないけど、日本はすでに他民族国家としての道を歩み始めてるってわけか……」

下条が納得したところで、津山は話題を転じにかかった。

「もう一つ、少子化、人口減少問題に関する二人の見解を聞いているうちに、ノット・イン・マイ・バックヤードって言葉が頭に浮かびまして」

「それ、どういうこと？」

下条は興味を覚えた様子で、説明を求めてきた。

「問題の深刻さ、対策を講じる必要性は百も認識しているけど、私に協力を求めるな。他の人に協力してもらえってことです」

ノット・イン・マイ・バックヤードとは、火葬場やごみ処理場を新設しようとすると、必要性は認めるが、「他所でやってくれ」と言う反対者の論のことである。

「なるほどねえ……。確かにそれと似ているわね。さっき津山さんが言ったように、子供を持つかどうか、それ以前に結婚に対する考えだって人それぞれだし、経済的理由で持つに持てない人たちだって大勢いるからね。しかも人口を維持するだけでも、ひと組の夫婦が二・〇七人産まなきゃならないんだから、そんなのどう考えたって無理よ」

「で、峰岸さんの話に戻るんですけど、若い世代は、自分たちとは別の世界を見ていて、とっくに動き始めている。日本の将来がそんなに心配なら、若い世代が何を考え、何をしようとしているか、一度ベンチャー経営者とクライアントを会わせてみたらどうだっておっしゃったんです」

「前嶋さんと直接話をさせるってわけか……」

困惑するかのように、語尾を濁した下条に、

「私は、なるほどと思いましたけど」

津山は即座に返し、続けて言った。

「これも峰岸さんとお話ししているうちに気がついたんですけど、政治や企業、特に大企業を牛耳っているのは高齢者が圧倒的に多いじゃないですか。それが悪いと言うつもりはないんですけど、二十年後、三十年後どころか、十年先を見据えて政治を行っている政治家、企業戦略を立てている経営者がいるのかとなると、まず皆無じゃないかと思うんです」

「まあ、そうでしょうね……。政治の世界だと内閣の要職への任命基準は当選回数だし、大企業は課長、次長、部長を経験しないと役員にはなれないからね。地位が高くなればなるほど高齢化するわよね」

「それで、この社会や市場環境の変化、テクノロジーの進歩の速さについていけるんでしょうか。国や企業の舵取り役を担う人たちが、若い世代が何を考え、何を望み、何をやろうとしているのか、理解しているどころか、理解しようともしていないように私には思えるんですが」

「う〜ん……」

盲点を衝かれた様子で、下条は唸り声をあげて考え込む。

津山はさらに話を進めた。

「だとすれば、大問題ですよ。だってそうじゃないですか。国政や企業の舵取り役が、これから何十年と生きていく若者たちのことを、何も考えていない、何も分かっていないってことになればですよ――」

その時、津山の話の腰を折って下条が口を開いた。

「津山さんの言うことは理解できないではないけれど、肝心の若い世代はどうなのかな。長期的スパンに立って、将来を考えたりしてるのかな」

「若い世代の中には、私たちの想像する以上にアクティブに活動している人がいると思うんです」

津山は即座に返すと、下条に問うた。「下条さんは、芝にお住まいですね」

「ええ、そうだけど？」

「日本人の年収は、この三十年ずっと伸び悩んでいるどころか減っているのに、その割には高級外車、それも千万単位の高級外車がやたら増えていると思いませんか？」

「確かに、そんな気もしないではないけれど、それが？」

「私が住んでるエリアには、それこそ何千万もするスーパーカーを販売しているディーラーのショールームが何軒かあるんですけど、展示車が頻繁に入れ替わる、つまり売れているんですね。しかも、ショールームで商談しているのは、二十代、三十代と思しき若者ばかりなんです」

「津山さんが住んでるエリアは富裕層が多いから、親が購入したってことも――」

「それがですね」

津山はクスリと笑って、下条の言葉を遮った。「聞けば若い人が一括払いでポンと買うケースが圧倒的に多いと言うんですよ」

「そんな年頃の若者が、どうやったらそれほどの大金を稼げるわけ？」

「最近も何度かニュースになりましたでしょ？　仮想通貨で大儲けしたのに申告していなくて税務署に摘発されたとか……」

「ああ、あったわねえ。仮想通貨とかＦＸとかは、ギャンブルそのものだからね。中高年層の大半は、怖くて手を出さないけど、若者は怖いもの知らずのところがあるからね」

「実際、ビットコイン以降、仮想通貨は幾つも誕生してますから、レバレッジかけて初値で拾えば、上がり幅が小さくとも大きく儲けることはできますからね」

「でも、レバレッジかけるにしたって元手がいるわけじゃない。皆が皆、裕福な家庭に生まれたわけじゃないだろうし、どうやって元手を確保したのかしら。そもそも若い世代って、おカネ持ってないでしょう」

「そこなんですよ」

津山は、純平が語った話の要点をかいつまんで聞かせた。「新技術を利用したビジネスに挑戦して、若くして結構なお金を手にしている若者が、少なからずいるみたいなんです」

「新しく登場した技術というと、今だとメタバースとかＮＦＴってところかしら？」

打てば響くような反応に驚きを覚えながら、

「下条さん、お詳しいんですか？」

と訊ね返した。

「そりゃ多少はね……。でもねえ、どっちの技術も有望性は認めるけど、現状はちょうどインターネットが登場した時と似ているような気がするのよね。何だかよく分からないけど、すごいことになりそうだ。出遅れちゃならないって、我先に飛びついているように見えるんだけど……」

「下条さん、お詳しそうですね」

「そりゃあ、これだけ話題になってるし、実際インターネットは大化け……っていうか、人間社会に革命を齎《もたら》したけど、当初は、懐疑的な見方をしていた人が大勢いたもの」

そこで下条は、一旦言葉を区切ると、

「津山さん、『インターネットはからっぽの洞窟』って本を読んだことある？」

唐突に問うてきた。

「いいえ……」

「原題は〝SILICON SNAKE OIL〟。インターネットの可能性に大きな期待を寄せる世の中に警鐘を鳴らした本なんだけどね」

「SILICONは分かりますけど〝SNAKE OIL〟って何ですか？」

「まあ、日本語にすれば、〝ガマの油〟ってとこかしら」

「ガマの油……ですか？」

ますます理由が分からなくなって、津山は小首を傾げた。

「日本が〝ガマの油〟なら、アメリカには〝蛇の油〟があって、ガラガラヘビから抽出されたオイルが万病に効くといって売られていた時代があったのね。インターネットもスネーク・オイルのようなもので、騒がれているほどのものになるのか、怪しいもんだって見るむきもあったのよ」

「知りませんでした。なるほど、それでスネーク・オイルか」

「結果はご承知の通り、いいことばかりじゃないけれど、インターネットが世の中を一変させたことは事実だし、私自身は人類にとっては火を使い出して以来の革命的出来事だとさえ考えているの」

「火も同じですよね。暖を取り、闇を照らし、食文化を発展させ、人間の暮らしを豊か、かつ快適にした反面、兵器を生み、原子力だってある意味、火ですからね」

「そう、まさにインターネットは人類にとって火そのものになったのよ」

下条は、グッド・ポイントと言わんばかりに大きく頷く。「そして、GAFA（Google、Apple、Facebook、Amazon）のようなビッグテックの誕生に繋がったわけだけど、興味深いのはこのビッグチャンスを摑むのに成功したのは、大企業じゃなくて、ベンチャーだったってことなの」

この点は、峰岸の見解と通じるものがあるのだが、津山はあえてそこには触れず、流れに沿って話を進めることにした。

「メタバース、NFTのいずれにも、同じことが言えるんじゃないか。このビジネスチャンスをものにするのはベンチャーで、大企業じゃないかもしれない。彼らが生み出す技術やコンテンツが一大産業に発展する可能性はあるとおっしゃるわけですね」

「特に三次元の仮想空間をコンピュータネットワークの中に作り上げるメタバースは、クリエーターの能力次第。無限のビジネスチャンスが眠っていると言えるんじゃないかと思うの。デバイスにしても、今でこそ専用のゴーグルが必要だけど、技術は進歩していくものだからね。携帯電話がスマホになったように、ちょっと前まではゴーグルつけてやってたね、なんて言われる時代になるかもしれないわよ」

「前嶋さんは、そんな時代がやって来るかもしれないのをご存じなんでしょうか？」

「前嶋さんどころか、ほとんどの人は分かっていないでしょうね」

下条は躊躇することなく、かつ確信しているかのように断言する。「そりゃあ言葉ぐらいは知っているでしょうけど、可能性が理解できたら千載一遇のビジネスチャンスだもの、起業するわよ」

「つまり、メタバースやＮＦＴの事業化に、いち早く乗り出したベンチャーの経営者は可能性も理解していれば、将来もある程度見通せているってことになりますよね」

津山は、下条の見解を聞いて、ここぞとばかりに声に力を込めた。

「まあ、そういうことになるわね」

「だったら、なおさら前嶋さんとベンチャーを手がけている若者をお引き合わせすべきですよ。だって、そうじゃないですか。何を始めるにしても、将来性に乏しい事業に乗り出す起業家はいませんよ。ならば、彼らが日本の将来について、どんな見通しを立てているのか、直接お聞きになればいいんですよ。もちろん、前嶋さんが、どう思われるかは分かりませんが、私自身も興味ありますもの」

下条は、ふむといった様子で考えこむと、「確かに、津山さんの言う通りかもしれないわね。

いいわ、前嶋さんに、ご意向を伺ってみましょう。なんとおっしゃるかは分からないけど、会わせるなら誰が適任なのか、目星をつけておいて」

と命じてきた。

2

「ユリ姉、そんなに緊張しなくても大丈夫だよ。誠哉《せいや》さんはフランクで穏やかな人だから……」

ベンチャー企業『クランベリー・ラボ』は渋谷区神南《じんなん》の井の頭通りに面したビルの四階にある。

意外なことに前嶋は、下条の提案を二つ返事で快諾した。

さて、そうなると前嶋と会わせるベンチャー経営者の人選である。

純平はベンチャー経営を目指しているというだけで、まだ実際に会社を設立してはいないし、誰かの事業に携わっているわけでもない。

しかし、明確な目標や夢を持つ人間は、準備、研究を怠らないのが常である。

そこで、純平に適任者はいないかと訊ねてみたところ、すでに起業した多くのベンチャー経営者と交流があり、引き受けてくれるかもしれない人も、何人か心当たりがあると言う。

ならばと純平に人選を依頼したのだったが、お断りの連続だ。

純平はその理由を「皆忙しいらしくて……」と言うだけで、詳しくは語らなかったのだが、「めんどくせえ」とか、「高齢者が理解できるわけねえじゃん」とか、そんな言葉が返ってきたのは想像に難くない。

普通の若者なら、その時点で断りを入れてくるところだろうが、そこが純平の長所であり、ある意味欠点ともいえる。

津山を「ユリ姉」と呼ぶほど付き合いが長いこともあるのだろうが、純平は醒めているようでいて、妙に義理堅く、真面目なところがあり、頼まれれば「嫌」とか「駄目」とか言えない性質《たち》なのだ。

舞は、「人が良すぎる」と不安に思っている様子なのだが、今回はこの性格が幸いした。

まず引き受けてはもらえないと思っていた根本《ねもと》誠哉に駄目元で打診したところ、二つ返事で快諾したというのである。

純平が語るには、「親しくしているベンチャー経営者の中で、メタバース、NFTについては誠哉さんがトップランナー」。同じ私立の一貫校の先輩で、年齢は二十一歳。現在は休学中で、起業した会社の経営に専念しているという。

「根本君に会うから緊張してるんじゃないの。これから来る人が根本君に会って、どんな反応を示すかが心配なのよ。あんたはピンときてないみたいだけど、前嶋さんって、私たちの世界の、大物なんだから」

「大物って言われてもねえ……」

純平は嘲笑するかのように、口の端を歪める。「若いベンチャー経営者の考えを前嶋さんだっけ？　その人に聞かせてやってくれないかってユリ姉が言うから場を設けただけで、別にこっちから会ってくれって頼んだわけじゃないんだよ。前嶋さんと仕事しようってわけじゃなし、どんな反応を示そうと、俺たち関係ねえもん」

「それにしてもよ、事前に打ち合わせをさせてくれって頼んだのに、そんなの必要ないって、どういうことよ。仕事には段取りってもんがあって――」

痛いところを衝かれたのが癪《しゃく》に障《さわ》って、思わず津山は、説教めいた言葉を口にしたのだったが、

「ユリ姉、それ違うと思うよ」

純平は津山の言葉を遮った。「大体さ、今日の目的は誠哉さんのビジネスについてレクチャーしてもらうこと、日本の将来だか何だかを、今の若者がどう考えているのか、最先端のテクノロジーを使う事業を立ち上げようってベンチャー経営者から、直に聞くってことだろ？」

「そうだけど？」

「だったら、事前の打ち合わせって何やんの？　誠哉さんが手がけてる事業の内容を説明して、質問に答えればいいだけじゃん」

「それはまあ……そうなんだけどさ……」

「純平君の言う通りですよ」

同行する神部が、二人の会話に割って入ってきた。「だいたい事前に打ち合わせしたって、この手のビジネスを前嶋さんに説明できるほど、津山さんが理解できているとは思えませんしねえ」

「なっ……」

絶句してしまったのは、神部の言葉が無礼に過ぎるだけではない。図星を指されてしまったせいもある。

「あ〜……、それ神部さんの言う通りかもしれませんねえ。特に、誠哉さんが手がけているビジネスは、相当オリジナリティー高いから」

全く人を馬鹿にするにも程があるのだが、悔しいことにこれもまた反論できない。

「とにかく、前嶋さんがいらっしゃるまで、三十分ほど時間があるから、根本君にご挨拶しておきたいんだけど」

前嶋の来訪時間をずらしたのは、それも理由の一つだが、他に根本の人となりを津山なりに理解しておきたかったからである。

「じゃあ、オフィスに行きますか。根本さんにはユリ姉が先に着くことは伝えてあるから……」

純平はそう言うと、先頭に立ってビルの中に入って行く。

広さは百八十平米、ざっと五十坪強。クランベリー・ラボは、四階のワンフロアーを一社で使っていた。

弱冠二十一歳にして、この立地にこれだけの広さのオフィスを構えていることにも驚いたが、それ以上に津山が仰天したのは、従業員の姿が全く見えないことだ。なにしろ仕事机は四つしかなく、観葉植物で仕切られたその向こうに、応接セットが置かれているだけである。

これがオフィス？　ＩＴベンチャーの？

パソコンやサーバーが所狭しと置かれ、モニターに向かって黙々と仕事に励む若者たちが集う光景を想像していた津山にとっては、拍子抜けするほど質素、というか閑散ぶりである。

「根本さあ〜ん。純平でぇ〜す。お連れしましたあ」

純平が声をかけると、

「おう」

給湯室と思しき奥の部屋から声が聞こえ、長身の若者が姿を現した。

今風に頭の側面をツーブロックに刈り上げた頭髪。身長は一七五センチ前後。細身だが腕の筋肉の付き具合、引き締まった腹部からは、日頃の鍛錬のほどが窺える。全身を黒のTシャツと細身のパンツに包んだ姿は、まさにベンチャー企業の経営者のイメージそのものだ。

「あっ、はじめまして。根本です」

しかし、そこは経営者である。口調は今風だが、根本はそつのない仕草で名刺を差し出してきた。

「LAコンサルティングの津山です。この度は、無理なお願いをお聞き届けいただきありがとうございます」

「津山の部下で、神部と申します」

名刺を交換し終えたところで、津山は気になっていたことを訊ねた。

「まさか、私たちのために会社をお休みにしたのではありませんよね？」

「休み？」

一瞬怪訝な表情を浮かべた根本だったが、すぐに質問の意図を察したようで、苦笑を浮かべる。

「ああ、誰もいないからですか？　うちはいつもこうなんです」

「いつも……とおっしゃいますと？」

「基本的に仕事は自宅でやるんですよ。ここは、商談やミーティングに使うだけですし、そもそもうちは、従業員っていませんので」

根本はあっさりと言う。

初《しょ》っぱなから耳を疑うような返事を聞いて、

「えっ……。従業員、いないんですか？」

津山は問い返した。

純平は「親しくしているベンチャー経営者の中で、メタバース、ＮＦＴについては誠哉さんがトップランナー」だと言っていたが、本当ならば規模は小さくとも、それなりに従業員を抱えているはずだろう。まして手がけているビジネスは極めて高いスキルを持ったエンジニアが必要不可欠なはずだし、何よりもスピードが命だ。

まさか、根本は一人で全てをこなせる卓越した能力の持ち主だとでもいうのだろうか……。

根本は、そんな津山の内心を見透かしたかのように説明を始める。

「うちの会社は、プロジェクト制でしてね。僕を含めた三人が構想を立てて、実現するための能力、技術力に長けた最適な人材を探して、チームを作るんです」

「じゃあ、プロジェクトが終了すれば、チームは解散しちゃうわけ？」

「まだ、そこまでは行ってないんですけど、必ずしも解散することにはならないでしょうね。だって、ビジネスには流れってものがありますからね。メタバースやＮＦＴをやってる僕らが、成功したら次は飲食やるかってことにはなりませんから。次の構想も、今までやってきたものの延長線上か、関連性があるものになるはずですし、同じメンバーでやれるならそのまま。やれないのなら、やれる人間を探してくることになるでしょうね」

「やれる人間っておっしゃいますけど、そんなに簡単に優秀な人材が見つかるものなんですか」

なるほど理に適《かな》っているのは確かだし、経営者の視点からすれば、理想的な雇用関係であり、組織のあり方といえるだろう。

しかし、既存の企業が理想を実現できないでいるのには理由がある。

従業員は能力と労働を提供する対価として、安定した雇用と給与、社会保障制度の提供を会社に求める。つまり、雇用基盤を整備せずして優秀な人材を集めることはできないのだ。

「見つかるのかって、見つけてくるんですよ」

ところが、根本はいとも簡単に言う。「世の中には、埋もれている優秀な人材が結構いますしね」

「例えば？」

神部も興味津々な様子で、すかさず訊ねる。

「今、うちのプロジェクトに参加しているエンジニアは、その典型ですよ。彼、人付き合いがすごく苦手でしてね。能力、技術力共に超一流なんですけど、就活でことごとく不採用になったのがきっかけで、引きこもりになっちゃったんです。本来ならば千万単位の報酬を払ってでも雇わなければならない人材を、コミュ障だからって企業は門前払いにしちゃうんですよね」

「そんな人たちが大勢いるの？」

「大勢かどうかは分かりませんけど、アスペルガー症候群の方とか、特異な分野では抜群の能力や才能を発揮するけど、組織の中に身を置くのは難しいって人は、少なからずいますね。まして、企業は徹底的に管理するじゃないですか。そんな中に身を置けば、才能や能力を発揮することなんかできるわけありませんからね」

まさに目から鱗とはこのことだ。

組織が大きくなればなるほど、採用基準は標準化していくものだ。

学歴、成績、活動歴、資格の有無、果てはＳＰＩの成績を元に、一定の基準にあると判断した志願者を集めて面接を行う。

しかし、得手不得手があるのが人間ならば、特定の分野で頭抜けた才を発揮する者もいるのは事実である。書類選考や試験、数回の面接程度で志願者の能力の全てを把握できるものではない。

こうして考えると、永々と行われてきた大企業の採用試験とは、根本が言う「埋もれている優秀な人材」を発掘するどころか、むしろ排除することになっているのではないかとさえ思えてくる。

盲点を衝かれた気がして、俄然興味を覚えて津山は問うた。

「それ、とても興味深いお話なんだけど、そういう人たちを、どうやって見つけるんですか？」

「う〜ん……」

根本は小首を傾げて考え込むと、「何というか、日頃のネットワークを活用して、とでも言ったらいいのかなあ……」

曖昧な口調で答える。

「ベンチャーの経営者同士で、情報交換を行っているとか？」

「いや、同業者はライバルですから、プロジェクトの内容や人材についての情報交換は基本的にしませんね。それに僕のネットワークは、少し変わっていますので……」

「根本さん、ものすごく交友範囲が広いんですよ」

純平が傍らから口を挟んだ。「大企業や外資系企業のサラリーマンから、自営業者やキャバクラ嬢、果ては外国人の超富裕層や大学生に至るまで、国内外に友達がたくさんいるんです」

そう言う純平は、どこか得意げだ。

「海外にまで？」

またしても、驚くような話にますます興味を覚えて、津山は続けて訊ねた。

「質問ばかりで申し訳ないんだけど、そんな広範囲にわたるネットワークをどうやったら築けるの？」

「遊びの場ですね。主に夜の街での……」

根本は照れたような笑いを浮かべる。「クラブなんかは友達の輪を広げる絶好の場ですね。客の大半は若者だし、外国人も大勢やってきますからね。仲良くなれば、いろんな話をするじゃないですか。そのうち、仕事の話になって、こんな人材を探してるんだけど、心当たりないって言うと、それならこんなのがいるよってことになるんです。それに今は、どこに住んでいようと情報へのアクセスに国境はありませんからね。興味を引くようなことをやってる人とは、ＳＮＳですぐに連絡取れますんで」

「それじゃ、プロジェクトチームには外国人もいるの？」

「いますよ。さっき三人でビジネスの構想を立てるっていいましたけど、一人はシンガポール人、もう一人はアメリカの大学に留学中の日本人ですからね」

現在のネット環境からすれば、理屈の上では十分可能な話ではあるのだが、津山世代の人間からするとＳＦの世界の話に等しい。

それを当たり前のように言われてしまうと、津山は驚きのあまり言葉を失ってしまった。

「っていうか、少なくとも僕には、外国人も日本人もないんですよ」

根本は続ける。

「日本に市場を絞ったんじゃ、ビジネスの広がりは期待できませんからね。だってネットは、世界中を網羅してるんですよ。ネットを使えば、何十億って人を対象にしたビジネスを展開できるのに、なぜ一億数千万人しかいない市場をターゲットにしなきゃならないんですか？」

「ってことは、英語でビジネスを展開するわけですか？」

神部が問うと、

「ウチの会社のホームページには日本語表記はありません。英語のみです」

根本は愚問だと言わんばかりの口調で答える。「英語に限定している理由はもう一つありまして、僕らが参入しようとしている分野への関心の度合いが、日本人と外国人とでは全く違うからなんです。正直なところメタバースはまだしも、NFTは今後どうなるのか、先が読めないところがありましてね。ギャンブル的要素が多々あるんです。日本人は投資についてはすごく慎重じゃないですか。だから、NFTに手を出す人はまだまだ少ないんです。その点、外国人は違うんですよねえ」

「仮想通貨が登場した時も、海外に比べると日本人の反応は鈍かったですもんね」

したり顔で言う神部に、根本は即座に返した。

「いや、購入した日本人は結構いましたよ。ただ購入したのは、若い世代が圧倒的に多くて、高齢者層はほとんど手を出さなかったんです」

「えっ……そうなんですか？」

「高齢者には、仮想通貨がいかなるものか、理解できなかったんでしょうね。その点、ＦＸに手を出す若者が結構いましたからね。公開直後は値が安かったこともあって、取りあえず買ってみるかってノリで、仮想通貨を購入したんですね。それが瞬く間に値が高騰したものだから、後追いするのが湧いて出てきたんです」

「ＦＸも仮想通貨も、上がるか下がるか、丁半博打《ばくち》みたいなものですからね。高齢者には、ギャンブル的要素が高すぎて、手を出す気にはなれなかったんでしょうね」

津山が言うと、根本は一転して真顔になった。

「おっしゃる通りです。上がるか下がるかという点では、株式投資にもギャンブル的要素はありますけど、財務諸表とか様々な指標を分析して購入する銘柄を決めるわけです。要は日々の勉強が必要なんですが、その割には余程のことがないと値は大きく動かない。つまり、大きく儲けようとするなら、それ相応の資金が要るわけです」

「結果的に、株を購入するのは手持ちのおカネに余裕がある高齢者層。資金力に乏しい若い世代には、〝儲ける〟魅力に乏しい投資と映ってしまうってわけね」

「その点、仮想通貨は違うんですね。上がるか下がるかの丁半博打って点ではＦＸと同じなんですけど、仮想通貨の公開直後に限っていえば、上場時の株を初値で買うようなもので、上がる確率が高いんです」

「つまり、初値で拾って、上がったところでさっさと売る。株でいうところの利確に出るわけか」

神部の言葉に、根本は大きく頷く。

「だから仮想通貨の将来性なんて、どうでもいいんです。今買えば儲かる確率が高いと判断すれば、買いなんです。そして、相場は生き物で、値は上下することを十分理解しているから、潮時とみれば躊躇することなく売って、利益を確定してしまうんですよ」

「つまり、NFTは仮想通貨が現れた頃の熱狂状態にある。大きく儲けるなら今だ、と判断した投資家が殺到しているというわけね」

津山の言葉を受けて、根本は逆に問うてきた。

「NFTってどんなものか、ご覧になったことがありますか？」

「何度か、ネット上で見たことはありますけど……」

その先を言うのが憚《はばか》られるような気がして、津山は口ごもった。

「けど、何ですか？」

「まあ、正直なところ、いくらブロックチェーン技術が使われた、世界に一点しかない作品だっていわれても、余りにも稚拙すぎて、どうしてこんな物に値がつくのか、それも考えられないような高値がつくのか、理解できなくて……」

「実に正直な感想です」

根本は愉快そうに笑う。「誰だってそう思いますよ。もちろん中には、有名な漫画家が描いた絵だとか、スポーツカードとかもありますけど、子供の絵のような代物が大半ですからね。まあ、近代絵画の中には白とか黒に塗られただけの作品に、法外な値段がつくものもありますし、美術館に飾られていたりもしますので、それと同じだといえばそれまでなんですが、正直言って、ひどい代物ばっかりですよね」

「と言うからには、このNFTブームは一過性のもので、そう長くは続かないと考えているわけですか？」

神部が訊ねると、

「今後、どんなコンテンツが出てくるかによりますけどね」

根本は一瞬にして笑みを消し、確信がこもった声で答える。「コミックやアニメは海外でもすごく人気がありますから、今、例に挙げた漫画家の直筆キャラクターの類いや、スポーツカードの類いは、プレミアムがついて高値で取引され続けるでしょう。実際、僕らもアメリカのプロスポーツのチームと契約を結んで、その分野に進出すべく動いていますのでね」

「アメリカのプロスポーツチームと？」

またしても、想像を絶するスケールの話が出てきて、津山は驚きのあまり声を張り上げた。

「後でお話ししますけど、ベンチャーで成功を収めるには、優れたアイデアやビジネスプランの構築は必要条件であって、十分条件ではないのです。誰がパートナーになるか、どんな人間がチームに加わるかが成否を分けるんです」

そう聞けば、根本が何を言わんとしているかに察しがつく。

「おカネとコネってこと？」

「まさにそれなんですよ、津山さん……」

根本は顔の前に人差し指を突き立て、ぎょっとするほど冷徹な眼差しを向けてくる。「ただ、これも日本という枠の中で探したら駄目ですよ。当たり前じゃないですか。そもそもネットの世界には国境なんて概念は存在しませんからね。極端な話、自分の部屋に居ながらにして世界と繋がる環境が出来上がっているんですから」

「ネットの世界に国境はないのは分かるけど、現実的には言語の壁もあれば――」

「僕が言っているコネって、津山さんがお考えになっているのとは、ちょっと違うと思いますよ」

根本は津山の言葉を遮ると、続けて言う。

「メタバース、NFT共に、資本力のある組織、手っ取り早くいえば大企業も大きな関心を持っていますし、実際に参入を計画している企業も数多く存在します。でもね、問題は誰がやるのかなんですよ。大きなビジネスになる可能性があると分かっていても、じゃあ何をやるのかとなると見当がつかない。なぜなら、リーダーに任命された人間に不可欠なのはビジョンだからです。これがいそうでいないんですね。だから、モデルケースになる成功例が出てくるのを待つことになっちゃうんですよ」

その時津山は、峰岸が同じようなことを語っていたことを思い出した。

「組織において仕事は与えられるものである限り、必ずしも適任者が任命されるとは限りませんものね」

「その通りです」

根本は「分かってんじゃん」と言わんばかりに、ニヤリと笑い、話を続ける。

「成功例なんてものを待っていたら、大きな成果は得られませんよ。GAFAで知れたこと、リスクを取って素早く動く。それが大戦果に繋がるんです」

「と言うからには、根本さんたちはビジネスプランを、大企業に売り込むのが目的なわけ？」

「売っておカネを得るだけじゃ、つまんないですよ。僕らのプロジェクトに加わってもらうんです」

加わってもらうって、どういうこと？

津山は訊ねようとしたが、それより早く根本は続けた。

「それを可能にするために必要なのが、コネクションを造る力なんです」

「だから、それをどうやって――」

「それはケース・バイ・ケースですが、とにかく探すんですよ。メタバースやＮＦＴに興味を持っている企業。何をやったらいいのか分からないでいる企業をね……。とにかく情報を集め、何らかの手段でコンタクトを取って、話を聞いてもらうんです」

「簡単に言うけど、そんなことやれるの？」

「やれるかじゃなくて、やれる手段を探すんですよ。それこそ死に物狂いで」

当然のように返してくる根本を見ていると、これまで接してきた、組織に身を置く人間たちとは、考え方といい、アグレッシブさといい、何もかもが全く異質なことに津山は改めて気がついた。

「人材もまた同じですよ。言語の壁があるなら、語学に長けた人間を仲間に加えればいいんです。もちろん、ただ語学に長けているだけじゃ駄目ですよ。それなら、通訳を雇うのと同じですからね。目指すゴールを共有し、そこに向かって突き進む熱意を持った人間をとことん探すんです。コネもまた同じなんです。ないのなら、持ってるやつを探すんです。だから人のネットワークの構築は、とても重要なんです」

根本が言い終えたその時、津山のスマホが鳴った。

「ちょっと失礼……」

パネルを見ると、発信先の番号が並んでいるだけで名前の表示はない。

頃合いからして、前嶋に同行している秘書からのものだろう。

「津山でございます」

津山がこたえると、

「前嶋の秘書でございます。すぐ近くまで来ておりますので、五分以内に到着するかと……」

果たして、予想した通りの言葉が返ってきた。

「前嶋さんが、お着きになりますので、お迎えに行ってきます」

津山は根本に断りを入れると、神部を伴って一旦オフィスを離れた。

3

「初めまして、前嶋と言います」

根本と名刺を交わしながら、前嶋は名乗った。

「根本です」

根本は、爽やかな笑みを浮かべながら名乗ると、津山に向かって問うてきた。

「どうしましょう。僕がどんなビジネスをやっているのか、概要を説明してからデモをしましょうか？　それとも、デモをしながら、説明した方がいいですかね」

「最初に概要を説明していただいた方がいいと思いますけど……。会長、いかがなさいます？」

「そうだね。正直なところ、メタバースとかＮＦＴとかについての知識が全くなくてね。概要を聞いてから見せていただくとしようか」

「分かりました」

快諾した根本は純平に視線を向け、「悪いけど、お茶淹《い》れてくれる？　お湯沸かしてあるから」

まるで部下に命じるかのような口調で言う。

「分かりましたぁ」

純平もまた二つ返事で快諾すると、勝手知ったる他人の家とばかりに、給湯室に消えていく。

「じゃあ、どうぞこちらへ」

根本は応接コーナーへと案内し、前嶋がソファーに腰を下ろしたところで、

「会長はメタバース、ＮＦＴ共に、全く知識がないとおっしゃいましたね」

改めて問うた。

「ＩＴ分野は技術の進歩が早過ぎて、ついていけなくてね。もちろん、言葉は知ってはいるが、それがどんなものなのか、どんなビジネスチャンスを生むのか、皆目見当がつかないでいるんだよ」

「大半の人は使う側になるのですから、技術を理解しなければならないのは、作る側だけでいいのです。そう悲観なさらなくても大丈夫ですよ」

根本は相変わらず、穏やかな笑みを口元に浮かべながら返した。「実際、ネットネイティブと

称される僕らの世代だって、ソフトやアプリを使うことはできても、仕組みを理解している人間はほとんどいませんし、IT関係の仕事を専門にしている人だって、技術の進歩についていけない人は大勢いますからね」

「ほう、専門にしている人が、ついていけないというのはどういうことかね」

「現時点で最先端の技術を使う仕事に従事していても、テクノロジーの進化が早すぎて、新しい任務を命じられた時には、一から学び直さなければならないってことが多々あるんです」

　前嶋は根本の言うことが、俄には理解できないようで、困惑している様子である。

　そこで、津山は根本の言に解説を加えることにした。

「もう五十年前になりますかね。これからはコンピュータの時代だ。プログラマーは有望な仕事だと盛んに言われたと聞いたことがありますが、会長、ご記憶にございませんか？」

「ああ、あったねえ。大学にコンピュータのプログラムを教育する学部が新設されて、大層な人気だったことは覚えているよ」

　その頃は学生であった前嶋は、少し遠い目をして頷く。

「当時はプログラマーも引く手数多《あまた》で、就職には苦労しなかったそうですが、コンピュータの性能が向上するにつれ、マシーンの構造も、プログラムの言語もどんどん変わって、大学で教わった内容はたちまち過去のものとなってしまったんですね。以降もプログラム言語は現れては消えを繰り返しながら今に至ったわけで、プログラマーもその度学び直さなければならないようになってしまったんです」

「そう言うことか……」

前嶋は納得した様子で短く漏らす。

「極端な例えかもしれませんが、英語で仕事をしていたのがドイツ語に、今度はフランス語に変わるようなものですからね。限られた時間の中で勉強して、ネイティブレベルになることを求められるとなると、これはもう――」

「しかも、勉強しなけりゃならない本人は、歳を重ねていくわけだからなあ……」

前嶋は津山の言葉を遮って言う。

「通信手段もそうですね。五十年前の電話は固定式で、出先だと公衆電話を使うくらいしか連絡の取りようがなかったところにポケベルが現れて、一大ブームになりましたでしょう？」

「ポケベルかあ……。懐かしいねえ……」

「それが携帯電話が登場すると、あっという間に姿を消した。スマホが出ると、あらゆる情報にリアルタイムでアクセスできるようになりましたし、情報の保存はフロッピーからハードディスク、そして今やクラウドです。カメラ、オーディオ、計算機など、一昔前には個別に存在していたハードですら、スマホの中に集約されてしまったんです」

二人の会話に根本が加わる。

「会長のような方に、若輩者がこんなことを申し上げるのは生意気かもしれませんが、産業や技術の変遷を振り返ってみると、黎明《れいめい》期から成熟期に入り、そして衰退期を迎える一定のパターンがあると僕は考えているんです。ＩＴ産業は、まだ黎明期の段階で、これからどんな技術が出てくるのか、正直なところ僕らにも皆目見当がつかないんです」

やはりまがりなりにも、根本は経営者だ。

今風の言葉遣いをしていても、目上の人間への接し方は心得ているようだ。

そのことに安堵《あんど》しながら、津山はクランベリー・ラボの雇用形態を説明することにした。

「会長、実は根本さんの会社には、正社員は一人もいないそうでして……」

「正社員が一人もいない？」

前嶋は、少し驚いた様子で問い返す。

「全てプロジェクト制で動いているそうで、都度最適な人材を募る形で運営しているそうなんです」

「時々のプロジェクトに合わせて、最適な人材を集めてくる？　そんなことで、人を集められるのかね？」

「会長……。会社経営において、最大のリスクは何だと思います？」

突然、問われて前嶋は答えに詰まった様子で黙りこむ。

そんな前嶋に向かって、

「僕は固定費。それも人件費だと考えていましてね」

根本はそう言い切ると、話を続ける。

「だって、一旦正社員として雇ってしまえば、簡単に解雇できませんからね。まして、こんな小さな会社です。どうしても人間関係が密になりますから、なおさらですよ。大企業のように配置転換で雇用を維持するなんてこともできませんから、プロジェクトの構想を理解して、やりたいと言ってくれるやつ、やれる能力のあるやつと〝組む〟んです」

「それで人が集まるのかね？　大半の学生が就活に勤《いそ》しむのは、正社員になれば、長期にわたって安定した収入が得られるからで――」

「会長……それが集まるんだそうです」

津山は前嶋の言葉を遮り、先ほど根本の口から語られたままを話した。

それを聞いた前嶋の驚愕ぶりったらない。

「対人恐怖症の引き籠もり？」

目を丸くして絶句する。

「あっ、津山さんにはまだ言っていませんでしたけど、メタバースのアバターをデザインしているのは性的マイノリティーなんですね。彼はまだ男ですけど……」

根本は平然と言ってのける。

さすがに、津山もこれには驚いて、

「まだ……って？」

「おカネが貯まったら、取っちゃうんですって。そうなったら彼女ですので」

根本は屈託のない笑顔を浮かべると、

「どれだけ優秀な技術や才能を持っていても、対人恐怖症の引きこもり。性的マイノリティーが市民権を得たとは言っても表向きのことです。実際、大企業の大半は採用してくれませんからね。その点、僕らが必要としているのは、ビジネスを成功させてくれる技術や才能を持つ人材なんです。引きこもりだろうと、性的マイノリティーだろうと、そんなことどうでもいいんです」

まるで優秀な人材を獲得する機会を、つまらぬ偏見で逃している大企業の採用姿勢を嘲笑うかのように根本は言う。

「私も根本さんの考えを聞いて、目から鱗が落ちるような思いがしました。言われてみれば、企業規模はそれほど大きくはありませんが、引きこもりで優れた技術を持っている人たちを、在宅勤務で正社員として採用している会社も、ぼちぼち出てきているそうですからね」

「例えば？」

「ネットワークセキュリティーの会社が、ホワイトハッカーとして採用しているとか……」

ホワイトハッカーとは、悪意あるサイバー攻撃に対処する卓越した知識、技能を持つ人間のことである。

世界中のコンピュータがネットワークで結ばれる環境が整うにつれ、官公庁、企業、個人が蓄積しているデータを盗み出す、あるいはシステムをロックし、解除するパスワードと引き換えに法外な身代金を要求する犯罪が頻発するようになった。

いずれも立派な犯罪行為ではあるのだが、ネットワークの世界に国境はない。摘発するのは容易なことではなく、不正侵入を未然に防止するのが最善策というのが現状だ。

そこで、攻撃を仕掛ける側の人間をハッカーと称するのに対し、ディフェンスする側、あるいは犯人の痕跡を辿り、正体を突き止める役割を担うのが、ホワイトハッカーと呼ばれる技術者である。

幾重にも厳重に構築されたセキュリティーの壁を突破するには、極めて高度な知識と技術が必要になる。当然、ディフェンスする側のホワイトハッカーは、それに勝るとも劣らぬ力量を持つのは必須であり、それゆえに採用にあたっては、組織への適合性や性格、学歴すらも不問。あくまでもホワイトハッカーたり得る力量のみが問われることになるのだ。

「それで、そうした人たちを集めて、根本くんは、どんなビジネスを展開しようとしているのかね」

前嶋はすっかり興味を惹かれた様子で訊ねる。

「将来的には、ユニコーン企業を育てる投資家を目指しています」

「ユニコーン企業？」

前嶋は、眉をピクリと動かすと、「ユニコーン企業って、十年以内に十億ドル以上の評価額がつく会社のことだよね？　そんなの滅多に現れないから、伝説の生き物、ユニコーンって称されるんじゃなかったかな」

胡乱《うろん》げな眼差しで根本を見据える。

しかし、根本に些かも怯《ひる》む様子はない。

「今は、そのための資金づくりをやっている段階です。ユニコーン企業を育てるには、まずこの会社がユニコーン企業にならなければなりませんからね。幾つかのプロジェクトを同時に進めながら――」

「幾つかのプロジェクト？」

これには津山も驚き、思わず問い返した。

「当然ですよ」

その反応ぶりが面白かったのか、根本はニンマリと笑いながら答える。「だって一つのプロジェクトに賭けて失敗したら、それで終わりになっちゃうじゃないですか。一つよりも二つ、二つよりも三つあれば、一つ転んでも、まだ成功する可能性は残りますからね」

その通りには違いないのだが、それは理屈というものだ。

どの程度の規模でビジネスを展開しようとしているのかは分からないが、何をやるにしても事業には資金が必要だ。根本は二つよりも三つと簡単に言うが、いったい資金をどうやって調達しているのだろう。まさか株？　それとも仮想通貨で大金を手にしたとでもいうのだろうか。

「リスクマネージメントってやつですかね」

そこを問おうとした津山だったが、根本はそれより早く口を開いた。「専門商社と総合商社の違いに例えれば分かりやすいかもしれません。専門商社の業績は、業界の好不調に大きく左右されますけど、総合商社の場合は、一つの事業部が壊滅的な業績でも、他の事業部が好調ならば、少なくとも潰れることはありませんからね」

「でも、何をやるにしたって資金が要るでしょう？　そう言えば、この会社の設立資金、運転資金はどうやって調達したんですか？」

またしても津山に先んじて、今度は神部が口を挟む。「さっき仮想通貨とか、株の話をしてましたけど、まさかそれ？」

「うちの資本金は七百万円なんですけど、それはその二つで稼ぎました。株の方が圧倒的に多いんですけどね」

根本はあっさりと答える。「僕、高校生の時から株の運用と仮想通貨の売買をやってたんです。親から小遣いをまとめて前払いしてもらって、投資の資金に充てたんです」

「それを七百万円にまで増やしたってわけ？」

驚きのあまりか、神部は声を裏返らせる。

「ええ……」

「何年で?」

「二年ちょっとですかね」

「この会社は高校卒業直前に設立したんでしたよね?」

「はい」

根本は、「それが?」と言わんばかりに、けろりとした表情で頷く。

「そんなことどうしたらできるんですか? だって、仮想通貨にしても株にしても、上がり続ける保証はどこにもないわけで――」

年下の根本が、自分の年収と同等のカネを、それも投資で手にしたと聞けば、神部が穏やかではいられないのも無理はない。

「仮想通貨は時期が良かったとしか言いようがないんですけど、株は社会情勢の観察と情報……ですかね」

「情報?」

「この点については、詳しくお話しできませんけど、とにかくそうやって資本金を作ったんです」

詳しくは言えないというところからすると、夜の世界で築いた人脈の中に、情報源があるのかもしれないが、それは今日の本題ではない。

そこで津山は質問を変えた。

「じゃあ運転資金は?」

「投資家に出してもらってます」

「投資家？」

根本の言葉に、前嶋が反応した。「失礼だけど、事業経験もない、しかも学生の君に、金を出す投資家がいるのかね？　投資と言うからには担保も取らないんだろ？」

「もちろん担保なんて取りませんよ。投資家は銀行じゃありませんので」

根本は薄く目を閉じ鼻で笑い、「もちろん大半の日本人は、会長と同じように考えますので、投資してくれているのは外国人ですけどね」

目元に笑いの余韻を残しながら言う。

「外国人？」

根本は、問い返す前嶋から津山に視線を転じてくると、

「さっき、ＮＦＴを積極的に購入しているのは外国人だと言いましたよね」

念を押すように問うてきた。

「ええ……」

「例えばシンガポールには、投資家同士がＮＦＴの情報を交換し合う専門のカフェがありましてね。これが大繁盛しているんです」

「えっ！　そんなのがあるの？」

「日本人って、本当に世界の動き、情報に疎《うと》いんですよ。他の国では財産をいかにして増やすか、有望な投資先を血眼になって探しているのに、日本人は起業する資金は銀行から融資を受けるもんだって思い込んでいる人ばっかりなんですよね」

意図しての言葉ではないとは思うが、前嶋の発言を受けてのことには違いない。

さすがにこの言葉を聞いた瞬間、前嶋の表情が硬くなり、顔色が変化するのが見てとれたのだったが、根本はお構いなしに続ける。

「実は、うちに出資してくれているのも、シンガポールのファンドでしてね」

「出資額は？」

前嶋が訊ねると、

「金額は教えられませんが、二つのファンドから億単位の資金を提供されていますね」

「億！」

さすがの前嶋も、驚愕を隠せない。

声を裏返らせて目を丸くする。

「改めて説明するまでもないのですが、彼らは有望なビジネスをいち早く見つけ、成功した暁には、どれほどのリターンを得られるか。その一点にしか関心がないんです。融資したおカネの金利で食べている銀行とは、その点が決定的に違うんですよ」

「それにしたって、そんな大金を投資するからには、事前に入念な調査を行うのだろう？」

「もちろんです」

根本は、当たり前だといわんばかりに頷く。「ビジネスプラン、目論見書をはじめ、様々な資料の提出を求められますし、実際にインタビューも受けます。その上で、彼らが投資するに値すると判断して初めて資金が提供されるわけです」

「そりゃあ、そうだろうが……」

「今言いましたけど、ファンドの関心は、どれほど高いリターンを得られるかにしかないんです。もちろん、ハイリターンにはハイリスクがつきものだということも、十分承知の上で……」

さすがの前嶋も想像を絶する話がこうも次々に出てくると、返す言葉が見つからないとばかりに、啞然とした表情を浮かべるばかりだ。

根本は続ける。

「銀行って、サラリーマンの集団ですからね。融資が焦げ付きでもしたら、行員人生が終わっちゃうじゃないですか。それは上司もまた同じ。有望な事業だと理解できても、実績や担保がないことには絶対に融資に応じません。だから僕らは、端から銀行なんか当てにしていないんです」

そこで津山は質問を投げかけた。

「ハイリターンってことは、成功した暁には見返りとして何を差し出すの？　株式かしら」

「その通りです」

根本は即座に頷く。「さっき僕らが目指しているのはユニコーン企業になることって言いましたけど、そこに到達するまでのどこかの時点で、この会社の株式を上場することになります。その際には、投資してくれたファンドに、一定の株式を譲渡する約束になっているんです」

「ファンドが株を買い増しして、会社を支配しようとする可能性は？」

よせばいいのに、神部が余計な質問を発する。

「彼らの目的は、ハイリターンを得ること。経営に関与するなんて、そんなの面倒なだけじゃないですか」

果たして、根本は失笑を浮かべる。「大株主になって、会社を支配したはいいけれど、業績が上がり続けなければ、株価は下がっちゃうんですよ。そんなの、株価のチャートを眺めながら、まだ上がる、まだ上がるって株を持ち続ける素人がやることですよ」

根本の例えは、実に的を射たものだ。

これにはさすがの神部も恥ずかしさのあまりか、ぐうの音も出ないとばかりに俯いてしまう。

そんな神部に向かって、根本は追い打ちをかけるように続ける。

「彼らは投資のプロなんです。しかるべきタイミングで売り抜けて、利益を確保したら、あとは野となれ山となれ。その後の株価がどうなろうと知ったことじゃないんです。ＮＦＴに熱を上げている外国人投資家だって、その点は全く同じでしてね」

「一つ聞いてもいいかな」

前嶋が二人の会話に割って入った。

「何なりと……」

「投資のプロが億単位の資金を提供するって、どんなビジネスなのかね？」

前嶋は、根本が現在進めているプロジェクトの内容に興味を惹かれたようだった。

4

「そうですね……。一番分かりやすいのはメタバースの方だと思いますので、そちらからお話ししましょうか」

根本は、そう前置きすると、続けていった。

「アパレル事業を手がけようと考えておりまして……」

「アパレル？」

意外な言葉を聞いて、津山は思わず声を上げた。

というのもメタバースを使ったビジネスでは、アパレル関連は最も有望視されている分野の一つで、あまりにもありきたりに過ぎるように思えたからだ。

そんな津山の内心を見透かしたかのように、根本はニヤリと笑うと、

「津山さん、アパレル業界が抱えている最大の問題って、何だと思います？　コンサルタントなら、当然ご存じですよね」

意地悪げな眼差しを向けてきた。

「最大の問題というなら、売れ残りでしょうね」

的外れなことは言えないと、妙なプレッシャーを感じたせいか、心臓の鼓動が速くなるのを覚えながら津山が答えると、根本は顔の前に人差し指を突き立てる。

「さすがですねえ。よくご存じで」

根本は破顔すると、「どれほどの量が売れ残るかもご存じですよね」

続けて津山に問うてきた。

「え〜と……。年度によって差はありますけど、確か半分以上も売れ残りが出るんじゃなかったかしら？」

「その通りです。では、売れ残った商品はどうなるかもご存じですね」

まるで口頭試問である。

悔しさと屈辱感が込み上げてくるのに堪えながら、津山は冷静に返した。

「かつては廃棄されることもあったようだけど、サステナブルじゃないと批判を浴びて、ベーシックなものは来季に回すとか、ブランド名を変えて再販するとか、資金繰りが苦しいメーカーだと、バッタ屋に投げ売りするところもあると聞きますね。倉庫の保管料も馬鹿になりませんから……」

「来季に持ち越すにせよ、ブランド名を変えて再販するにせよ、生地屋、縫製工場への支払いは待ったなし。支払いは期日通りに実行しなければなりません。しかも来季に回せば一年間は在庫。つまり現金化はできないわけです。まして、バッタ屋に叩き売ろうものなら原価割れ。赤字になってしまいますよね」

「その通りですね」

「じゃあ、どうしてこんなことが起きると思います？」

「どうしてって……そりゃあ、販売予測が狂ったからで――」

「そこなんです」

根本は津山の言葉を遮ると、続けて言う。

「これまでのアパレル産業では、まずデザインが決まると、販売量の予測を立て製造数を決定します。そして、その製造数をベースに生地メーカー、縫製工場と納入価格、作業料金の交渉を行ってきたわけです」

「それが、メタバースを使うとどう変わるの？」

「変わるんじゃなくて変えられる……。いや変えるんです。売れ残りゼロを可能にするんです」

「どうやって？」

あまりにも構想自体が突飛に過ぎて、理解するどころではないのだが、根本は自信満々だ。

「まず、メタバースの世界にアパレル専門のショッピングモールを構築します。ユーザーは、そのサイトにアクセスして自分のボディサイズをインプットすると、そこにアバターが現れる……」

実にありきたりだが、根本もそんなことは先刻承知のはずだ。

津山は話の続きを待つことにした。

果たして根本は続ける。

「出店者、つまりメタバース上の店のオーナーはアパレルメーカーではありません。デザイナーなんです」

「デザイナー？　じゃあ、誰が服を造るの？」

やはり、全く予期しなかった答えに驚き、津山は訊ねたのだったが、先を聞けとばかりに、根本はそれを手で制する。

「デザイナーといっても立場は様々です。自分のブランドを確立した有名デザイナーもいれば、その下で働くデザイナーもいますし、アパレルメーカーに至っては多くのデザイナーを抱えています。そして個人でブランドを確立したデザイナーは別として、それ以外のほとんどはサラリーマン同様、月給とボーナスで生計を立てているわけです。僕が考えている仕組みはその点が違うんです。売り上げに応じた金額が、デザイナーの懐に直に入るんです」

「どうやって？」

「まず、自分のデザインした服をメタバースの中の仮想店舗に陳列します。ただし、次のシーズンに向けてのものを……」

「次のシーズンというと、翌年ってこと？」

根本は頷くと話を進めた。

「利用者は、各店舗を覗《のぞ》きながら、興味を覚えた服があれば、アバターに試着させ、購入を希望する場合は仮発注ボタンをクリックする……」

「なぜ購入じゃなくて、仮発注なの？」

「この時点では、販売価格が決まっていないからです」

「それ、どういうこと？」

「発注量が決まらないことには、製造コストが分からないからです。当たり前じゃないですか。ファストファッションの服がなぜ安いかといえば、同一の素材を使って、同じデザインの服を大量に造るからです。生地メーカー、縫製工場だって、量に応じて納品価格が違ってきますからね」

なるほど、まさに言われてみればというやつだが、それでもすぐに疑問が湧いてくる。

「じゃあ、購入希望者は販売価格がはっきりしないうちに発注するわけ？」

「だから、この時点では仮発注なんですよ」

根本は含み笑いを浮かべると、さらに話を進める。

「もちろん、目安となる販売価格は表示しますよ。発注量に応じた価格をね。例えば、オーダーロットが千枚以内ならこの値段、一万枚、十万枚ならというように……。つまり、オーダーが集まれば集まるほど、販売価格は安くなっていく。それをサイトのユーザーはリアルタイムで確認することができるんです」

そこまで聞くと、根本の構想が見えてくる。

「仮発注に締切日を設けるわけね。そして、この値段で購入するかどうかを利用者に確認する。その時点で、生地メーカー、縫製工場への発注量を確定させるってわけね」

「もちろん仮発注と購入確定量には差が出るでしょうから、その結果を待って、再度確認しなければなりませんけどね」

「つまり、事実上の完全受注生産ってことになるから、売れ残りは発生しようがないってことになるわけか！」

目の覚めるようなアイデアとは、まさにこのことだ。

根本の構想通りにプロジェクトが進めば、アパレル業界に革命をもたらすことになる。

津山は、そんな予感を覚え、感嘆の声を上げたのだったが、

「出店者、デザイナーはどうやって集めるの？」

ふと思いついたままを口にした。

「どうやってって……デザイナーはもちろん、卵となれば、いくらでもいるじゃないですか」

「いくらでもって……」

「ひょっとして、津山さん、有名デザイナーを集めないと、利用者は関心を示さないと考えているんですか？」

「いや、必ずしもそうじゃないけど……」

根本は、津山の内心を見透かしたかのように、ニヤリと笑うと問うてきた。

「世の中に出回っている服は、もれなく誰かがデザインしたものなんですよ。一流ブランド品はともかく、普段着を買うのに誰がデザインしたかなんて気にする人います？」

「いないわよね……」

「国内だけでもデザイナーを養成する学校は幾つもあるし、世界となったら大変な数になるじゃないですか。そこで学ぶ学生は、みんなデザイナーになることを夢見てるんですよ」

「ってことは、出店者はプロじゃなくとも構わないってわけ？」

「プロじゃなけりゃならない理由があるんですか？」

そう返されると、言葉に詰まる。

黙った津山に向かって根本は言う。

「専門学校を出たって、デザイナーになれるのはほんのひと握りです。それも大手から零細企業の採用面接を受けて合格しても、デザインの仕事をさせてもらえる保証はありません。でも、どこに埋もれているか全く分からないのが才能というものですよね」

そこで根本は一瞬の間を置き、しみじみとした口調になって続けた。

「僕は埋もれている才能を発掘して、世に送り出したいんですよ。夢に向かって努力している若者に、チャンスを与える場を作ってやりたいんです。それが、大きな成功を手にすることに繋がるのなら、素晴らしいじゃないですか」

「ということは、出店者の経歴は一切不問。あくまでも、ユーザーが買いたいと思う服をデザインできるかどうかにかかってくるというわけですね」

神部がすかさず、根本の構想をまとめにかかった。

「その通りです。国籍も問いません。有名ブランドのデザイナーとして働いている人、メーカーのデザイナーとして働いている人も出店可能。学生でも主婦でも、誰でもいいんです。もちろん、出店者の数は激増するでしょうが、個々の作品の仮発注数はランキング化してリアルタイムで更新しますし、普段着、セミフォーマル、フォーマルといったように、ジャンル別で店を検索しやすくする機能も持たせるべく開発を進めているんです」

「実に、素晴らしいビジネスプランだね。いや、本当に感心するよ」

黙って話に耳を傾けていた前嶋が、久方ぶりに口を開いた。「ただ一つ気になる点があるんだが、いいかな?」

「何なりと……」

「受注した商品は、完成し次第、随時工場から発注者に宅配便か何かで送ることになると思うのだが、そうなると店舗は不要になってしまうよね」

「工場から直接送るかどうかは、まだ決めてはいません。というのも、縫製工場は海外に分散することになるでしょうから、小口荷物の場合、配送料が高額になる可能性があるからです。ですから、世界各地の宅配業者、あるいは郵便局と料金交渉を行った上で、縫製工場で梱包後、購入者の住所を記したシールを貼り付け、コンテナで海上輸送。仕向地に到着次第、契約業者に配送を任せることにしようかと考えているところでして、いずれにしても、おっしゃる通り、店舗は必要ないということになりますね」

「しかし、アパレル産業に従事している人たち、小売店で働いている人たちはどうなるんだね。

君のビジネスが大きくなればなるほど、雇用が失われることになるんじゃないのかね？」

「えーと……」

困惑した表情を浮かべる根本だったが、「僕らの構想通りにビジネスが大きくなれば、ある程度影響は出るでしょうね。でも、アパレルメーカーも小売店も、全く不要になるわけじゃないと思いますよ」

「なぜそう言えるんだね？」

「だって、僕らが販売するのは、一年先に着る服ですよ。すぐに新品が必要になることだってありますからね。メーカーも小売店も、壊滅的打撃を受けるってことにはならないと思いますけど？」

「確かに、不意の需要に応えるために在庫を抱えるよりも、売れ残りが一切出ない方がメーカーにとってはメリットがあるわよ。消費者だって、最初のうちこそ戸惑うでしょうけど、ネット通販で知れたこと、そんなの慣れの問題だわ」

批判するつもりで言ったのではない。根本が手がけようとしているビジネスに、大きな可能性を感じたからこその言葉である。

「正直なところ、そうなってくれたらいいいナ、とは思ってますよ」

そこで、根本は前嶋に向き直ると、「もう一つ、正直言って、メーカーや小売店のことなんか、僕は気にしたことがないんです」

肩をすくめる。

前嶋はあからさまに不快な表情を浮かべるのだったが、根本は全く気にする様子もなく続けた。

「だって、ビジネスモデルが確立されて、身動き取れないでいる業界にこそ、ビッグビジネスになるチャンスが眠っているんです。そう考えているのは僕だけじゃありません。ベンチャーの経営者は、みんなそう考えていますよ」

「企業が倒産して、大量の失業者が出ても構わないと？」

「ですから、そうはなりませんよ。実際、これほどネット通販を使う人が増えても、スーパーもデパートも生き残っているじゃないですか。それに雇用とおっしゃいますけど、街の商店街を壊滅させたのは大資本のスーパーであり、居住地域への出店を歓迎した消費者じゃありませんか。僕らの事業だって同じです。消費者に支持されなかったら、成功するわけがないんですから」

津山は根本が始めようとしているビジネスプランを、改めて脳内で検証してみることにした。

着目点は素晴らしい。聞く範囲では、マンパワーや資金力にも問題はなさそうだ。

となると問題は、このビジネスが消費者に受け入れられるかどうか。それ以前にサプライチェーンが構築できるかだ。

根本は生地の発注量は、オーダーの確定数に応じてと言ったが、果たしてメーカーが対応できるのだろうか。縫製工場とて同じだ。機材や労働力は簡単には増減できない。まして出店者はプロのみならず、デザイナーの卵でも構わない。それも全世界を対象に募ろうというのだから、当然アイテム数も激増すれば、それぞれの製造工程も異なってくるはずである。

もっとも出店料を徴収するだろうから、集まってくるのは売れる自信があるデザイナーが主だろうし、オーダーが一定数に達しない場合は足切りにする手もあるが、生地や縫製工場の手配、工程管理を滞りなく行うのはかなり難易度が高いように思う。

しかし、これも大きな問題とはいえないかもしれないと、津山は思った。

なぜならば、かかる事態に直面するのは、このビジネスプランが消費者に支持されたときに起こることだからだ。

当然のことながら生地メーカー、縫製工場のいずれにしても大口、かつ安定した発注先を常に探し求めている。ネット通販事業の黎明期には出店、出品に否定的だった大手メーカーも、市場規模が拡大するにつれ、こぞって参加するようになったことを考えれば、アパレルメーカーがこのサイトを使い始めるかもしれない。

こうして考えると、解決不能な問題といえそうなものは思いつかない。成功するか否かは時の運次第。有望、かつ画期的なビジネスプランのように思えてきた。

「あの……。一つ、よろしいでしょうか……」

その時、神部が口を開いた。「メタバースには、専用のVRゴーグルが必要ですよね。あれ結構な値段するんですけど、衣類を買うためにゴーグルを買う人っているんですかね」

根本は即座に応える。

「高い物だと二十万円もするものもありますけど、安いのは数千円台と、それこそピンキリです。ただ、これから先、メタバースを使ったビジネスやコンテンツが増えて市場が確立されれば、価格も下がるでしょうし、多少高額でも利用者はあまり気にしないと思いますよ。実際、スマホがそうじゃないですか」

「スマホ?」

「スマホは、もはや日常生活を送る上で必要不可欠なデバイスですからね。持っていて当たり前、使うのが当たり前って風潮が出来上がってしまえば、高かろうが安かろうが、一括でも分割払いでも持つようになるんです」

「ＶＲゴーグルを、持っているのが当たり前の時代が来ると？」

「来ると確信しているから、この会社を設立したんです」

根本は、そこで前嶋に視線を転ずると、

「やっぱり、現物を見ていただいた方がいいかもしれませんね。デモサイトですけど、ご覧に入れましょう」

論より証拠だと言わんばかりに、返事を待たずして立ち上がった。

5

「前嶋さん、ＮＦＴのサイトをご覧になったことありますか？」

パソコンの前に座った根本に問われた前嶋は、

「いや、見たことないね……」

どこか恥ずかしげに答える。

権威や地位を得た人間ほど、「知らない」と答えるのを恥とする傾向がまま見られるものだが、どうやら前嶋も、その類いであるらしい。

「じゃあ最初にＮＦＴからお目にかけましょう」

そこで津山はすかさず口を挟んだ。

「ご覧になったら驚かれると思いますよ。これまで売買されてきたアートとはかなり違いますので……」

そうは言ったものの、津山もNFT、メタバース共にさしたる知識は持ち合わせてはいない。というのも、NFTを特集した報道番組を見た際に画面に現れた〝作品〟が、あまりにも稚拙にすぎて、たちまち興味を失ってしまったからである。

「確かに今までのアートとは別物ですよね。何もかもが……」

根本は苦笑しながらマウスを操作すると、椅子の上で上半身をずらし、「これですからね」と、画面を見るよう前嶋を促した。

「なんだこりゃ……」

反射的に本音が口を衝いて出てしまったのだろうが、前嶋はよほど驚いたとみえて、目を丸くしてポカンと口を開ける。

「なんだこりゃって、これ、全部この取引サイトで、実際に売買されている作品ですけど?」

「しかし君、こう言っちゃなんだけど、素人の落書きだってもう少しマシだろうさ。しかも、これ、全部、コンピュータで描いたものなんだろ？」

「ええ、そうですけど？」

「そうですけどって……。アートってのは、作者の卓越した技量やセンスで価値が決まるものだろ？　これらのどこに、それを感じさせるものがあると言うんだね？　あると言うなら、解説してくれないか」

予想どおりの反応だったのだろう。

根本は内心で「やっぱりね」と呟《つぶや》いているかのように両の眦《まなじり》を下げ、前嶋に問い返す。

「あの、前嶋さん……。アートの価値って、作者の技量やセンスで決まるんでしょうか」

「えっ？」

不意を衝かれたのだろう、前嶋は短く漏らす。

「絵画にしても書にしても、彫刻だって、技量、センスともに持ち合わせた人は、世にごまんといますよね」

「卓越したと言ったはずだが？」

「卓越しているかどうか、誰が何を基準に決めるんですか？」

「それは……」

言葉に詰まった前嶋は、口をもごもごと動かして押し黙る。

「お金を出しても欲しいって人、つまり買い手が現れ、売買が成立する。その時についた値段が作品の価値なんじゃないですかね」

「それはその通りだが……」

「つまり価値を決めるのは、あくまでも買い手の感性、そして思惑だと僕は思うんです」

なるほど根本の論は、アートの本質を衝いているかもしれない。

果たして、ぐうの音も出ないとばかりに押し黙る前嶋に、根本は続ける。

「近代アートと称される作品の中には、素人だって描けそうなものがたくさんあるじゃないですか。美術館に展示されていなければ、カンバス一面を同じ色で塗り潰しただけって絵にべらぼうな値段がついて、それでも買うって人がいるんですよ。どこに価値を見いだすかは人それぞれ、値段は欲しい人がどれほど現れるかで決まると思うんですね」

「すごく分かりやすい説明ですね」

口を挟んだのは、またしても神部である。「巨匠と称される画家の作品だって、どこがいいのか全然分かんないのが結構ありますしね。それでも、何十億、何百億を払っても欲しいって人がいるんだもの」

「つまり、これらの作品も、とどのつまりは商品。それも投機の対象になるという点では既存のアートと同じだと言いたいわけね?」

津山は、すかさず神部の言葉を継いで、根本の言をまとめにかかったのだったが、

「投機の対象になるというか、投機の対象そのものなんです。だってそうでしょう。所有欲を満たすために、こんなものに大金払う物好きなんかいませんよ」

根本は既存のアートとの違いを明確に断じる。

「まあ、投機の対象といわれると分からんではないがね。しかし、それにしたって酷すぎやしないかね。広告チラシの絵だって、もっとマシ――」

「だから、出来なんかどうだっていいんですよ」

根本は苛立った声で前嶋を制すると、「値がつくか。買うやつがいるかの取引なのであって、実際に市場があって、売買が成立してるんですもん、それでいいんですよ」

現実を直視しろといわんばかりに強い口調で言う。

これには前嶋も、さすがにムッとした表情になると、

「じゃあ聞くが、一体この絵はいくらで取引されてるんだね?」

モニターの中に並ぶ絵の一つを指差した。

「五千円か、一万円か？」

「ええと、今現在の取引額は、九万円ちょっとですかね。取引は仮想通貨で決済されますので、若干の誤差はあると思いますけど……」

「きゅ、九万！　こんなしょうもない絵が、九万もするのか？」

驚きのあまり、前嶋の声が裏返る。

無理もない。津山にとっても、耳を疑うような金額である。

赤鬼の顔をモチーフにした絵というかイラストというか、前嶋の「しょうもない絵」とはまさに言い得て妙。値がつくのが不思議に思えるほどに凡庸だ。

見る者の感性次第ではあるにせよ、絵自体は所謂〝ヘタウマ〟というやつだし、彩色も赤、白、黄、緑の四色、それもベタ塗りで描かれているだけである。この程度のレベルの絵なら高校生、いや中学生でも描けるだろうし、美術の授業課題で提出しようものなら赤点がついても不思議ではない。

「根本くん、この絵って、有名な作家が描いたものなの？」

津山が訊ねると、

「さあ……」

根本は首を傾げる。

「さあって……誰が描いたかも分からない絵に、九万ものお金を払う人がいるの？」

「まだ、分かりませんかね……」

根本は、面倒臭そうに小さく息を吐く。「投機なんてそんなものでしょう。ＮＦＴではスポーツカードも売買されていますけど、それこそびっくりするような値段がつくんですよ。リアルだと、ヤンキースで活躍したミッキー・マントルのカードは六億円、大谷翔平選手のサイン入り、一枚限定カードには二千万円以上の初値がつく世界ですからね」

「そりゃあ一枚限定の、それも現物だからでしょ？　それにスポーツカードの歴史は長いから、コレクターは大勢いるわけだし――」

「これらの作品もコピー不可能。全部一点物ですけど？」

そうだ、確かにそうだった……。

恥ずかしさのあまり、津山は顔面が熱を帯びてくるのを感じて、思わず下を向いてしまった。

「スポーツカードも単なるコレクターアイテムにあらず。立派な投機商品でもあるわけです。なのに、ＮＦＴに違和感を覚える人が多いのは、まだ生まれたばかりで歴史といえるほどのものがないからだと思うんです。仮想通貨もそうですけど、今までの常識が通じない新しい市場が現れると、ネガティブな反応を示すのは、オールドモデルの中で生きてきた人たちですからね」

そういう傾向は、確かにあるかもしれない。

従来の産業構造を一変させてしまうような新技術、新産業が生まれる兆しが出てくると、歴史ある産業の中で生きてきた人間たちは、自分たちのビジネスをいかにして活用するかより、変化への恐れが先に立ち、ネガティブな反応を示す傾向がある。

「理解しようとしないから、理解できないんですよ」

それまで黙っていた純平が、いきなり口を開いた。「ＮＦＴの決済が仮想通貨だって聞いた途端、リスクが大きすぎるとか、いつまで続くか分からないのにって、大半の人はキワモノ扱いしますからね。それでいて、若い人間が多額の利益を上げたって聞くと、さも泡銭《あぶくぜに》を手にしたように言いますし……」

「既得権益に守られている人たちからすると、僕らがやろうとしているビジネスって、わけが分かんないぶん、脅威に映るんでしょうね」

根本が純平の言葉を継ぐ。「理解しようとしないから、理解できないって、純平が言いましたけど、意外と真理を衝いているように思うんですよね。だって既得権益者にとって最大の恐怖は、権益構造が崩壊してしまうことですから。でもね、その恐怖は当たっているんです。だって、僕らベンチャーは確立された権益構造が大きければ大きいほど、崩せたときのリターンも大きくなると考えてるんですから」

「その既得権益者、権益構造とは？」

そう訊ねる前嶋の声がますます硬くなっているように感じるのは、気のせいではあるまい。

果たして、根本を見る前嶋の目には不快感を通り越し、敵意とも取れる光が宿っている。

「政治家、大企業経営者、その幹部。官僚だってそうですし、挙げたらキリがありませんよ。政治、経営、何をやるにしたってルールや慣習を変えない方が楽ですからね。そんな調子で長年やってくれば、権益だって巨大になりますよ」

「君たちが狙っているのは、オールドモデルと化しつつある産業構造を崩すことだと解釈したが、もしそうだとしたら、産業構造の崩壊が日本社会に及ぼす影響を考えてみたことはあるのかね？」

前嶋の顔に表れていた怒りとも取れる表情は、色を濃くするばかりだが、根本に頓着する様子はない。

それどころか、質問の意図が理解できない様子で、

「日本社会に及ぼす影響ですか？　そんなこと、どうして考えなきゃならないんですか？」

怪訝な表情をあからさまに浮かべる。

「君たちが、これからの日本を背負っていく世代だからだよ」

前嶋は押し殺した声で言い、根本を睨みつける。

不穏な気配を察した津山は、ここで一旦水を入れるべきだと思った。

「会長……。そのお話は、席にお座りになって続けられたらいかがでしょう。立ったままというのも何ですので……」

津山は、そう言いながら応接コーナーを目で指した。

6

「根本君は、このまま人口減少が続いていくと、国の姿、形も変わってビジネスも成り立たなくなるということを理解していないようだね」

ソファーに腰を下ろした前嶋は、開口一番、根本に向かって言う。

「ビジネスが成り立たなくなるって、どうしてですか？」

ところが根本は、キョトンとした顔で問い返す。

「どうしてって……。当たり前じゃないか、人口は市場規模そのものなんだよ。日本のＧＤＰの七割は内需で――」

「あの……、前嶋さん」

根本は前嶋の言葉を遮った。「僕は、日本に限定したビジネスをやるつもりはないんです。ネットの世界に国境って概念は存在しませんからね。日本どころか、どこの国にいようと、世界を相手にビジネスができる環境が、既に出来上がっているんです。この会社のサイトが全部英語表記なのは、日本は二の次三の次で、世界の市場を狙っているからです」

「端から日本は相手にしてないって言うのかね？」

「だって、市場規模が小さすぎますもん」

根本は当然のごとく答える。「メタバースとか、ＮＦＴなんて、高齢化が進んだせいもあって、説明したって理解できない人たちが多くなっているんですよ。じゃあ、若い年代はどうなのかっていえば、年々減少する一方なんですもん。そんな市場をターゲットにしたって意味ないじゃないですか」

その点は、根本が絶対的に正しい。

さすがの前嶋も言葉に窮した様子だったのだが、しかしそれも一瞬のことで、

「じゃあ、君は、日本には見切りをつけているわけかね？」

すぐに見解を問うた。

「見切りをつけたっていうか、人口減少を心配するなら移民を受け入れたらいいだけの話じゃないですか。でも、それはダメだって言うんでしょう？　いまさら、日本人が何人も子供を産み始

めるわけがないのに、だったらどうしろって言うんですか？」

「あのね、根本君……。大量の移民を受け入れたヨーロッパが、どんなことになっているかは知っているよね？」

「もちろん知っていますよ」

「日本が、あのような状況に陥っても構わないというのかね。移民はね、一度受け入れてしまったら最後、お引き取り願えんのだよ？」

前嶋は、内心の苛立ちを抑えるように、声を押し殺す。

「承知してますけど、ネイティブにこだわり続けたら、いずれ国は消滅しますよ」

「それじゃ、建国以来、脈々と受け継がれてきた文化や伝統が――」

「そんなの受け継ぐ人がいなくなれば、自然消滅しますよ」

根本は前嶋の言葉が終わらぬうちに返す。「事実、既に地方の過疎地ではそうなっているじゃないですか。祭りや儀式にしたって、高齢化が進んで人がいなくなった地域から、順次消え去っていってますけど、他所から移り住んできた人でも日本人なら、復活するんですか？　一旦でも継承者が途切れたら、それまでなんじゃないんですか？」

根本は、前嶋の答えを待つことなく、さらに続ける。

「復活するわけないですよね。それはなぜだと思います？　途絶えたら最後、なくなっても誰も困らない、気にしないからですよ」

「代々受け継がれてきた伝統や文化が、なくとも構わないと言うのかね？」

「あの……。人生の大先輩に、こんなこと言うのも何ですけど、物事にはマストとナイス・トゥ・ハブ、つまり〝なければならない〟と〝あったらいいナ〟の二つがあると思うんです。伝統、文化なんて、〝あったらいいナ〟の典型で、少なくとも僕の中では優先順位は低いんですよね」

「言語だって消滅してしまうかもしれんのだよ」

「使う人が少なくなれば、そうなりますよね」

「それでいいのか？　脈々と先達によって積み重ねられてきた知の財産にもアクセスできなくなってしまうんだよ」

「それって、人類の歴史そのものですよね」

この言葉には、津山も驚き、

「えっ？」

思わず、短く声を漏らしてしまった。

根本の視線が津山に向く。

「消滅した文明なんていくらでもあるじゃないですか。古代エジプト文明はヒエログリフって文字を使っていましたし、マヤやインカも独自の文字を使っていたじゃないですか」

「それは事実だけど――」

あまりにも飛躍しすぎているような気がして、反論に出ようとした津山に、

「それに、現在使われている言語がいずれ消滅する可能性は既に想定されているんです。津山さん、オンカロってご存じですよね？」

根本が、唐突に訊ねてきた。

「オンカロって、北欧にある放射性廃棄物を永久保存している施設のことだよね」

「確か、オンカロには、ここがどんな施設かって説明するプレートに、現在使用されている言語の他に、象形文字みたいなのが併記されているはずですよ」

そんな話は初めて聞いた。

「そ、そうなの？」

そう返した津山に、根本は言う。

「今使われている言語だって、時が経つうちに理解できる人がいなくなってしまうことを想定してのことだと聞いた覚えがあります。実際、日本語だってそうですよね。古典なんてその典型じゃないですか。とっくに使われなくなった言葉は数知れず。文字にしたって、理解できるのはせいぜい行書まで。草書になったら、もう文字自体が判別不能じゃないですか。学校でさえ教えませんからね」

「ですよねえ」

すかさず相槌《あいづち》を打ったのは、純平だ。「正直言って、何で古典なんか勉強しなけりゃならないのか、意味分かんないですよ。だって、そうじゃないですか。学校以外の場で、古典が必要になる場面なんて、ちょっと考えられませんからね。これから社会に出る僕らからしたら、同じ言葉を学ぶなら、古典なんかより外国語の方が絶対役に立ちますよ」

「分かるわぁ……」

またしても神部が口を挟む。「古典は試験があるから勉強したけど、社会に出て必要になったことは一度もないし、高校卒業した時点で綺麗さっぱり忘れてしまって、今じゃ頭の片隅にも残ってないからね。外国語の授業に充てた方がいいってのはもっともだと思うね」

その言葉を聞くや、前嶋はすさまじい形相で神部を睨みつける。

前嶋の怒りは爆発寸前だ。

津山が、そう思った瞬間、根本が口を開いた。

「身も蓋もない言い方になってしまうんですけど、僕らの世代は、日本にしがみついていたら成功できないし、極端な話、生き抜くのも難しいと思うんですよ」

「生き抜くのも難しい？」

前嶋は不快感をあらわに、片眉を吊り上げる。

「それだけ、日本の前途は絶望的だってことです」

前嶋の形相を目にしても、根本に怯む様子は微塵もない。「おっしゃるように人口の減少は、市場の縮小を意味します。でも、幸運にも僕らには日本に居ながらにして、世界を相手にビジネスを展開できる環境がある。世界中にパートナーを求め、集合離散を繰り返しながら、事業を育てることが可能な環境が、すでに整っているんですから。そこに活路を見い出そうとするのは当然のことじゃないですか」

「それはうまくいけばの話だろ？」

「もちろんです。やってみないことには、結果は分かりませんし、そもそも失敗するつもりで、事業を始める経営者はいませんからね」

「で、幸運なことにユニコーン企業の経営者になれたら、次に投資家を目指す理由は？」

前嶋の言葉に、皮肉が込められているのは明らかだったが、根本に臆する気配はない。

「二つあります」

根本は、そう前置きすると続けて言った。

「一つは、湯水のように新事業のアイデアが湧いてくるとは思えないからです。それに、いずれテクノロジーの進歩の速さについていけなくなる時が、必ずやって来る。そして、僕らが手がけた事業を凌駕《りょうが》していくベンチャー企業が、続々と生まれてくるのが間違いないからです」

「つまり、有望なベンチャーをいち早く見つけ、投資家として生きていった方が儲かるし、楽だって言うわけか」

強烈な皮肉だが、その言葉を聞いて、根本はふっと笑い、呆れたようにそっと目を閉じた。

「投資家が得るのは、成功報酬ですよ。資金を提供したベンチャーが手がけた事業が成功して、初めて利益を手にできるんです。ベンチャーの側にしたって、資金がなければチャレンジすることができませんし、見事成功した暁には、投資家を上回る利益を手にすることになるんですから、それこそ両者ウインウイン。理想的なパートナーシップのあり方ってもんじゃないですか」

根本の言は絶対的に正しい。

さすがに前嶋も反論できないとみえて、苦虫を嚙み潰したような顔をして押し黙る。

「そして、二つ目の理由は、若い世代の夢を叶える後押しをしてやりたいんです」

根本は、もう一つの理由を話し始める。「どれほど有望、かつ優れたアイデア、ビジネスプランを考えついても、若者には起業する資金がありません。銀行に融資を仰ごうにも、事業の内容を理解できる行員はまずいませんし、担保がなければ応じてはくれませんので」

これもまた、根本の言う通りである。

いくら目の醒めるような事業を思いついたとしても、銀行の審査基準は、融資が無事に回収できるか否かの一点にしかない以上、担保がなければそれまでだ。しかし、投資家は違う。判断の基準は構想の内容であり、経営者に実現するだけの能力、執念があるかなしかにしかない。

さらに根本は、とどめとばかりに続ける。

「たかが金の問題、資金の問題で、有望な才能、ビジネスが埋もれてしまうなんて馬鹿げていると思いませんか？　僕は可能性を秘めた若者にチャンスを与えてやりたいんです。成功者になる手助けをしてやりたいんですよ」

さすがの前嶋も、ぐうの音も出ないといったところか。

ついには腕組みをして、深く息を吐いた。

そして短い沈黙の後、口を開いた。

「君の考えは、よく分かったし、その通りかもしれんなと思わんでもない。可能性を秘めた事業には、本来なら国が全面的にバックアップしてやらねば――」

「それはダメですよ。国に首突っ込ませたら、成功する事業も失敗しますので」

根本は皆まで聞かぬうちに前嶋の考えを否定する。

「なぜだね。産業育成は国、というか経産省に課せられた任務の一つじゃないか」

「やれるわけがありませんよ」

根本は、しらけた笑いを口元に浮かべる。

「どうして？」

「理由はいくらでも挙げられますけど、まず第一に、僕をはじめ最先端のＩＴ技術を使って新しいビジネスを立ち上げようとしている人間は、国家って概念を持っていないんですよ。それに、これから国を跨《また》ぐビジネスの決済には仮想通貨が主流になりますので、本社をどこの国に置こうと、事業には何ら支障をきたさないんです。だから、国に縛られたくはないんです」

「ということは、事業が軌道に乗ったら、海外に会社を移転することを考えているのかね？」

「軌道に乗る以前、開発に目処《めど》がついた時点で、移転しようと考えてますけど？」

啞然とする前嶋に、根本は続ける。

「実際、シンガポールはＮＦＴやメタバースはもちろん、ＩＴ技術を用いるベンチャーの誘致、育成に極めて積極的でしてね。支援制度も充実しているし、税制面の優遇だって受けられるんですから、日本にしがみつく理由なんかないんですよね」

「だからこそ、新産業の育成制度を早急に確立しなければならないんじゃないか。君たちのような優秀な若者が、海外にどんどん流失していったら――」

「あの……すごく申し上げにくいんですけど、それ、絶対無理だと思います」

根本は、またもや前嶋の言葉を途中で遮った。

「どうして？」

「既存産業というか、既得権益者の猛反発が避けられないからですよ」

根本はそう断言すると続ける。

「だってそうじゃないですか。さっきも言いましたけど、僕らベンチャーは、確立した権益構造を崩壊させるところに、大きなチャンスがあると考えているんですよ。彼らにとって僕らは敵であり、脅威以外の何物でもないんです。実際、Ａｉｒｂｎｂを使って宿泊ビジネスをやろうとしても、稼働率の制限はあるし、Ｕｂｅｒの配車サービスだって、一般人がやれば白タクとみなされますからね」

「すまない……。何のことかよく分からないんだが?」

意外にも、前嶋は二つのビジネスモデルへの知識がないことを正直に認め、根本に説明を求めたのだったが、津山が代わって説明を始めた。

「Airbnbといいますのは、所謂民泊の紹介サイトでして、別荘や自宅を持ち主が使用しない間、旅行者に有料で貸す事業を行っているんです。もう一つのUberの配車サービスは、俄個人タクシーを紹介するものでして――」

「俄個人タクシー?」

「一般人が、好きな時に自分の自動車を使って、客を目的地まで運ぶのです。利用者がサイトにアクセスすると、付近にいる登録車両が複数、それも車種、料金、ドライバーの評価が表示されまして、利用者はその中から使いたい車、ドライバーを選ぶことができるのです」

「なるほど、まさに白タクの紹介業だな」

「根本さんがいう、Airbnbの稼働率の制限というのは、今のところ民泊の稼働率は五〇パーセント以内と法で定められているからなんです。まあ、別荘の利用期間外や空き家を使う場合は、それでも利益は確保できるのですが、利用希望者が現れても、稼働率が上限を超えれば提供できないのですから、オーナーにとっては利益を得る機会をみすみす逃すことになるわけです」

「インバウンド需要が、日本の経済を支える時代に、こんな規制をかけてるんですよ。Uberの配車サービスはタクシー限定で始まってはいますけど、海外のように自由化できないでいるのは、一般人がやれるようになったら、料金体系が崩壊して、タクシー会社の経営が成り立たなくなってしまうからです。Ａｉｒｂｎｂだって同じこと。宿泊先を自分で選べるようになれば、旅行代理店は無用の長物、ホテルに泊まる旅行者だって激減するでしょうからね」

根本は、忿懣《ふんまん》やる方ないとばかりに声を荒らげる。

「確かに、それはその通りではあるんです」

津山は根本の言葉を継いだ。「実際、私もアメリカで両方のサービスを利用したことがあるんですが、配車サービスは便利だし、利用者の評価が収入に直結しますので、ドライバーの質、サービスともに、タクシーよりもいいんです。民泊にしても、豪華な別荘やアパートに割安な値段で宿泊できますし、ロケーションも目的に応じて、便利な物件を選べますからね。この二つのサービスが全面的に解禁されれば、インバウンド需要にますます弾みがつくのは間違いないのですが、タクシー業界、ホテル業界にとっては死活問題となるわけで……」

「既存業界の反発を押し切って、新しいビジネスを支援する政治家、官僚がいるでしょうか？ここは日本だ。うちはうち、他所は他所だとか、職を失う人が大量に出るとか言って、業界の既得権益を守ろうとするんじゃないですか。僕は、そう思ってますけど、会長はどう思われます？」

根本は、前嶋に強い視線を向けながら見解を求めた。

7

前嶋は、またしてもすぐに見解を返さなかった。

腕組みをしながら天井を仰ぎ、口をへの字に結んで熟考している様子である。

「あの……。そもそも論になるんですけど……」

意外にも沈黙を破ったのは純平だった。「このままだと日本は大変なことになる。人口が減れば、国が持たない。もっと危機感を持って、真剣に考えろって言われても、困ってしまうというか、無責任に過ぎやしないかと思うんですよ」

「無責任？」

前嶋が純平に目をやりながら、短く言う。

「国の将来を案ずる気持ちは分かるんですけど、じゃあこんな状況を作ったのは誰なんだと考えると、今まで政治や経済、国の舵取りを担ってきた指導者、つまり高齢者だと思うんですよ」

確かに、的を射た指摘ではある。

よくよく考えてみると、少子化にせよ、長期間にわたって低迷を続ける経済にせよ、これまで日本を導く立場にあった世代が行ってきたことの結果である。

それを、「このままでは大変なことになる」、「国の形が変わってしまう」「伝統や文化が……」と言われても、その大変な時代に生きていく若者にしてみれば、「どの口が」と思うに決まっている。

「あ～……。言っちゃった……」

純平をチラリと見た根本は、両眉を上げ、しょうがないなとばかりに肩をすくめる。「正直言って、お話を聞いてるうちに、僕も同じことを考えてたんです。いったい誰が、こんな国にしたんだって」

「君たちが、そう思うのは無理もないかもしれんね……。そう言われると、返す言葉が見つからないよ……」

前嶋の反応に、純平は勢いづいたのか、

「会長、厚生年金保険制度回顧録ってご存じですか？」

唐突に切り出した。

「いや、初めて聞くが？」

「最近、偶然知ったんですけど、僕らが生まれるずっと前に、公的年金の流用が大問題になったことがあったそうですね」

「ああ、あったねえ。本来、年金保険料は年金給付以外に使われてはいかんのだが、莫大な預かり金を原資に、福利厚生施設をいくつも造った挙句、あまりにも経営が杜撰《ずさん》でね。巨額の損失が発生したんだ」

「その流用がどうして起きたのか、事の経緯を記録したのが、厚生年金保険制度回顧録なんです」

「そんなものが、あったのか……。いや、知らなかったな」

前嶋は興味を覚えたようで、先を話すよう純平を目で促した。

「そこには当時の課長の発言として、こう書いてあるそうでして」

純平は話し始める。「厚生年金の預かり金は、何十兆円という途方もない額だ。大銀行の二つや三つが一緒になっても敵わない。給付開始まで二十年も眠らせておくのはもったいない。これを運用して天下り先を作りまくれば、何千人という退職者の受け入れ先ができる……」

「それ……本当の話なのか？　回顧録なんてガセと違うのか？」

さすがの前嶋も驚愕し、信じ難いとばかりにあんぐりと口を開ける。

「いろいろ調べてみたんですけど、本当のようですね。現物の画像も見つけることができましたので」

津山にしても、こんな話は今まで聞いたことがない。

もっとも、天下り先の確保、新規開拓は、霞が関の官僚の最大の任務であり、関心事といっても過言ではない。純平の話に多少の脚色や勘違いがあったとしても、誤差の範囲ではあるだろう。

「そして、こうも言っていたそうです」

純平は続ける。

「保険料は、この先もどんどん入ってくる。仮に事業が失敗したとしても、二十年後には給料も上がり、保険料もそれに応じて高くなるし、貨幣価値も変わる。昔、三銭で買っていたものが五〇円になったように……。だから使ってしまっても、不足することはあり得ないと……」

「ちょっと純平君、それ本当のことなの？　官僚が天下り先の確保に血眼なのは、今も昔も同じだけれど、そこまでいい加減だとは思えないんだけど」

思わず、津山は大声を上げてしまったのだったが、

「だったらユリ姉、自分で調べてみなよ。ググればすぐに見つかるし、信頼するに足るサイトだからさ」

一瞥をくれた純平は、さらに続ける。

「国の行政の中枢で、政治に深く関わる官僚が、自分たちの定年後、老後のことしか考えてない

んですもん、若い世代のことなんか、遥か以前から二の次、三の次だったってことじゃないですか。そりゃあ、国がおかしくなるのも当然ですよ」

絶望的な表情になって、はあ〜と深く息をつき、肩を落とす前嶋に向けて、今度は根本が口を開いた。

「追い討ちをかけるようで申しわけないんですけど、それ官僚だけの話じゃありませんから。権力は腐敗するって、昔からよくいわれますけど、政治家、官僚、大企業のお偉方、みんな国民から巻き上げた税金で、甘い汁を吸ってるとしか思えない事例は山ほどありますよ」

「例えば、どんな？」

「円借款なんて、その典型だと思いますね」

「円借款？」

「これの話のネタ元は、明らかにすることはできないんですけど、ある人が言ってたんです。日本人はバカばっかりだ。税金がどんな使われ方をしているのか、ほとんどの人間は知らないし、関心すら持ちやしないって……」

そこで根本は一瞬の間を置き、「直近十年で、日本が途上国に持っていた債権を放棄した額がどれほどになるか、ご存じですか？」

と前嶋に訊ねた。

「いや、恥ずかしい話だが……」

小声で答えた前嶋に、根本は言う。

「十年で、二兆三千億円ですよ」

「二兆三千億ぅ！」

その場にいた、根本以外の全員が、一斉に大声を上げた。

「これ、外務省のホームページにちゃんと載ってますからね。間違いない数字です」

「しかしねえ、いくらなんでも債権放棄、しかも二兆三千億もの借金を棒引きしたら、マスコミや野党議員が──」

「そりゃあ、一つの国に貸し付けた債権を、一気に棒引きしたなら目立つでしょう。でもね、数百億から一千億の債権を、十年かけてチャラにしたら、目立たないじゃないですか」

「そっか……。得体の知れない病気が発生して、超過死亡率が仮に六万人増えたら、統計的にはあり得なくとも、それは全国の死者数を合計して初めて気がつくことで、医療施設は都内だけでも二万以上。それが全国となれば、各病院レベルでは一人増えるか増えないかだものね。現場の医者は、変だとは思わないでしょうね」

変な例えになってしまったが、津山は思いつくままを口にした。

「中国も途上国には大金を貸していますけど、債権放棄なんて絶対にしませんからね。ちゃんと担保を取りますし、債務不履行となれば、容赦なく担保を取り上げるのは、皆さんご存じの通りです。じゃあ、なんで日本は違うのか……」

「なんか、さっきの厚生年金といい、円借款といい、話を聞いているうちに、日本という国が情けなくなってきたなあ……。お人好しの集まりというか、羊の群れというか……」

神部がか細い声で漏らし、語尾を濁す。

そんな神部に一瞥をくれると、

「で、その円借款で甘い汁を吸う手口とは？」

前嶋は問うた。

「国名はあえて申し上げませんが、政権も安定している、安価な労働力もある、生産拠点を置くには最適だと目される国があるとなれば、日本は開発援助として、多額の資金を円借款という形で貸し付けますよね」

「当然だよ。中国は朝令暮改は当たり前で、一夜にして政策や法律が変わってしまう国だからね。より安価な労働力があって、政情的にも安定していて、地勢もいいとなれば、日本の産業界には魅力だからね」

「さて、そうなると最初に始まる事業は何だと思います？」

「工業団地の整備、建設かな？」

「それと並行して都市整備事業が始まるわけです。工業団地が完成すれば、今度は工場建設。そしていよいよ生産開始となれば、外国人が大挙して押し寄せてきます。となれば、先進国の国民が住めるレベルの住居が必要になる」

前嶋は、ピンときた様子で、

「そうか、それも戸建よりも集合住宅、マンションの建設が始まるな。セキュリティーの確保も容易だし、上下水道の整備もエリアが限られれば、工期も短くて済むし、費用もセーブできるからな」

「その通りです……」

根本は、顔の前に人差し指を突き立て、ニヤリと笑った。「なんせ日本は金主ですからね。都市計画、マンション計画の情報を事前に手に入れられますので、開発地域の土地の購入は無理でも、マンションなら個人でも買うことができるんです。そして、完成した暁には――」

「都市整備が終わった場所、それも一等地の建つ物件だけに価格は高騰。そこで売却すれば、大儲けってわけか」

「事前に情報を入手した政財界の重鎮たちが、こぞってマンションや不動産を買って、その後転売。労せずして、大金をせしめているそうなんです」

根本は確信を持っている様子だったが、となると裏付ける資料、証拠でもあるのだろうか。

疑問を抱いた津山は、即座に問いただした。

「もし、それが本当ならば、大スキャンダルなのは間違いないけど、根本君の耳に入るくらいなら、マスコミがとうに嗅ぎつけているはずなんじゃない？」

「マスコミの重鎮たちも、儲けさせてもらったって言いますから、報道されるわけがないですよ。だって、ジャーナリストっていっても、大手メディアの記者は、所詮サラリーマンですからね。上司の指示には従うしかないですし、海外事案で裏を取ろうと思えば、取材費だって上司の許可なくして使えませんからね」

そこで、根本は前嶋に視線を向けると、

「円借款だけじゃありません、公共事業だって同じじゃないですか」

話題を転じた。「予算なんて、あってないがごときもの。オリンピックなんて、七千億円でやるって明言したのに、結局は二兆円以上も使いましたからね。アクアラインは？　高速道路の建設費は？　始めたからには、完成するまでとことんやり抜く。費用対効果なんてものは、どこかへ行ってしまう。その結果が、積もりに積もった赤字国債。その後始末を誰がやるんですか？　それも僕らの世代が、やらなきゃならないんですか？」

本当に根本の言う通りだと津山も思う。

「民間企業、特に外資系の会社は、どれほど大きなプロジェクトでも、費用対効果に狂いが生じた途端、つまり予算内では収まらないとか、予定期間内に終了しないと分かった時点で、即キャンセルですからね。そう考えると、オリンピックのように予算の四倍なんてあり得ませんよ」

神部は、珍しくコンサルタントらしい見解を述べてから、さらに語気を強める。

「しかも、誰も費用対効果の検証をしようともしないんですからね」

神部の言を受けて根本が続ける。

「予算を大幅に上回れば、想定通りの効果が得られるはずがありません。赤字を垂れ流すことになった事業も少なくはないはずなのに、誰も責任を追及しないし、責任を取ろうともしませんよね。つまり、日本って国は、やることなすことデタラメなんですよ」

「分かるわぁ……。外資なら費用対効果の目算が狂えば、プロジェクトマネージャーは即座に首だからね。公共事業で政治家、役人の首が飛んだなんて話は、聞いたことがないもんなあ」

またしても、神部は相槌を打つのだったが、根本はそれを無視して前嶋の顔を見据える。

「会長、こんな政治、こんな社会が当たり前になった最大の原因は、どこにあると思います？」

「原因は、ひとつやふたつじゃないと思うがね……。様々な要因が複雑に絡み合って――」

「そうでしょうか」

根本は前嶋を遮り、「僕は、それほど複雑ではないと思いますけど？」

前嶋の瞳を睨みつけ明言した。

「政治も企業も、舵取り役は高齢者が圧倒的に多いですよね」

根本は念を押すかのように、前嶋に訊ねる。

それがどうしたとばかりに、前嶋は頷く。

「政治家や企業経営者に、日本の将来を真剣に考えている人っているんですか？」

不意を衝かれたからか、あまりにもストレートな質問であったせいもあるだろう。

前嶋は言葉に詰まって沈黙する。

「口ではなんだかんだ言ってますけど、本気で考えている人なんて、いないんじゃないですかね。特に政治家なんて、皆そうでしょう」

根本は怒気を含んだ声で断言すると、すかさず続ける。

「そりゃそうですよね。だって、選挙で当選しなければ、議員にはなれないんだし、議員になったからには大臣になりたいでしょうから、選挙で勝ち続けなければならない。つまり、議員であり続けるためには、いかにして多くの票を集めるかにかかってくるんですからね」

「そこは君の言う通りなんだが、たから議員は日頃から小さな集会でもこまめに顔を出し、党の政策や議員としての考えを報告して、支持基盤を固めようと皆必死なんじゃないか」

前嶋は即座に返したのだったが、根本はしらけた表情になると、

「支持基盤を固めるって、組織票を確保することですよね」

明らかに皮肉のこもった声で念を押す。

「えっ？」

短く漏らす前嶋に向かって、

「それも上層部の号令一下、まとまった票が確保できる組織が効率的、かつ確実なわけですから、宗教団体や労組、医師会とかの意向を政策に反映する活動を行うことを確約することになるわけでしょう？　それって、支持組織の利益代弁者になるってことじゃないですか」

「支持基盤固めにそうした一面があるのは事実だが、選挙の当落はそれで決まるものじゃない。どの組織にも属してはいない有権者が圧倒的に多いんだし、特に大都市では日頃候補者と直接触れ合う機会は皆無だから、政党で決める人が多いだろうしね」

「そこなんですよ」

根本は、その答えを待っていたとばかりに、顔の前に人差し指を突き立てる。「国の政策に議員個人の考えを反映させるのは容易なことではありません。政策は各政党が立案し、国会の場での審議、議決を経なければならない。それも多数決で決まるのですから、事実上与党が政策を決めることになるんです」

「当たり前じゃないか。そんなこと、改めて説明をされるまでもないね」

前嶋は苛立ちのこもった声で返したのだったが、

「議員同様、与党であり続けるためには他党を上回る議席を確保しなければなりません。単独過半数を確保できれば万々歳。ならば、組織に属さない有権者の支持を得ようと思ったら、どんな層を狙うでしょうか」

根本はさらに問いかける。

「どんな層？」

前嶋には、根本の質問の意味が俄にはピンとこない様子で短く返したのだが、「分かった！」

神部がはたと思いついたように、口を挟んだ。

「高齢化が進んだ日本の男女別年齢別人口をグラフにすると、独楽《こま》の形になりますからね。票を集めるなら、年齢が下がるにつれ、人口が少なくなる若年層よりも、中高年層をターゲットにした政策を打ち出すに限る、と根本さんは言いたいわけですね」

「そうは思いませんか？」

当然だと言わんばかり根本は言い、次に発した言葉を聞いて、津山は跳び上がらんばかりに驚いた。

「リンカーンの言葉に、『人民の人民による人民のための政治』がありますけど、日本の政治を見ていると、僕には『高齢者の高齢者による高齢者のための政治』と思えてならないんですよ」

瞬間、前嶋の顔色が朱を通り越して、どす黒く変わったかと思うと、

「高齢者の高齢者による高齢者のための政治だとぉ？」

低い声で唸り、根本を睨みつける。

ところが、根本には怯む様子は微塵も見えない。

「そう思いませんか？　大臣になるには当選回数、それも衆議院五回、参議院三回ってのが基準だそうですよね。必ずしも任期満了ってわけではないにせよ、それだと四十歳で初当選なら六十歳近くになっちゃうじゃないですか」

「君のような若者には分からんだろうが、国にせよ、企業にせよ、大組織の舵取り役には経験に基づく、見識、知識が必要なんだ。政治も経営も、君たち若者が考えるほど、簡単なものじゃな

いんだよ」

怒鳴りつけたいのはやまやまなのだろうが、日本の将来に対する若者の考えを聞くのが訪問の目的なだけに、さすがにそうはいかないらしい。

前嶋の内心の葛藤を、根本も表情の変化から気づいているだろうに、相変わらずの口調、勢いで続ける。

「二〇二五年には全人口に占める七十五歳以上の高齢者の割合は約二割になって、医療費の五十五・五パーセントを使うと言われています。高齢者の医療費負担も、一割から二割に引き上げられましたけど、介護制度をはじめとする高齢者層への支援制度に比べると、子育て支援っておざなりにされているように思うんです。少子化対策に至っては、危機といわれて久しいのに、真剣に取り組んでいる政治家がいますかね」

「子育て支援、少子化問題に関心がないのは、政治家だけじゃないですよね」

神部が口を挟んだ瞬間、津山は嫌な予感を覚えた。

絶対に前嶋の神経を逆撫《な》でするような言葉を発するに違いないと確信したからだが、やはり予感は的中した。

「公園で遊ぶ子供の声がうるさいとか文句言うのは、大抵高齢者ですからね。子供は国の宝だなんて概念はとっくの昔になくなっちゃってるんですよ。そうそう、こんなこともありましたね。都内にある広い国有地を民間に売却することになって、デベロッパーがマンションを建てようとしたら区長が猛反対したんです。理由は、せっかく小学校を廃校にしたのに、マンションなんかできたら、また小学校を作らなきゃならなくなるじゃないかって。それって、子供が増えたら迷惑だってことじゃないですか。こんな理屈が通っちゃうんですから、子供が減るわけですよ」

前嶋の顔色の変化は、極限に達している。

しかし根本は相変わらずの口調で言う。

「あの……。こんなことを言うと叱られるかもしれませんけど、会長のおっしゃる、経験とか知識ってやつが、通用しない時代になっているんじゃないですかね」

「なんだって？」

顔色の変化が目に移り、白目が充血していく。

いよいよ怒りが爆発する。

情けないことに、その時津山の脳裏に浮かんだのは、ここを辞した後の対応だ。

日本の将来を案じたところで、もはやなるようにしかならない。

根本と話せば前嶋も気づくだろうと考えて、この場を設けたのだが、これでは逆効果だ。

それでも、津山はなんとかしてこの場を収めなければと、話題を転じようとしたのだが、それより早く根本が口を開いた。

「だって、そうでしょう。少子化、過疎高齢化なんて、誰も過去に直面したことがない、解決したことがない問題じゃないですか。ビジネスだって同じでしょう？　ネットが現れる以前と以降とでは経験より既成概念にとらわれない創造力がものをいう時代になったから、ベンチャーが台頭してきたんじゃないですか」

「経験や知識というものは、一朝一夕に身につくものではないんだよ。失敗、成功を積み重ねた果てに――」

前嶋の言葉を最後まで聞かず、根本は言う。

「じゃあ会長、さっきご覧に入れたＮＦＴやメタバースのビジネスモデルを理解できました？これまでの経験や知識、知見が、僕らのやってるビジネスに役立つと思われますか？」

「そ……それは……」

前嶋が痛いところを衝かれたのは明らかだ。

赤黒く染まった顔色はそのままだが、屈辱感を覚えている様子が見てとれる。

そんな前嶋の姿を見ながら、「待てよ……」と、津山は思った。

最初に下条から前嶋の依頼内容を告げられた際に、彼自身が「経験や知見というやつが、役に立たない時代になっているんじゃないか」と語り、日本経済の舵取り役が高齢化していることを憂いていると聞かされたのを思い出したからだ。

「傷口に塩を塗る」という言葉があるが、自覚していることでも、他人から改めて指摘されると、反感を抱くことは多々あるものだ。まして、前嶋は七十五歳。片や根本は二十一歳の学生である。

「実社会の厳しさを知らぬ若造が、生意気言うな！」と怒りを覚えたとしても不思議ではない。

その時、不意に根本は津山に視線を向けてくると、唐突に問うてきた。

「もしかして、津山さんはＭＢＡ（経営学修士）を持っていらっしゃいます？」

「ええ……。それが何か？」

「ビジネススクールにはケーススタディーの授業がありますよね」

ケーススタディーとは、実際に企業が行なったビジネスの成功や失敗例を分析し、結果に至る経緯を学ぶ事例研究のことである。

「あるというか、学校によってはそれがメインのところもありますね」

「起業する卒業生も結構いると聞きますけど、それでも大企業へ就職する人が多いんでしょう?」

「学校にもよるけど、日本人は企業派遣の人が大半ですからね。後に転職する人がかなりいますけど、一応は会社に戻るわね」

「今はどうだか知りませんけど、MBAは幹部社員になるための必須の学位だといわれていましたよね」

「必須ってわけじゃないけど、企業派遣の場合の学費は全額会社持ちだから、将来を嘱望された人が多いのは事実でしょうね」

「つまり、一流大学を卒業して大企業に入って、かつそこで将来を嘱望された優秀な人たちが、実際にビジネスの現場で起きた様々な事例を分析、研究して、どうやって成功したのか、なぜ失敗したのかを頭に叩き込む。それがビジネススクールのケーススタディーってわけですよね」

「まあ、そう言うことになるかしら……」

何を狙っての質問か、皆目見当がつかないだけに、津山は曖昧に返した。

「それって、全部過去の事例ですよね」

「そりゃそうよ。実際にあった様々なケースから、成功、失敗の経緯を学ぶんだもの。いずれ経営に携わったときに、過去の事例を数多く学んでおけば迅速、かつ的確な判断を下せるじゃない」

「だとすると、ケーススタディーって、企業なり経営者なりが経験したことを、短期間で効率よく学ぶのが目的だってことになりませんか？」

「えっ？」

そこで根本は前嶋に視線を転ずると、質問を投げかける。

「先ほど会長は、大組織の舵取り役を担うためには、経験、知見が必要不可欠だとおっしゃいましたけど、ならば実体験の中で身につけるより、ビジネススクールに行けば、効率良く学ぶことができるってことになりませんか」

なるほど、根本の言には一理あるかもしれないと、津山が思ったその時、

「経験というのは、そんな軽いものではないよ。ロースクールで法律や判例を頭に叩き込んで、司法試験に合格したからといって、すぐに一流の弁護士になれやしないだろ？　実践の場での経験ってのは、重さが違うんだよ」

前嶋は「若造が」と言わんばかりに、不快感をあらわにして声を荒らげる。

「あの……。その経験ってやつが、新しいことをやろうとするときに、邪魔になることってないんでしょうか」

ところが、根本は前嶋の怒りの炎に油を注ぐようなことを口にする。

「なにぃ？」

案の定、前嶋は嚙みつかんばかりの形相になって、根本を睨みつける。

「だって、この会社を立ち上げる時に、親はこう言いましたよ。世の中そんな甘いもんじゃない。お前と同じアイデアを持ってる人は、世の中にはごまんといる。簡単にうまくいくなら、とっくに誰かがやってるさって。これって、親がこれまで生きてきた中で学んだ経験則から言ってるわ

けですよね」

「ああ……それ、本当によく聞く言葉ですよねえ」

神部が「分かる……」と言わんばかりに、しみじみとした口調で口を挟む。「他の会社で働いている友人がよくこぼしてましたね。新規事業を考えろと言われて企画書を出したら、こんなにうまくいくなら苦労はしないとか、誰もやっていないのには理由があるとか、やってみもしないうちから、否定されるって。なるほど、それが上司の経験則に基づく見解といわれると、すごく腑《ふ》に落ちますね」

「僕らはネットネイティブ、ＩＴ技術の進歩とともに育ってきた世代です。ＩＴ技術が世の中をすさまじいスピードで変えていく中で育ってきたんです。でも、親の世代は違うんです。新しい技術が次々に登場したかもしれないけれど、ＩＴ技術に比べれば進化のスピードはとてもスローで、雇用に及ぼす影響はほとんどなかった。むしろ、新技術は新製品を誕生させ、雇用の拡大に繋がったんです。でも、今は全く逆で、スマホのように一つのデバイスに機能が集約されていく時代なら、新技術を活用した製品が現れても、かつてほどの雇用は生みません。むしろ縮小させるんです」

「だから、親の世代の経験則が、通用しない時代になっていると言いたいわけね」

「その通りです」

津山の言葉に根本は頷くと、さらに続ける。

「会長は僕の祖父と同じ世代だと思うんですけど、僕らの世代との考え方、感じ方との違いが、なおさらよく分かるんですよ」

「例えば？」

津山がすかさず問うと、根本はその理由を話し始めた。

「古いＯＳのサポートを打ち切る告知がきた時なんて、祖父は激怒してましたからね。ＩＴ企業はメーカー責任をどう考えているんだ。自社が世に送り出した製品を使っているユーザーが一人でもいる限り、メーカーにはサポートをする責任がある。ＩＴ企業にはメーカーとしての矜持《きょうじ》がないのかって」

「それは、お祖父様《じい》のおっしゃる通りだと思うね」

そのどこが間違っているんだと言わんばかりに前嶋は言う。「ＩＴ企業だけじゃないよ。クーラー、トイレ、家電だって、十年も経つと部品のスペックが様変わり。ストックが尽きれば修理不能。ユーザーに買い替えを強いるんだ。こんなビジネスのやり方は――」

「全く同じことを祖父も言いますね」

根本は鼻を鳴らさんばかりに薄く笑う。「でも、それって、とどのつまり『昔はよかった』って言ってるだけだと思うんですよ。大半のユーザーが使わなくなったＯＳのために、サポート要員を抱え続けるなんて、企業側からしたら無駄以外の何物でもないし、家電にしたって修理したら、請求されるのは部品代だけじゃありませんからね。人件費だってそこに乗っかってくるんですから、結構な金額になるんです。買い変えた方が安くつく場合もありますし、長期保険だってありますからね」

「昔はよかった」という根本の言葉を聞いて、津山は先のインタビューの際に、今回の依頼内容を聞いた峰岸が、「それだけいい人生を送ってきたからですよ」と語ったのを思い出した。

まだ現役である津山にしても、何かの拍子に、幼少期や学生時代の記憶が脳裏に浮かぶと「あの頃は……」と懐かしく思うことはままあるし、社会のあまりの変わりように、複雑な思いを抱くこともある。

これも峰岸が言うように、それだけいい人生を送ってきたからには違いないのだろうが、だからといって今の社会の有り様を否定する気にはなれない。

根本は続ける。

「もちろん、過去の経験に学ぶことは多々あるとは思いますよ。でも、正直いって経験、経験て強調されると、だったらどうしてこんな社会になったんだ。こんな世の中にしたのは誰なんだって言いたくなるんですよね」

「それは、どういう意味かな」

すかさず訊ねる前嶋に向かって、

「少子化にせよ、地方の過疎高齢化にせよ、今の日本社会を作り上げたのは、その時々の政治、経済を担ってきた人たちじゃないですか。そしてその大半は、会長がおっしゃる豊富な経験を持っているはずの高齢者じゃないですか」

根本は鋭く迫った。

さすがの前嶋も、これには返す言葉がないとみえて、目を左右に動かし口を噤んでしまう。

根本は畳み込むかのような勢いで続ける。

「今、僕たちは、代々の政治家が行ってきた政治の延長線上で作られた国に生きているんです。少子化、過疎高齢化なんて、ずっと前から問題視されていたのに、改善されるどころか、悪化する一方なのは、自分たちが現役でいるうちはなんとかなる。いよいよにっちもさっちもいかなくなった頃には、もうこの世にはいない。ツケを払うのは自分じゃない。後の世代だって考えたからじゃないですか？」

「まあ、君がそう言いたくなるのも分からないではないが……」

さすがに前嶋も歯切れが悪くなり、ついには視線を落としてしまった。

「会長が日本を案ずる気持ちはよく理解できますよ」

根本は言う。「でもね、だからといって、このままだと日本は大変なことになる。文化が伝統がって言われると、ご先祖様が勝手に拵《こしら》えた借金を、お前たちが払えと迫られているような気分になるんですよ」

なるほど、先祖が勝手に拵えた借金とはいい得て妙だ。

根本が挙げたのは、今の日本が抱えている難題のごく一部に過ぎない。膨れ上がる一方の巨額の財政赤字、年金、医療保険と挙げればきりがないのだが、いずれも、このまま放置すれば深刻な問題になることは、かなり以前から分かっていたことばかりである。

なのに、問題視するばかりで、打開策を必死に模索するでもない。問題を先送りしてきたと糾弾されても仕方がないほどの体たらくだ。

果たして、これには前嶋も反論の余地が見つからないでいるらしく、

「う〜ん……」

腕組みをしながら唸るばかりだ。

「経済界だって同じじゃないですか」

根本はさらに続ける。

「社長の次は会長、そして相談役。特に大企業の重鎮ポストは高齢者ばっかりで、既得権益化しているじゃないですか。経済団体もまた然《しか》り。ニュースで年始交歓会の様子が報じられますけど、出席者は高齢者ばっかり。これから主流になるビジネスは、あの場に集う人たちの大半が経験したことがないものばかりなんですよ。それで、日本の経済界の舵取り役を担っていけるんですかね。長期的スパンで、戦略を考えられるんですかね」

これもまた、根本の指摘はもっともだと、津山も思う。

とても前嶋を前にしては言えたものではないのだが、社長はまだしも、会長、相談役のポストは、社長経験者の既得権益と化しているのは事実である。経済団体の役員もまた然りで、これだけ社会や産業構造が目まぐるしく変わる時代に、政界、財界共に高齢者が頂点に君臨したままなのだから、根本が疑問に思うのも当然というものだ。

「そこまで批判するのなら、ならばどうしたらいいのか、君に考えはあるのだろうね」

前嶋は、ないとは言わせぬとばかりに、強い口調で根本に迫る。

「実現するかどうかは別として、案はあります」

怯む様子一つなく、そう返した根本に向かって、

「聞かせてもらおうじゃないか。その、君の案とやらを……」

前嶋は促した。

8

「ただ、先に申し上げておきますけど、企業についての案はありません。当たり前ですよね。特に株式を公開している企業の有りようは、株主が決めることで、門外漢がとやかく言うことではありませんので」

根本がそう前置きすると、

「じゃあ、その案とやらは政治に関してのものなのだね」

前嶋は念を押す。

「ええ……」

「聞かせてもらおうか」

「少なくとも国会議員には定年制を設けるべきだと思います」

根本はあっさりと言ってのけると、次いで理由を話し始めた。

「こう言うと、すぐに政治の世界は単純なものではない。豊富な経験と知識を持たずして務まるものではないと返ってきそうですが、今現在を考える政治も重要ですけど、次世代が生きる社会を見据えた政治を行うのも同じぐらい重要なはずなんです」

「なるほど」

定年制を設けると聞いただけで、前嶋には言いたいことが山ほどあるだろうに、まずは話を聞いてからだといわんばかりに先を促す。

「そのためには、次世代を生きる若い世代を議員にし、中長期的見地に立った政策を立案、かつ実現すべく、権限と地位を与えることです」

「それは、言うは易《やす》く行うは難《かた》しの典型だね」

前嶋は鼻で笑う。「実現しようと思ったら、まず第一に、君が言う政界の重鎮、高齢者の支持が必要になるんだよ。身も蓋もない言い方になるが、政治家は大臣どころか、あわよくば総理になることが夢なんだ。だから雑巾掛けに励みながら、衆議院は五回当選、参議院三回当選を目指す。議員定年なんて持ち出しても、決めるのは当の議員たちだ、誰が自分の任期を短くする案に賛成するかね」

「そうですね。だからこの国は何も変わらない、変えられない。だから国を捨てるか、国に頼らず生きていくかしかないということになるんです」

「根本さんの言う通りだと思います」

突然、口を挟んだのは純平だ。「国会、地方議会もそうですけど、二十代の議員なんて稀ですからね。仮に当選したとしても若造扱い。当選を重ねないことには、力を発揮することができません。当選回数を増やすためには、票を集めなければなりません。票を集めるためには、有権者が多い年代層から反感を買わない政治をやるしかない。だから、高齢者の高齢者による高齢者のための政治になってしまうわけです。もし、このままでは日本は大変なことになるとおっしゃるのなら、全てとは言いません。これからの時代を生きていく若い世代に政治の一定部分を任せるくらいの度量を見せないことには、何も変わりませんよ」

純平はまだ高校一年生である。若者が理想論に走りがちなのは、今も昔も変わらぬものだが、言わんとしていることは絶対的に正しいと津山も思う。

だが、根本が掲げた「議員定年制」が実現するとは思えない。仮に国政の場で議題に上がったとしても、最終的に議員を決めるのは有権者である。

そう考えると、今、日本が直面している問題の多くは、政治だけに原因があるのではなく有権者にもあることに津山は気がついた。

「私も根本さんの考えには共感を覚えますね」

続いて神部が口を開いた。「だいたい政治家が家業化しているのが問題なんですよ。親が現役のうちから秘書をやって、引退と同時に地盤を継ぐんですから、選挙区のしがらみをそのまま引きずって議員になるわけです。しかも引退しても、ご意見番よろしく、ああでもない、こうでもないと喚《わめ》き立てるんですから、若い世代の考えなんて反映されるわけがありませんよね」

一方的に責め立てられるばかりとなった前嶋が、津山は気の毒に思えてきた。

しかも、一言目には「高齢者」である。

そこで津山は前嶋に助け舟を出すつもりで口を挟んだ。

「でもね、さも高齢者は害悪だと言わんばかりだけど、あなたたちだって、いずれは高齢者になるのよ？　だったら高齢になる前に、後進に道を譲る覚悟はあるの？」

「だから起業したんじゃないですか」

根本がすかさず返してきた。「最初に言いましたけど、僕が目指しているのはこの会社を上場させること。そして、創業者利益で次世代のベンチャーたちを支援し、育てることなんです」

「根本さん、いつも言ってますもんね」

純平が根本の言葉を継いだ。「新技術を用いたビジネスをものにするのは大企業じゃない。ベンチャーだって」

「アイデアや技術はあっても、資金がないのがベンチャーです。僕は、挑戦意欲に溢れる若者の夢を叶えてやりたいんですよ。どこに埋もれているか分からない才能を発掘したいんです。それこそが成功を収めた人間の義務であり、特権だと考えているんです」

それまで沈黙していた前嶋が口を開いた。

「まあ、君の言うことは、私も理解できないではないがね。高齢者が政治の中枢を担っているのは、何も日本だけではないよ。どこの国だって、同じようなものじゃないか」

「だから、国なんて概念は持ち合わせてはいないんですよ」

根本は間髪を容れず返した。「もちろん、日本だろうと、他の国だろうと、居住する国の法律は遵守しますし、税金も納めます。でもね、最初に申し上げましたけど、ネットの世界に国境はありません。要は国民としての最低限の義務は果たしますけど、国に期待するものはない。僕らは法律の範囲内で勝手にやるから、国は国で勝手にやってくれってことなんです」

ここまではっきり言われると、もはや日本の将来も何もあったものではない。

脱力するかのように肩を落として沈黙する前嶋に、根本は続ける。

「ベンチャーをやっている人間って、僕と同じような考えをしている者が多いと思いますよ。実際、さっきも言いましたけど、次世代の産業を育てるのに熱心な国、シンガポールはその典型ですが、支援策が充実していることもあって、成功を夢みる若者が世界中から集まってきていますからね。その点、日本ときたら……」

「ですよねえ……。ベンチャーを支援するどころか、オールドモデル化した、かつての基幹産業を、どうやって生き延びさせるかで必死ですもんね」

神部が、訳知り顔で頷く。

「だいたい、国家予算の使い方にしても、費用対効果って概念が決定的に欠けているんですよ。どれだけデタラメがまかり通る国になってるかってことに、日本人は気づいていないんですもん」

そういう根本の声には、明らかに怒りがこもっているようだった。

果たして根本は続ける。

「さきほどオリンピックの予算が出鱈目だという話をしましたが、それだけでなく新設した競技施設は毎年膨大な赤字を垂れ流す。しかも、予算の大幅超過が発覚した時には、『やるって言ってしまったんだからしょうがないじゃないか』の一言で済ませちゃうんですよ。そして万博、さらに冬季オリンピックを誘致しようとしてるんです。大型イベントで経済を活性化させるなんて、いつの時代の話ですか。発案者は高齢者が中心でしたけど、過去の事例から何も学んではいないってことの証拠じゃないですか。だとしたら高齢者の経験則なんて、何の役にも立たないってことになるんじゃないですか？」

「確かに予算に対する彼らの感覚はどうかしていると私も思うが、オリンピックの開催が決定した直後は歓迎する国民の方が多かったように思うし――」

「だから、その時々の雰囲気に流されて、後のことに思いが至らない日本人が多すぎることに呆《あき》れ、絶望してるんです」

根本は悲痛感に溢れた声で、前嶋の言葉を遮った。「今、目前で行われようとしている国家的事業が、後々負の遺産として我が身に降りかかってくることに若い世代でさえ気がつかない。それどころか、若くして政府の中枢で活躍するチャンスを与えられた政治家もいますけど、遥かに若い僕らからしても、やることなすこと意味不明なのばかりじゃないですか」

根本が言う政治家が誰のことかは改めて訊ねるまでもないのだが、意味不明が何を指してのことか、俄には思いつかない。

「意味不明って、例えば？」

津山が問うと、

「たくさんありますけど、太陽光発電なんてその典型ですね」

根本は皮肉がこもった笑いを口元に浮かべ、「津山さん、二酸化炭素を吸収して、酸素に変えるのは植物って教わりましたよね」

と訊ねてきた。

「ええ……」

「草木の生えない砂漠にソーラー団地を設けるのなら分かりますけど、森林を伐採して太陽光パネルで埋め尽くすのがエコなんですか？　二酸化炭素の削減に効果があるんですか？　二酸化炭素を減らすなら、むしろ森林を保護し、植樹して緑地を増やすべきなんじゃないですか？　太陽光発電は二酸化炭素を排出しないというだけで、吸収もしないし、酸素を供給するわけでもないでしょう」

「そうか……。そうですよね。根本的なことなのに、どうして誰もその点を指摘しないんだろう」

神部が、不思議そうに首を捻る。

「太陽光パネルについての問題は、それだけじゃないんです。十年、二十年後には、いま各地の山や平地を覆い尽くしている膨大な数のパネルが寿命を迎え、産業廃棄物になることです」

その点については、すでに指摘されていることもあって、津山にも多少の知識がある。

「膨大な産廃が発生するけど、処理方法には目処がついていたんじゃなかったっけ？」

津山が返すと、

「そんなの、言ってるだけですよ」

根本は、鼻を鳴らさんばかりの勢いで返してくる。「太陽光パネルの多くは中国製で、敷設が本格化した当初は素材、構造ともにスペックがほとんど把握できていなかったんです。有害物質が使われていることも分かっていますし、パネル団地は巨大化する傾向にありますからね。スペックだってメーカーによって違いますし、膨大な量のパネルを、どこでどうやって仕分けして処理するつもりなんですかね。再利用できない素材だって膨大な量になるはずですが、それ、どこに持っていくんですか？　森林を伐採して、穴掘って埋めるんですか？　それが環境に優しい発電になるんですか？」

根本の指摘はもっともかもしれない。

日本人には一度事が決すると、その是非を自ら考えることなく、一斉に同じ方向に向かって突き進む傾向がある。しかも海外の動向はマスメディアを通じて知る国民が圧倒的に多く、メディアの論調に流されやすい。もちろん、ネットが浸透した現代社会においては、海外も含めて多様性に富んだ情報に触れる環境が整ってはいるのだが、外国語を解する人間は決して多いとはいえないし、翻訳ソフトがあるにせよ、一つの事象を探究する人間は多くはないだろう。

果たして根本は言う。

「原発を『トイレのないマンション』と称する人たちがいますけど、僕にいわせれば太陽光発電だって同じですよ。この問題一つを取っても、誰がどう対処することになるんですか？　廃材が問題になる頃には、太陽光発電を推進した政治家や行政機関の人間は、とっくに現役を退いているんじゃないですか？　これもまた、前世代の負の遺産として、僕らの世代が解決を迫られることになるんじゃないんですか？」

もはや、返す言葉が見つからないとばかりに、前嶋は沈黙するばかりだ。

しばしの静寂があった。

「根本君の考えはよく分かった……」

やがて、前嶋は顔を上げると、重い声で言った。「君の言う通り、今の日本の社会は、我々の世代、その前の世代が行ってきたことの延長線上にある。積み重ねの結果でもある。世襲議員が多いこと、高齢になっても地位にしがみつこうとする政治家の姿勢に問題があるのも、君の言う通りだ。この日本という国の伝統、文化を守らなければならないという思いに駆られるのは、私がそれだけいい人生を送ってきたからだと言われれば、その通りかもしれない。だがね、だからこそ思うのだ。願わくば、君も私同様に、この国の伝統や文化を、次の世代に残してやりたいと思えるようになってほしいとね……」

津山は驚いた。

前嶋が発した言葉は、事実上の敗北宣言以外の何物でもなかったからだ。

「色々、生意気なことを申し上げましたが、僕だって日本はいい国だとは思いますよ」

根本も一転して穏やかな声で言う。「でも、やっぱり時、既に遅しだと思うんです。地方の過疎化はもう手の施しようがないところまできていますし、少子化にしたって、所得、住環境、雇用の安定性、様々な要因が複雑に絡み合って産むに産めない、産んだとしても一人がやっとという状況にあると思うんです」

そこで根本は短い間を置くと、話を続けた。

「人口を維持するためには、ひと組の夫婦が二・〇七人の子供を設けることが必要だと言われていますけど、そんなのどう考えても不可能です。でもね会長、それが国家存亡の危機だというのなら、日本よりも深刻な状況下にある国は世界に幾つもありますよ」

前嶋は、「えっ」というように、目を小さく見開いた。

「韓国の合計特殊出生率は既に〇・七台。三世代後には、現在の人口の六パーセント台になるという論もあるんです。中国だって、長く続けてきた一人っ子政策のおかげで、既に総人口は減少に入っていますので……」

「根本君、よく知っているわね。どうしてそんなに詳しいの？」

詳細、かつ正確な数字が出てくることに驚いて、思わず津山は聞いたのだったが、

「一応、経営者ですからね。人口は市場規模そのもの。人口動態を頭に叩き込んでおくのは、基本中の基本ですよ」

根本は当然のごとく答えると、話を続けた。

「メタバースを説明した時、会長は小売店への影響を案じられましたが、人間は何を目指して新技術の開発に取り組んできたかというと、労働の軽減、最終的には労働からの解放だと僕は考えているんです。実際、ゆりかもめは開業時から無人運転で運行してますし、山手線でも自動運転を目指した実証運転が始まっています。リニアだってそうです。自動車も自動運転になる日が、遠からずしてやってくるでしょうし、実際、アメリカや中国では自動運転のタクシーが既に走り始めていますからね」

「なるほど、人間が目指しているのは、労働からの解放ね……」

先に新沼が語ったのと寸分違わぬ言葉が出てきたことで、津山は根本の考察力の高さに改めて感心した。

思わず唸った津山に向かって、根本は話を続ける。

「AIだって、どんどん進化していくでしょうし、人間同様の機能を持ったロボットが当たり前に使われる時代ももうすぐやってきます。そして、そのいずれもが時を経るごとに性能が向上し、幅広い分野で使われるようになる……」

「確かに、根本君の言う通りかもしれないわね……。子供の頃なんて、携帯電話でさえ影も形もなかったのに、いまやスマホで大抵のことができちゃうんだもの、ほんとSFの世界よね……」

「AIが、ロボットが、人間にとって代わるようになると言うと、それでも人間のやれる仕事はあると反論する人が出てきますけど、確かにそれは間違いではありません。でもね、問題は仕事があるかないかではなくて、人間がやれる仕事がどれほど残るか。つまり、仕事の絶対数であり、就労人口なんですね」

そこまで聞けば、根本が言わんとすることが見えてくる。

「もしかして根本君は、これから先の社会を考えれば、少子化はむしろ正しいって言いたいんじゃ……」

津山が言うと、

「そうだと思いませんか？」

根本は当然のごとく頷いた。「だって、労働からの解放を目指して技術を進化させていけば、仕事なくなっちゃうじゃないですか。タクシードライバーが不要になる頃には、トラックやバスだってドライバーが不要になるはずです。パイロットにしたって、今は二人ですけど、一人にしようかってところまできているんですよ？　仕事がどんどん減っていくのに、人が増えたら困るじゃないですか」

以前、『職業寿命』という言葉を使って同じことを語ったのは元経産キャリアの新沼だったが、二人でやっていた仕事が一人になり、果ては無人化されてしまえば、世の中が失業者で溢れ返るのは火を見るよりも明らかだ。

「もちろん、新しい職業も生まれはするでしょう」

根本は言う。「でもね、それも機械の補助的な仕事か、最先端の、それも高度な知識が必要とされる仕事になると思うんです。となると、最先端の知識や技術を再教育する機関が必要になるんですが、僕が知る限り、そんなこと言ってる人は誰一人としていませんからね」

「でも、社会人になってから、大学院で学び直す人は結構増えているように思いますけど？」

神部が言うと、根本は即座に返した。

「必要なのは、もっと実践的な知識や技術を学ぶ場、高度な職業訓練校のような場なんじゃないでしょうか。即戦力として使えなければ、企業も採用しないでしょうからね」

「これもまた、君の言う通りかもしれんな」

前嶋は、しみじみとした口調で同意する。「考えてみれば、経営者に課せられた最大の使命は、最小限のコストで、最大限の利益を出すことだ。企業経営の中で固定的に発生するコストは人件費だ。最先端の技術や機械を導入すれば、大幅に人件費が削減できるなら、そりゃあ経営者は飛びつくだろうからね」

「おしなべて先進国の人口が減少傾向にあるのは、時代がそうした方向に進んでいることに、人々が気づきはじめているからなのかもしれませんね。今でさえ正社員になり損ねたら、派遣で食べていくしかないんだし、いつリストラされるか、定年まで会社があるかどうかも分からないんじゃ、子供どころの話じゃないですよ。まして文化や伝統なんて、とてもとても……」

さすがに、最後の一言は堪《こた》えたとみえて、前嶋は黙って席を立った。

そして、彼に続いて立ち上がった根本を正面から見据えると、

「今日は大変勉強になったよ。根本君と話ができて、本当によかった。時間を取らせてすまなかったね」

深く体を折った。

そして、津山に向かって小さく頷くと、スッと視線を落とし、無言のまま出口に向かって歩きはじめた。

終章

1

　前嶋を見送った津山は、その場でタクシーを拾い、神部と共にＬＡＣの本社に向かった。

　タクシーが走り出したところで、津山は並んで座る神部に向かって言った。

「上司というより、コンサルタントの先輩として一つアドバイスしておくけど、意見聴取の場で、不用意に私見を述べるのはご法度ですからね。クライアントが同席している場ではなおさらよ。神部君の気持ちも分からないではないから、今日のところは見逃してあげるけど、次は許しませんからね」

　新人の部類とはいえ、基本的な心得をあえて注意するのは情けない限りだが、根本と神部は同世代といえる。これからの時代を生きる世代からすれば、前嶋の考えや言い分に、異議や反発を覚えるのも分からないではないが、あくまでも仕事の場であることを戒めておかなければならない。

「すいません……。根本さんの考えが、あまりにも的を射ていたように思えたもので、つい

「……」

　自分でも思い当たる節があるのだろう、殊勝に頭を下げた神部だったが、「でも、僕の気持ちも分からないではないというからには、津山さんも共感するところがあったわけですよね」

　すぐに問い返してきた。

「随分勉強になったし、改めて気づかされた点も多々あったことは事実かな……」

　津山は正直に答えた。

「例えば？」

「最も感心したのは、議員が議員であるためには票を獲得しなければならない。結果的に年代別人口比率が多い層、つまり若年層よりも高齢者を厚遇する政策が重視される傾向があるってところね。正直、そんなこと考えたことがなかったもの」

「そこは僕もなるほどと思いました」

　神部は即座に同意する。「少子化にしたって、峰岸さんが言ってたように、高い学歴を手にすることで職業の選択肢が広がる。安定した生活を営むことに繋がるという風潮が続く限り、家計に占める教育費の割合は増すばかり。育児休暇を制度化したり、児童手当を充実したりしても、二人目なんて持てるわけがありませんよね。過疎高齢化にしてもそれは同じです。確たる雇用基盤がなければ、現役層が居着くわけがありませんし、事業所をどこに置くかは企業が決めること。そう考えると、人口減少問題の解決を政治に求めるのが間違っているんですよね」

「その点、高齢者の歓心を買う政策は打ち出しやすいし、利益を享受する有権者にも分かりやすいからね」

「でも、一定以上の所得のある高齢者の健康保険の負担割合は一割から二割へ引き上げが決定しましたし、年金にしたって支払い年齢が七十歳に引き上げられることになりそうなことからして、国にも財源がないのは明らかなんですよね。これも今までデタラメをやってきたことの結果なら、そのツケを払わなければならないのは若年層です。さらにツケには利子がつくわけですから、それを考えると——」

神部は突然、そこで言葉を呑んだ。

単に「暗澹たる気持ちになる」程度のありきたりな言葉では足りないほどの、悲惨な将来が脳裏に浮かんだに違いない。

「それを考えると？」

そこで津山が促すと、

「かつて、中国との尖閣諸島の領有権を巡った交渉の場で、首相になる前の鈴木善幸に、中国の鄧小平副主席が『尖閣の将来は未来の世代に委ねることができる』といって、棚上げにしたって記事を読んだことがありまして……」

果たして神部は、苦々しげな表情を浮かべ声を落とす。

「未来の世代に委ねるって、とどのつまりは問題を先送りするってことだものね。都合がいいっていうか、無責任にすぎるとも取れる言葉よね」

「そりゃあね、厄介極まりない問題の解決に首を突っ込むのは誰だって嫌ですよ。でもね、寅さんじゃないですけど、政治家や経営者が『それを言っちゃあおしめえよ』ってやつだと思うんです。前嶋さんは高齢者には若い世代にはない知恵や経験値があるって言ってましたけど、それが本当ならば、難題であればあるほど経験に基づく知恵にものをいわせて、解決に当たらなければならないんじゃないかと思うんです」

若い神部が寅さんのことを例えに出したのに驚きつつも、彼の言葉はすべて正論である。

頷くしかない津山に向かって、神部は続ける。

「なんか、前嶋さんの話を聞いているうちに悲しくもなったし、そのうち腹が立ってきちゃって。だって、そうじゃないですか。赤字国債は刷り放題。国の借金は膨れ上がる一方なんですよ。少なくともネイティブ・ジャパニーズの人口が増加に転じるわけがないんだし、平均年収だって二十年以上も頭打ち。G20で、こんな国は日本だけですよ。どう考えたって税収が増えるわけがないのに、この危機感のなさ。何もかも全部、未来の世代に解決を委ねようとしているように思えてきて……」

これもまた、神部の言う通りだ。

話を聞くうちに、津山もだんだん怒りが込み上げてきて、思いの丈をぶちまけた。

「その尖閣問題だって、日中国交回復から五十年も経つのに、解決どころかますますややこしくなっているものね。政治と経営を同一視して語ることはできないけれど、問題の先送りはロクなことにならないってことは、どちらにも言えることだからね」

津山の反応に意を強くしたのか、神部はさらに話を進めにかかる。

「そもそも論になるんですけど、国の形とか、文化や伝統とかって、そんなに大事なものなんですかね。そんなものにこだわってる人って、どれほどいるんでしょう」

「それ、どう言うこと？」

何を言わんとしているのか今ひとつ理解できず、津山が問い返すと、神部はすかさず返してきた。

「根本さんが言ったように、ネットネイティブの僕らの世代は、国だとか、伝統だとか文化だとかに対する思い入れは、前嶋さんの世代とは比較にならないほど薄れているように思うんです」

「そりゃあ、やっぱり年齢差からくるものなんじゃない？　住めば都っていうけどさ、どんな土地でも長く住めば住むほど愛着を覚えるものだし、この景色、この文化を長く後世に残したいって気持ちになろうってもんじゃない」

「住めば都っていいますけど、僕らネットネイティブは国境って概念のない世界で育ってきたんですよ。もちろん、リアルの世界では日本という国の中で生き、日本語をメインに使って、日本文化の中で生活しているわけですけど、これからの時代は日本人というよりも、世界人として生きていく術を身につけないと、生き抜くのが難しいように思うんですよ」

「その点も、神部君の言う通りだと思うけど？」

いったい神部は何を言いたいのだろう。

相槌を打ちながら、津山は神部の次の言葉を待つことにした。

「あの……、ここでまた政治家の定年制の話になるんですけど、国家元首っておしなべて高齢じゃないですか」

「確かに……」

「根本さんの話を聞いていて、ふと思ったんですけど、世界情勢がこれだけ不穏になっているのも、そのせいなんじゃないかと……」

そう聞けば、神部が言わんとすることが見えてくる。

年を重ねれば重ねるほど国の姿、自国の文化、伝統に対する愛着は増していく。そして、この姿形を後世に残したいという思いが募れば、まずは国家体制の維持、そして国力増強へと繋がっていくのではないかと言いたいのだ。

果たして神部は続ける。

「習近平然り、プーチン然りじゃないですか。片や中華の夢、片や大ロシアの復活ですよ。いったい、今の時代に自国の勢力増強を望む、ましてや覇権国家になることを望む国民がどれほどいるんですかね。中国やロシアの若い世代は覇権国家だとか、領土の拡大なんて全く関心がないと思うんですよ。そんなことより、国家の枠を超えて世界中の人と交わって、自由な環境の中で自分の可能性を追求したいと考えているんじゃないかと思うんです」

「ネットの世界に国境なんて概念はないっていうけどさ、実際には、国ごとに様々な規制があって――」

「それって、権力者が一方的に規制しているだけじゃないですか。それも現体制に不都合な情報を規制して、押さえ込んでいるんですよ」

神部の指摘は当たっているだけに、津山も黙るしかない。

「習近平もプーチンも大義を掲げてはいますけど、とどのつまりはレガシーを残すのが目的だとしか僕には思えないんですよね」

神部は続ける。

「日本の政治家だってそうですよ。オリンピックにしたって、誘致をぶち上げるのはもれなく高齢者です。採算性度外視で競技施設を建てまくる。リニアもそうですよね。品川、名古屋を四十七分短縮するためにあんなものを新設したら、東海道は在来線、新幹線、リニアの三つで結ばれることになるんですよ。人口が減るってことは、市場規模が小さくなるってことなのに……」

「言えてるんだよねえ……。人口が減少すれば、利用者だって減るわけだからね。それに四十七分短縮されるってのは、乗車後の移動時間のことで、駅は大深度の地下になるから、乗り場に行くまでの時間を加えると、新幹線と大差はないって指摘もあるしね……」

「それで、どうしたら採算が取れるんですかね。そう考えると、オリンピックと同じで、高齢の経営者が自分のレガシー造りのためにやっているとしか、僕には思えないんですけど……」

正直なところ、オリンピックについては、ＩＯＣを含めた権力者たちの利権と化しているのは紛れもない事実だし、スポーツの祭典といわれるものの、アスリートの就活、昇給の場というのが本当のところだと津山も思う。

そう考えると権力者のみならず、アスリートにとってもオリンピックは利権の祭典といえるわけで、そんなもののためになぜ莫大な公金を投じなければならないのかと、津山も常々釈然としない思いを抱いていたのだ。

「僕が最も理不尽さを感じるのは、その高齢者のレガシー造りのツケを背負わされるのが、若い世代だってことなんです」

もう神部は止まらない。言葉に弾みをつけると、さらに続ける。

「習近平が言う中国の夢って、覇権国家になるってことじゃないですか。台湾への武力侵攻が囁《ささや》かれているように、そのためなら武力行使も辞さずってことでしょう?」

「そう言うことになるわね」

「大ロシアの復活を夢見るプーチンは、すでにウクライナに侵攻していますけど、戦争で最も危険な最前線に立たされる圧倒的多数は若者なんです」

これもまた神部の言う通りだ。

頷いた津山に向かって、神部は悲痛な面持ちになる。

「戦争に踏み切る指導者、権力者は、絶対に戦場に立つことはありません。安全地帯に身を置いて、ただ若者に命を賭して戦うことを命じるだけなんです。大半の国民が望んでもいない、ただ己のレガシー造りのために命を賭して戦わなければならないなんて、こんな馬鹿げたことがありますか？　国の将来、世界の将来のあるべき姿を考えたら大中華の復興とか、大ロシアの復活とかを公言する国家元首なんて、正気を疑われてもしかたがないと思うんです」

世間の常識もいまひとつ、コンサルタントとしての知識もまだ身についてはいない。大した思想や知識を持ってはいまいと踏んでいたのだが、どうやらとんだ思い違いをしていたようだ。

神部の論は、なかなかどうして大したものだ。

「う〜ん……。根本君もそうだけど、あなたたちの考えを聞いていると、議員に限らず高齢者がいつまでも指導的地位や権力の座に居座るのは、考えもののような気がしてくるわね」

「もちろん、一概には言えませんよ。例えば起業して、一代で会社を大企業に成長させたオーナーとかは全く別です。そもそも、自分の会社をどう経営するかは創業者の自由ですし、今に至っても残り続けているのは、確たるビジョンをもって経営に当たってきた証拠ですからね」

これもまた、まっとうすぎる見解である。

「確かに……」

「でもね、虚しいのは、新卒で採用されて、激烈な出世競争に勝ち抜いて、何十年もかかって役員になった、ついに社長になった。雑巾掛けから始めてようやく大臣になった、総理になったって人間に、こんなことを言っても鼻であしらわれて終わるのがオチだってことなんです。地位や権力を手にすれば、それこそ死に物狂いでしがみつくのが人間ですからね」

「それは、官僚の世界も同じよね。今に至ってもキャリア、ノンキャリは別枠採用だし、激烈な出世レースの勝者が重要ポストに就くんだもの。若い世代を登用しろなんて言っても聞く耳なんか持つはずないもの」

津山が同意すると、神部はますます顔を曇らせる。

「キャリア官僚って、例えば財務省では若いうちに地方の税務署長に就任したり、警察庁も県警の幹部とか重要ポストを経験しますよね」

「そうね。迎え入れた先は、キャリアに傷をつけちゃならないって、そりゃあ神経使うらしいけど……」

苦笑した津山だったが、神部は相変わらず真剣だ。

「それって、明治時代からの慣行じゃありませんでしたっけ」

「正確には知らないけれど、多分そうだと思うけど？」

「今の時代に明治の人材育成プログラムを使っている組織が国の中枢を担って、政策や法の立案に関わってるって、異常だと思いません？」

「異常っちゃ異常だけど、政治家は国民に選ばれた人たちだし、官僚は公務員試験に合格して採用された人たち。どちらも制度に基づいて——」

「だから、日本の将来には絶望しかないんですよ」

神部は津山の言葉を遮って断ずる。「根本さんの話を聞いているうちに気がついたのはそこなんです。彼がすごいのは、何を言ったところで何も変わらない。言うだけ無駄なことに労力と時間を費やすより、自力で将来を切り開く覚悟を決めてるってことです。まだ、大学生なのにですよ」

「前嶋さんも同じ思いを抱かれたでしょうし、私も正直驚いたわ。ほとんどの人は、今日の暮しは明日も続くって考えているようだけど、そんなことはないのよね。技術の進歩が最終的に目指しているのは、労働からの解放だっていわれた時には、ハッとしたもの。実際、そんな時代が、もうすぐそこまで来てるんですからね」

津山は、本心から言った。

「根本さん、自動運転技術のことを言ってましたけど、この波は日本にも意外と早く来ると思いますよ」

「運転手が不要になれば、公共交通機関は人件費を事実上ゼロにすることが可能になるからね。赤字のローカル鉄道を廃止して、無人運転のバスに切り替えれば、線路保守の必要もなくなるから、運行コストは格段に安くなる。結果、過疎地の公共交通機関を維持することもできるしね」

「まさに根本さんが言う、労働からの解放ってやつが現実となるわけですが、悩ましいのは、それが大量の失業者を生むということなんです」

神部は憂鬱な表情になって断言する。「日本の場合、自動車の無人運転は、公共交通機関より先に、長距離輸送のトラックから始まるんじゃないかと、あの時僕は思ったんです」

「その理由は？」

「自動車の無人運転化で、最も懸念されるのは事故、それも人身事故です。その点、高速道路は人と接触することはまず考えられませんからね」

今までの神部からは、想像もできない見解が次々に出てくる。

それがことごとく、的を射ていることに津山は驚いた。

「なるほど……。そうかもしれないわね」

しかし一旦は肯定したものの、すぐに疑問が浮かぶ。「でもさ、最も懸念されるのが人身事故なら、高速を降りた後は、必ず一般道を走ることになるけど？　そこで事故が起きたら――」

ところが神部は、そんな疑問は想定内とばかりに間髪を容れず返してきた。

「インターチェンジの近くに、カープールを作ればいいんです。無人長距離トラック専用の……。そこから先の一般道は、人間に運転させるんです」

なるほど、現実的なアイデアのように思えたのだが、「もっとも一般道の走行だって、すぐに無人化されるでしょうから、そんなものを設ける必要はないでしょうけど……」

神部はすぐに前言を翻し始める。

「どうして？」

「どうしてって、技術は進歩するものだからですよ」

神部はあっさりと言ってのける。「人が運転しても事故は必ず起きます。要は自動運転との発生確率の問題なんです。そして、人間は必ずミスをするものであり、事故は一定の確率で起きますが、機械は違うんです。予期せぬ問題が発生したら、防止する策を講じていけば、その度に精度は上がっていく。最終的に限りなくゼロ、完璧なシステムが完成することになるんです」

「その理屈は他の国では通用しても、日本ではどうなのかな。知っての通り、日本はゼロ神話の国だから……」

「ゼロ神話……」

神部は「出たよ」と言わんばかりに嘲笑する。「確かに、完全自動運転なんて言い出そうものなら、機械に任せて人命が失われたらどうするんだって声が湧いて出てくるでしょうね」

「なんせ、人命は地球よりも重いって、テロリストを釈放しちゃった国だし、そこにドライバーって職業がなくなってしまうとなれば、そりゃあすんなりとはいかないわよ」

「そんなこと言ってるから、日本は世界から置いてけぼりにされちゃうんですよ」

神部はうんざりだとばかりに眉を顰《ひそ》める。「トラブルをゼロにするのは理論的には可能です。でも現実としては不可能なんです。つまり、ゼロを目指すのはコストと時間の浪費以外のなにものでもないのです。トラブルや事故は必ず起きるものと割り切って、発生した都度対策を講じればいいんですよ。実際、アメリカや中国は、そう考えて実用化に踏み切ったんです。自動運転車のシステムのバグ修正なんて、無線で全車同時にやれちゃうんだし、人命が失われたらどうすんだって言うなら、そのために保険があるんじゃないですか」

「そのために保険がある、か……」

津山は、神部が発した最後の一言を、無意識のうちに繰り返した。

完璧を期するのは日本人の特性といえるが、時に「石橋を叩いて壊す」と揶揄《やゆ》されるように、画期的技術の実用化を遅らせる阻害要因となっているのは事実といえる。

自動運転技術の実用化は典型例といえるもので、世界最大の自動車市場であるアメリカ、中国で部分的とはいえ、既に実用化が開始されているというのに、日本ではテストコースでの試験が延々と繰り返されているだけだ。

既にEVの開発、販売に出遅れた日本の自動車産業が、自動運転の導入にも後れを取れば、海外市場での販売力は著しく低下する。それすなわち、日本の基幹産業が危機に陥ることを意味し、雇用の崩壊に繋がることになるだろう。

「でもさ、日本人は合理性にかけるきらいがあるというか、割り切るのが苦手だから、こればっかりはねえ……」

神部の言がもっともだと思うだけに、どうしても声のトーンが弱くなる。

そう返した津山に、神部は言う。

「それともうひとつ、EVや自動運転に関して言えば、開発に出遅れたのは、業界も、所轄省庁も、政治家も、不都合な現実に目を背けてきたってのもありますね」

「不都合な現実って、完全自動運転を承認すれば、職業ドライバーは不要になって、大量の失業者が出る。自動車メーカーもEVが主流になれば、サプライチェーンの再構築を迫られる。そこでもまた、大量の解雇者が生まれるってことかしら」

「そうです」

神部は頷く。「自動車メーカーが見直さなければならないのは、サプライチェーンだけではありません。全国、そして海外に張り巡らしたディーラー網もまた同じです。アメリカのEV大手は、受注も代金決済も、全てネットを介して行っていますからね。ここでもまた、大量の雇用が失われることになる。そうなると自動車メーカーの経営者はおろか、官僚、政治家は雇用対策を打ち出さなければならなくなるんですから、目を背けたくもなりますよ」

確信を持って語り続ける神部は、普段の姿からは想像もつかない。まるで別人である。

「こう言うと失礼だけど、ちょっと驚いたわ。神部くん、いろんなことを本当によく知ってるのね」

津山が素直な感想を口にしたその時、タクシーの運転手が突然話しかけてきた。

「あの……。会話が耳に入ってしまったもので、一つお聞きしてもよろしいでしょうか……」

2

「ええ……。何でしょう?」

津山が質問を促すと、

「そう遠くないうちに自動運転が許可されるっておっしゃってたように聞こえましたけど、それはいつ頃になるんでしょうか……」

運転手は不安げな声で問うてきた。

自動運転の実用化は、職業ドライバーにとって死活問題そのものだ。まして、会話の中では具体的な国名を挙げて、すでに無人タクシーの運行が始まっていることを話してしまったのだ。

迂闊《うかつ》だったと思いながら、津山は神部と顔を見合わせた。

それでも神部は、口にしてしまったものは仕方がないとばかりに、腹を括った様子で答える。

「国の判断次第ですから時期については何とも言えませんけど、個人的には意外と早いんじゃないかと考えています」

「でも、東京オリンピックの選手村で運行された無人バスは、接触事故を起こしましたよね。あのバスだって安全性を検証した上で運行されてたのに、それでも事故は起きたじゃないですか」

　運転手は前を向いたまま問いかけてくる。

助手席に掲げられたプレートのドライバー名には、杉本浩一《すぎもとこういち》とある。定かではないが、年齢は五十歳前後といったところだろうか。

「あれから二年以上も経っているんですから、そりゃあ技術自体は格段に進歩していますよ。あのバスに搭載されたシステムや機材だって、試験期間を考慮すればオリンピックが開催されるかなり前に出来上がっていたはずですからね。つまり――」

「三年、四年も経てば中身は全くの別物。プロペラ機とジェット機ほどの違いがあるってわけですか？」

　神部の言葉の途中で杉本は言う。

「実際、自動運転に懐疑的な人の中には、信号を識別する能力がないことを理由に挙げて、技術が確立するのは五十年先だと言ってた方がいましたけど、既にレーダーで距離や性質を分析するＬｉＤＡＲ《ライダー》やカメラ、ミリ波レーダーを組み合わせることで、信号の色や道路標識も識別できるようにまでなっていますからね」

「信号の色や道路標識までもですか？」

津山も初めて知ったのだったが、杉本の声に驚きというより、戸惑う様子が色濃く滲み出ているように感じるのは気のせいではあるまい。

「技術って大きな市場が開けると分かると、すさまじいスピードで進化しますからね」

神部は冷徹な口調で言う。「現に今の段階でも人間よりシステム任せにした方が、よっぽど安全かもしれませんよ。どんなに安全に注意していても、うっかりミスは人間にはつきものですけど、その点システム、機械は違いますからね。プログラミングされた通りに動くだけで、余計なことは一切しないし、やれないんです。ソフトに問題がなければ、ハードに不具合が生じない限り、ミスは起こり得ないんです」

「でも、そのハードが故障したら――」

「止まるようにしておけばいいんですよ。それこそシステムが不具合を感知したら、ハザードランプを点滅させて路肩に車を止めるようプログラミングしておけばいいんです。トラブル情報は、システムが管理センターに即座に通知。ですからハードが故障しても、まず事故には繋がらない。自動運転技術は、既にその域に達しているんですね」

「じゃあ、そのプログラムにミスやバグがあったら？」

会話が耳に入ったというなら答えは分かっているはずだが、あえて尋ねるのは、それほど深刻な問題だと杉本が捉えているからに違いない。

「即座に訂正、一斉送信でアップデートで終了です。つまり、稼働中の車両は、常に最新バージョンのプログラムを搭載していて、アップデートされる度に、安全性や機能が向上していくことになるんです」

問題点を指摘したつもりが、神部にあっさり否定されたせいもあってか、

「タクシー会社だけじゃなく、運送会社も、必要なのは車両だけ。人事管理や安全管理、給与計算も不要になるわけですから、ドライバーどころか事務職だって大幅に削減できますよね……」

杉本は声のトーンを落とす。

「それがいいことなのか、悪いことなのかは分かりませんけど、間違いなくそうなるでしょうね」

少しは杉本の心情を酌んでやればよさそうなものなのに、神部は容赦なく続ける。

「タクシーを呼ぶにしたって、少し前までは電話で手配してたのが、今やアプリで直近にいる車を呼べるんですよ。コールセンターでどれほどの人が働いていたかは知りませんけど、電話で手配するのはアプリが使えない高齢者ぐらいのもんでしょうから、いずれゼロになるんじゃないですかね」

「確かに、配車は圧倒的にアプリですよね……。それにその方が、我々にとってもお客さんを効率的に拾えるメリットがありますから、悪いことばかりじゃないんですけどね……」

「要は便利になる、効率が向上するってことは、そこに介在していた人間が減るってことなんです。タクシーが無人化されたら、経理だって格段に楽になりますよ。支払いはクレジットカードか電子マネーになるでしょうから、売上データの管理も人間が介在する余地はほとんどなくなります。車両管理も、車と会社のシステムをリンクさせればいいだけですし、ＥＶならばガソリンスタンドに行く必要もありません。電池の残量はリアルタイムにシステムで把握できますから、充電が必要になった時点で会社に戻るようにしておけばいいだけです」

その点も神部の言う通りになるだろう。

巷間、ＥＶは自動車にあらず。動くコンピュータと称されるが、それはＥＶが従来の自動車の概念を遥かに超えた機能を持つからだ。

その最たるものが神部が度々指摘する通信機能で、外部のシステムとリンクすることでソフトのアップデートや車両の状態把握がリアルタイムで可能になることにある。

タクシーの場合なら、利用状況はもちろんリアルタイムで把握できるし、料金の決済情報は瞬時にして運行会社に送られる。そのデータを財務システムとリンクさせておけば、日々の売上データの集計作業は不要になるし、財務諸表、決算書類、果ては納税申告に至るまで一貫してシステムのみが行うようになるだろう。

「となると、経営者は設備投資と人件費の削減を天秤にかけて、どっちが得かで判断することになりますね」

杉本の言葉に一瞬、考え込むかのように口を噤んだ神部だったが、すぐに口を開いた。

「得かどうか以前に、その流れに対応せざるを得なくなると思いますね」

「それは、どういうことでしょう？」

「だって、あと何年かすると、ガソリンエンジン車の製造自体が終了しちゃうんですよ。タクシー会社が新たに購入する車はＥＶ一択になるんです。その時、自動運転技術を搭載した車が実用化されていたら、経営者はどちらを選ぶと思います？」

「でも、海外で無人運転が許可されていても、日本もそうなるとは限らないのでは？」

「おっしゃる通り、日本は自動運転が承認される、最も遅い国になるでしょうね」

神部はあっさり肯定すると、その理由を話し始める。「ゼロ神話のせいもありますが、完全自動運転を認可すれば、大量の失業者が出ることに、政治家が懸念を示すと思われるからです。正確な数字は把握していませんが、職業ドライバー人口は、相当な数にのぼるでしょう。確たる雇用基盤を設けずして完全自動運転を認可しようものなら、時の政権与党に票を投ずる人がいなくなりますからね」

「それでも時間の問題ということになりそうですね……」

神部も僅かでも希望を抱かせるつもりで言ったのだろうが、杉本の声には暗さが増すばかりだ。

そして、深くて長いため息を吐くと、

「これでも、私、前は外資系の航空会社の事務職だったんですよ……」

無念そうな表情になって話を続ける。

「派遣法が改正された途端、会社が非正規雇用者を積極的に採用するようになりましてね。航空会社といってもLCCでしたので、人件費をいかに安く抑えるかが経営の肝です。まして外資でしたのでね。同じ仕事をやらせるのなら、給料が安い方がいいってんで、あっさり首を切られたんです」

あの当時の雇用環境の激変ぶりを思えばさもありなんだ。

当時の記憶は、今もなお津山の脳裏に刻まれている。

「そうでしたか……。派遣法の改正は日本の雇用環境を一変させましたからね。同様の目にあった方が、少なからずいたのは知っています」

気の利いた言葉も思い浮かばぬまま答えた津山に杉本は言う。

「派遣法の改正は規制緩和とセットで行われましたけど、その一つがタクシー台数の緩和だったんですよね」

杉本が指摘する通りである。

タクシー業は許可制で、過当競争を防止する観点から運行台数の総枠も規制されていたのだが、規制緩和の名の下に事実上撤廃されたのだった。

杉本は続けて言う。

「あれは、雇用対策だったんじゃないかと思うんですよ」

「雇用対策？」

「運転免許ぐらい持ってんだろが。台数緩和してやるから、タクシー運転手をやりゃあ食っていけんだろって」

被害者ゆえのひがみとも思えなくもないが、なるほどという気もしないでもない。

派遣社員の職場、業種は様々だが、オフィスワークとなると一定の技能、事務処理能力が必要になる。その点、杉本が指摘するように、タクシードライバーに必要なのは二種免許のみ。普通免許を所有していれば、取得するのはさほど困難ではない。

反論などできようもなく、黙ってしまった津山に向かって杉本は怒りのこもった声で続ける。

「私だって、五十二歳ですからね。この歳になって、運転手以外の職を探そうにも、使ってくれる先なんか簡単に見つかりゃしませんよ。この仕事がなくなったら、どうやって暮らせってんですかね。それこそ、政治がなんとかしてくれないことには、首をくくるしかありませんよ」

考えてみれば革新的新技術の登場は、根本のように知恵が働く者にとっては、千載一遇のビジネスチャンスの到来である一方、杉本のように職を失う人々を大量に生み出してしまうことに、津山は改めて気がつくと、なんとも言いようのない気持ちになった。

どう反応したものか、言葉に窮した津山だったが、

「運転手さん。そんなに悲観することはないと思いますよ」

ふと思いついたままを口にした。

「と言いますと？」

「社会が一変してしまうような環境変化には混乱がつきものです。革新的な技術の出現もそうですけど、戦争はその最たるものです。終戦直後の日本は、秩序も何もなきに等しい大混乱に陥りましたけど、ドサクサに紛れて財産を築いた人も少なくはなかったんです。そう考えると、混乱は人がのし上がる絶好のチャンスと考えられるんじゃないでしょうか」

「そうか……。そうですよね。火事場泥棒じゃないですけど、あのドサクサの中で上手に立ち回って、莫大な富を築き上げた人は少なからずいましたね。大スーパーの創業者も、確か闇市で合成甘味料を売って儲けた金を元手にしてのし上がったんでしたよね」

「それに、大成功とまではいかずとも、ひょっとしたら、タクシー業でも立派に生計が立てられるようになるかもしれませんよ」

「タクシー業で？　だって運転手がいらなくなれば――」

「運転手がいらなくなるから、ビジネスになるんですよ」

微笑んでみせた津山だったが、杉本は合点が行かない様子で、首を傾げるばかりである。

そこで津山は言った。

「個人タクシーですよ」

「個人タクシー？　いや、それはハードル高いですよ。個人タクシーの免許は――」

「ハードルが高いのは、ドライバーさんに経験と実績が求められるからじゃないですか。でも自動運転になれば、コントロールするのはシステムです。人間は運転に介在しないんですから、経験も実績も必要ないじゃないですか」

「なるほど、確かにそうなりますね」

杉本は、目から鱗とばかりに頷く。

「従来のタクシー業界は、車両を保有する会社がドライバーを雇い、給与を支払って運営してきました。つまり、タクシー会社を始めるには車両の購入、ドライバー、事務員、整備士、そして保険等々の諸経費を賄えるだけの資本力が必要だったわけです。その点、個人は少し事情が異なります。一般車両をタクシー向けに改造する費用、それに保険料を支払いさえすれば、一定の条件を満たせば開業することができたんです。その条件が撤廃されたとしたらどうなりますか？」

「車を買って、タクシー向けに改造するだけで、すぐにタクシー業が始められますね」

一旦は津山の言葉を肯定した杉本だったが、すぐに疑念を呈してきた。「でも、そんなことが実現しますかね。だって、車を業務用に改造するだけで個人タクシーが始められるなんてことになったら、白タクを認めるようなものじゃないですか。タクシー会社にとっては死活問題ですよ。業界が一丸となって大反対するでしょうし、政治家だって――」

「そのタクシー業界から、大量の失業者が出るんですよ。それも膨大な数の失業者がね」

津山は、静かな声で断じ、続けて言った。

「なるほど、今までの常識からすれば、業界も国も断固として認めはしないでしょう。でもね、運転手さん。これから先は、今までの常識が通用しない社会になるんです。白タクとおっしゃいましたが、白タクが違法行為とされている最大の理由は、安全性の担保と、事故が起きたときの補償等の問題に加えて、タクシー業界の収益に及ぼす悪影響があまりにも大きすぎるからです」

「そこは、おっしゃる通りですね」

「でも、安全性が担保されるとなれば、話は違ってくるはずです。従来通り認可制のままにしておけば、資本力がある者だけに許される特権事業になってしまうじゃないですか。しかも、無人運転を承認するのは国なんですよ。大量に出現する失業者をどうするかは政治が対処すべきなんです」

「でも、タクシー業界は断固として反対しますよ。それこそ、政治家を動かしてでも――」

「まとまった票が見込めない業界のために、政治家は動きませんよ」

津山は杉本の言葉を遮って断じた。

「えっ？」

短く漏らす杉本に向かって、津山は問うた。

「都内のタクシー台数ってどれくらいになるんでしたっけ」

「ええと、確か法人、個人合わせて四万台強……ってとこでしたかね」

「家族も含めれば六、七万。勤務シフト制だから、十万人にはなるでしょうから、立派な大企業の従業員数に相当しますよね。失業対策を講じることなく無人タクシーを認可しようものなら、時の政権与党候補に票を投じるドライバーさんがいると思います？」

「そりゃいないでしょうね。職がなくなるから、勝手に探せなんて言われたら、誰がそんな政党に票を入れるもんですか」

杉本は感情をあらわに声を荒らげる。

「一つの産業から万単位の失業者が出れば、社会問題になるでしょう。そして革新的な技術の出現が、今まであって当たり前だった仕事をなくしてしまう現実を、他の産業に従事している人たちに衝きつけることになるのです」

「現に、あらゆる産業でビジネス環境が急速に変化していますからね」

暫く黙っていた神部が口を開いた。「運転手さんは、五十二歳とおっしゃいましたけど、若い頃に通販なんか使ったことなかったでしょう?」

「そりゃそうですよ。カタログじゃ物の良し悪しなんか分かりませんし、色やサイズの問題もありますからね。それに、代金の支払いも面倒でしたから」

「それが、今ではネット通販をこぞって利用するようになりましたよね。おかげで小規模店舗はどんどん姿を消していってるし、ネット通販会社の物流センターも機械化が進んで作業員は減る一方です。リアル店舗にしたって店頭に陳列するのは、現物確認のサンプルのみ、購入品は後日宅配って店もあるんですから、小売業の就業人口も、かつてとは比較にならないほど減少してるんです」

「分かりやすいところでは、牛丼屋ですね」

津山は神部の言葉を継いだ。「オーダーはタッチパネルで客自身が行いますし、店舗あたりの従業員数も格段に少なくなりましたよね。私の世代でさえ皿洗いのバイトがあったのに、いまや食洗機ですからね」

「確かに、店という店から従業員の数が減っていますね……」

杉本は低い声で呟くと、「じゃあ、これから先は特別な技能を持たない人間は、どうやって生計を立てていけばいいんでしょう」

すがるような声で訊ねてきた。

「個人的には、大胆な規制緩和が必要だと思います」

津山は答えた。「さっき申し上げた個人タクシーはその一例です。一定の条件を満たせば、誰もが個人タクシー業をやれるとか、要は限りある資産を有効に活用して、最先端のテクノロジーを使うビジネスで収入を得る。そんなビジネスモデルを構築することが絶対に必要でしょうね」

「でも、日本の人口は既に減少に向かっているじゃないですか。今でこそ職があるから都市部に人が集まってきていますけど、技術の進歩が雇用を縮小させるのならば、そのうち都市部の人口も減っていくんじゃないですか？」

杉本の言葉が、問題の核心を衝いているのは間違いない。

返答に詰まり、口を噤んでしまった津山に杉本は言う。

「人が減れば、人手をかけずに済む技術や製品が開発される。それがまた人の減少に拍車をかけるって、地方の過疎化の構図そのものですよね」

「地方の過疎化の構図？」

思いもしなかった言葉を聞いて、津山は思わず問い返した。

「だって、地方の過疎化の原因は、雇用基盤が脆弱だから。つまり通勤圏内に職がないからでしょう？　だから若者は職を求めて故郷を捨てて都市部に出ていくんじゃないですか。あらゆる産業で雇用が縮小していくなら、そのうち国内には行き場がなくなってしまうんじゃないですか？　職がなければ結婚どころか、子供を持つなんて絶対に無理です。結果的に、日本は限界集落化してしまうんじゃないですか？　そう、限界集落ならぬ限界国家になってしまいますよ」

限界国家！

なるほど、これほど今の日本、近未来の日本を的確に表現する言葉はないだろう。

人口減少、産業構造の変化、雇用基盤の脆弱化……、いま日本が直面している問題の数々に確たる策を講じることなく放置しておけば、間違いなくこの国は巨大な限界集落と化してしまうだろう。

その言葉に、日本の近未来の姿をはっきりと見たような気がして、津山は愕然となった。

ふと、隣に座る神部に視線を向けると、おそらく同じ気持ちを抱いたのだろう。

神部もまた、暗澹たる面持ちで言葉を発する気配がない。

限界国家か……。

津山は、胸の中でもう一度呟くと、深いため息を漏らした。

3

「下条さん、今回は面倒な頼み事をして申し訳なかったね。今日は礼とわびを言いたくてやってきたんだ」

執務室を訪ねてきた前嶋が、ソファーに座るなり頭を下げた。

ＬＡＣがクライアントに提出するレポートの全てに目を通すわけではないのだが、前嶋から直々に依頼された案件である。津山からは中間報告すら受けていないのに、まるでレポートを受け取ったかのような前嶋の口ぶりである。

「えっ？　レポートはまだ上がってきていませんけど？」

「いや、もう続けていただかなくて結構です。時間を無駄にするだけなので……」

「キャンセルなさるとおっしゃるのですか？」

下条は困惑しながら改めて訊ねた。

「そういうことです」

前嶋の様子がいつもとは違う。

普段は政財界に影響力を持つ人間らしくエネルギーに満ち溢れ、それが威厳というか貫禄というか、独特のオーラを放っているように感じるのだが、今日は違う。年齢相応、どこにでもいる老人にしか見えない。

「クライアント様のご意向ですから、キャンセルされるのは構いませんが、どうなさったんですか？　よろしければ理由をお聞かせいただけますか？」

さすがに気になって、理由を訊ねた下条に、

「津山さんからは、何も聞いておられませんか？」

前嶋は問い返してきた。

「いいえ、何も……」

「まあ、昨日の今日のことですし、津山さんも、まさか私がキャンセルするとは思いもしないでしょうから、無理もありませんな」

前嶋は力のない声で言い、まるで達観したかのような静かな語り口で話し始める。「実は一昨日、ベンチャー企業を経営している若者と、面談する機会を設けていただきましてね。そこで彼の考えをとくと聞かせてもらったんです」

ああ……。津山から相談されたあのことか……。

頷いた下条に向かって前嶋は言う。

「我々の世代、というか私自身の価値観、社会観、国家観とはあまりにも異なっていて、正直いって会っている間は腹が立つことも多々ありましたが、冷静になって考えてみると、彼の言っていることが、実に的を射ているように思えてきましてね。いやあ、大変勉強になりました」

前嶋は続ける。

「津山さんも、到底私が満足するような策は見いだせないと勘づいたんでしょう。かといって、到底実現不可能な策を打ち出してお茶を濁すのも、コンサルタントとしての矜持が許さない。そこで、これからの時代を生きていく若者が、今の時代や近未来にどんな考えを持っているのか、直接話す機会を設けることにしたんでしょうな」

そこでどんな会話が交わされ、前嶋がいかなる考えを持つに至ったのか、明かされるのはこれからだ。

下条は、黙って話の先を待つことにした。

「津山さんも正直というか、誠実な人ですねえ。レポートなんて、いくらでも書きようがあったでしょうし、内容通りになるかどうかはっきりした頃には私はこの世にいないかもしれないのに」

　果たして前嶋は苦笑を浮かべ、さらに話を続ける。

「下条さん、私ははっきりと悟りました。日本という国の形を維持していくのは不可能だし、そんな考えを持つこと自体、意味がないことだとね……。我々が次世代、そしてその次の世代にしてやれること、すべきことは、日本どころか世界情勢も刻一刻と激変する真っ只《ただ》中に身を置いていることを啓蒙《けいもう》すること。そんな時代の中で生きる覚悟と、生き抜く術を身につける環境を設けることだとね」

　前嶋が本心から語っているのは間違いないのだろうが、あまりに漠然としているように思えて、

「申し訳ありません。会長がおっしゃっていることが、いまひとつ理解できないのですが……」

　下条は説明を求めた。

「日本一国のことだけを憂いたところで意味がない。少なくとも日本周辺の地勢図は今後一世紀の間に激変してしまう。他国、いや世界の状況も踏まえた上で、将来を考え、備えなければならないことに気づかされたんです」

　前嶋の話には続きがあるはずだ。

　果たして前嶋は言う。

「人口が減少しているのは日本だけではないんですよね。近隣国では韓国、中国もまた同じ。いや、これら二つの国の少子化は、すでに日本よりも遥かに深刻な状態にあるんですね」

「そりゃあ、中国は一人っ子政策を長く続けてきましたからね。実際には複数人の子供がいる家

庭もあるようですが、逆に子供がいない家庭もあるはずです。つまり一組の夫婦から、一人しか子供が生まれないのですから、合計特殊出生率は一・〇前後。世代を重ねる度に新生児人口は半減してきたことになります。韓国の少子化も深刻な問題だと随分前からいわれていますので

――」

「深刻な問題とおっしゃいますが、下条さん、韓国の合計特殊出生率をご存じですか？」

前嶋は下条の言葉を遮って問うてきた。

正直なところ、具体的な数字までは把握していない。

「私も自国のことだけに目が行って、全く無関心だったのですが、韓国は最近〇・七台に入ったというんですね」

「〇・七台？　それじゃ一組の夫婦から、一人ちょっとの子供しか生まれないってことですか？」

「他国の状況はメディアも積極的に報じませんのでね。私も根本君から聞かされるまで全く知らなくて、聞いてびっくり、調べてびっくり。実際その通りなんですな」

「でも、そんな状態がこのまま続けば……」

続きを口にするのが恐ろしくなって、下条は言葉が続かなくなった。

「三世代後には、韓国の人口は現在の六パーセントになるといわれているそうです」

「六パーセント？」

「それで、国が保ちますか？」

「保つわけありませんよ。だって韓国の人口は確か五千二百万人弱。その六パーセントといった

ら三百十二万人。横浜市が三百七十万人ですから、それを遥かに下回ってしまうことになるんですよ。しかも年を経るごとに若者が少なくなっていくんですから、どう考えたって人口が増えるわけがない。国家存亡の危機どころか、消滅の危機じゃないですか」

「中国は韓国ほど急激ではありませんが、一・〇は絶望的な数字には違いありません。もちろん政府もそこに気がついたからこそ、一人っ子政策を廃止したのでしょうが、時既に遅しというやつでしょうね。少子化の怖さというのは、一旦流れができてしまうと、そう簡単には変えられるものではないということでしてね。なぜなら、要因は様々なれど、国民のライフスタイルが少子化を前提にしたものに変わってしまうんですから」

深刻、かつ絶望的な見解なのだが、さすがは前嶋、実に面白い視点だと下条は思った。

下条は既婚で、息子が一人いる。

新卒と同時に日本の銀行系のシンクタンクに就職し、五年勤務した後にアメリカのビジネススクールに留学、MBAを修得した。夫とは留学中に知り合い、帰国後に結婚したのだったが、LACに職を得たばかりということもあって、子供を儲けたのは三十八歳の時だった。

「ライフスタイルといえば、日本の場合男女共に晩婚化が進んで、第一子出産年齢の高齢化も進んでいますのでね。実際、私も三十八歳で出産しましたから、仕事と育児の両立は本当に大変でしたし、そもそも妊娠が分かった時には医師から、この年齢での自然妊娠は奇跡だなんだと言われましたからね」

「奇跡……ですか？」

前嶋は、きょとんとした顔をしてその理由を訊ねてきた。

「生殖適齢期というのがあるそうでしてね。寿命は延び続けていますし、外見上は老化の速度も遅くなっていると思われがちなんですが、人間の身体能力は昔から全く変わっていないのだそうで」

「ほう……そうなんですか。それは初めて聞きますね」

前嶋は興味を引かれた様子で、身を乗り出してくる。

「そりゃそうですよ。今の時代に、そんなことを公言しようものなら、『女性は子供を産む道具か』って、世間から猛バッシングを受けますもの。それに、若くして子供を儲けたとしても、学校行事はもちろん、校外活動のスポーツや稽古事でも、親の出番が本当に多いんですよ。加えて、早ければ小学校、中学校受験は都会では当たり前ですからね。日々世話に忙殺される上に、大変な出費を迫られることになるんですから、二人目なんて、とてもとても……」

下条は自らの体験を語った。

「なるほど、今の時代の子育てには経済力が必要ですな。なのに、ここ二十年間は平均所得も全く上がっていないし、余裕が生じた頃には、それこそ生殖適齢期を過ぎてしまっていることになるわけですか……。それじゃあ、少子化が改善されるわけがありませんな」

諦観した表情を浮かべ、ため息をつく前嶋に下条は言った。

「所得については日本企業の賃金体系……というか雇用制度そのものが根本的に変わらない限り、若い世代の収入が劇的に変わることはないでしょうね。でも、ベンチャーの中からユニコーンが続々と生まれることにでもなれば、ひょっとするとひょっとするかもしれませんよ」

「ユニコーン？」

その言葉に、前嶋はハッとしたように反応する。

「アップルのように、小さなベンチャーが一大企業に成長したのを伝説の動物に例えてユニコーンと称するのですが、この手の企業には古くからのしがらみが一切ありません。人材の登用、個々の従業員の報酬にしても経営者の裁量で決めることができますのでね」

「人材の登用を採用と置き換えれば、解雇も当然そうなるわけですね」

下条は頷き、

「その点では、プロスポーツ選手との契約。例えばＭＬＢの契約形態に似ているかもしれませんね」

そう前置きすると話を進めた。「日本企業において、若い社員の給与が低く抑えられているのは、年功序列というよりも、終身雇用制度の名残だと言った方が当たっているのではないかと思うんです」

「と言いますと？」

「終身雇用制度の下では、どこまで昇進するかによって差が生ずるとはいえ、生涯賃金の基本ベースはほぼ決まっているんですね。それに、結婚適齢期と称されたように、一定の年齢で結婚し、家庭を持ち、子供を儲け、家を構える。つまり勤め人の生涯がパターン化されていた時代が長く続いてきたんです。だから、終身雇用を前提とした場合、年齢を重ねるにつれ賃金が上がっていく従来の制度下では、従業員も生涯設計を描きやすかったんです」

「なるほど」

感心した様子で呟く前嶋に、下条はさらに続けた。

「ところが、まだまだ簡単に首は切れないとはいえ、今や終身雇用を保障していたのでは、企業経営が成り立たない時代です。なのに、いまだ日本の大企業の大半が、勤続年数に準じた賃金体系を維持しているんですね。その結果、生涯賃金という指標が、人生設計を立てる上で、全く役に立たないものになってしまった。大企業に職を得ても、いつ仕事を失うことになるかわからない。将来が予測できない環境下で、働かなければならなくなってしまったんですね」

「全くその通りだねえ……」

前嶋は、しみじみと漏らす。「しかし社歴の長短を問わず、能力がある者、実績を上げた者に、手厚く報いるとなると給与体系を根底から見直さなければならなくなる。当然、それまでの体系の中でやってきた、社歴の長い従業員は猛反発するだろうねえ……」

「その点、ベンチャーは全く違います。特に最先端技術を使ったビジネスにチャレンジしているベンチャーは、スピードが成否を分けることを重々承知していますからね。高いスキルを持った人材の登用が必須なら、先端技術の進歩が早い分だけ、時間の経過とともに求められるスキルも違ってくることも頻繁に起こり得る。つまり、活発な新陳代謝なくして生き残れないことをベンチャー経営者はよく理解しているんです」

「つまり、せいぜい四十歳前後で引退を迎えるMLBプレーヤーのように、活躍が大いに期待される人材は、端から高報酬で迎え入れる。その代わり、もはや報酬に見合わないとみなせば、その時点で解雇するというわけですな」

「もちろん皆が皆、卓越したスキルや才能を持っているわけではありません。ならば凡百の人間はどうすればいいのだという声が必ず出てくるでしょう。でも、ユニコーンとはいえ、企業には様々な仕事がありますからね。傑出したスキルや才能を持った人間が、会社をさらなる発展に導く原動力になれば、そうした人たちを吸収できる仕事も生まれ、雇用も維持されることになると思うのです」

4

下条の話を聞いているうちに、前嶋の脳裏に浮かんだのは、クランベリー・ラボの雇用形態である。

「津山さんにご案内いただいたベンチャー企業の運営形態がまさにそれでしたね」

前嶋は、いまさらながらに根本の先見の明を思い知らされたような気がして、思わず漏らした。

「その時々のプロジェクトによって、求められる人材は違ってくる。だから正社員は採用しない。都度、最適と思える人材を集めて、離合集散を繰り返しながらプロジェクトを進めていくのだと……」

「そんなことを言っていたんですか？」

さすがの下条も、少し驚いた様子で目を見開く。

「しかも休学中の学生。二十一歳の若者がですよ」

「二十一歳？」

下条は驚愕し、声を張り上げる。

「彼は、自分が手がけているベンチャーをユニコーン企業にするのが夢だと言っていましたが、なるほどねえ。ユニコーンになるってことは、上場するってことですからね。創業者はもちろん、集まってきたメンバーには、応分の成功報酬に加えてストックオプションも与えられるでしょうから、上場時には多額の対価を得るでしょう。ＭＬＢの選手のように、若くして余裕を持って生涯を過ごせるほどの財産を手にすることも、夢物語とは言えないわけです」

「その子。すごいですね……」

下条はすっかり感心した様子で唸るのだったが、その思いは前嶋も同じだ。

「正直なところ、現実社会の厳しさを経験していない若造が生意気言うなと少々頭にきたもので、話をしている時は、深く考えることができなかったのですが、冷静になってみると、彼が語ることはいちいちもっともなんですな」

「私も時々のプロジェクトによって、都度最適と思える人材を集めて、離合集散を繰り返しながら仕事を進めていくという考えは、これから先の企業経営において、実に的を射たものだと思いますね」

「ただね、下条さん……さっきも言いましたけど、問題は、こんなことができるのもベンチャーなればこそ。大企業には、まず通用する理屈ではないことなんです」

「分かります。最近では、年齢にかかわらず有能な人材を高額で迎え入れる大企業も現れていますが、別会社を設けた上での採用ですからね。本社の賃金体系の中に特別枠を設けただけでも不満が爆発することを恐れている証拠ですよ」

「それともう一つ、根本君と話していて、改めて確信したのは、高齢者がいつまでも組織の上に居座ることの害です」

「彼に何か言われたのですか?」

「今回の件を依頼した時に、下条さんにお話ししたのと同じことなんですけどね……」

前嶋は苦笑いを浮かべながら続けた。

「自分で言っておきながら、他人、それも二十歳そこそこの若者に指摘されると、さすがにカチンときたんですが、彼の見解には耳を傾けるものがあったのは事実です」

前嶋は正直に答えた。「大企業のサラリーマン社長は、入社以来何十年も激烈な出世レースを勝ち抜いて、ようやく地位を手にしたんです。そりゃあ、できるだけ長く続けたいと思うでしょうし、会長、相談役となって会社に留まりたいとも思いますよ。そして、後釜を虎視眈々《たんたん》と狙うのは役員だけではありません。部長、課長だって、あわよくばとさらなる出世を切望しているんです。つまり、順番待ちの社員はごまんといるわけです」

「まして、純血主義、年功序列がまだまだ色濃く残っているのが、日本企業ですからね。内部の出世争いは、ますます激化することになりますね」

「それは、何も企業社会に限ったことじゃない。政治の世界もまた同じだと、根本君は言いましてね。これだけ、すさまじいスピードでテクノロジーが進化し、ビジネスはもちろん、社会環境が変化していく時代に、高齢のリーダーがついていけるのか。中長期的ビジョンに基づいて国家を導いていけるのかとね……」

下条がすぐに言葉を返してこなかったところからして、彼女にも共感できる部分があったのだろう。

前嶋は、そのまま話を続けることにした。

「それに、こうも言われましたね。日本の文化や伝統を守りたい。そのためには、少子化に歯止めをかけなければならないと言っけれど、そもそもこんな社会にしたのは、あなた方の世代、そしてその前の世代と先達が行ってきたことの結果ではないか。それを今になって、なんとかしないと大変なことになると、解決を若い世代に求めるのは、あまりにも虫がよすぎると」

「そんなことまで……」

さすがの下条も絶句するのだったが、

「いや、これには参りました。同年代の方々がどう思うか分かりませんが、少なくとも私は、一理も二理もあると思いましたね」

何か言いたげな下条を制して、続けて言った。

「人間の社会には歴史があります。そして歴史には継続性があります。つまり、一世代で完結するものではない以上、新しい世代は先人が作った社会をベースとして生きていくことになるんです」

話が俄に哲学めいてきたが、難しい話をしているわけではない。

果たして下条は言う。

「おっしゃる通りですね。現行の法律、教育システム、企業、官公庁の組織のあり方、生活慣習、文化も、先達が永々と築いてきたものがベースにあって、時々の時代を生きる人たちが、守るべきものは守り、変えるべきものは変えてきたのですからね」

「時代の変化がスローだった頃は、それでも対応できた。先達の知の積算、知見、経験も大いに役立った。でもね、この二十年、特にインターネットが出現してからというもの、猛烈な勢いで世の中が変わり始めたんですね」

「確かに、インターネットの出現は、産業革命以上の影響を人間社会に与えたように思いますね」

「人類は二度の産業革命を経験してきましたが、いずれも火を用いるものでしたから、コンピュータ、インターネットの出現は情報化社会を急速に発展させたという観点からすると、第三次産業革命ともいえると思うんです」

前嶋は、そう前置きすると、続けて本論に入った。

「ただ、第一次、第二次の産業革命と根本的に異なる点は、二つの革命が新たな産業を創出し、膨大な雇用を生んだのに対して、コンピュータ、インターネットの出現は、雇用の創出どころか雇用を縮小させ、職業寿命を縮めることになったと思うのです」

論の妥当性を検証しているのだろう。暫しの間沈黙し、考え込んだ様子の下条であったが、やがて口を開くと、

「おっしゃる通りかもしれませんね。パソコンの普及とともに、三人でやっていた仕事が二人になり、一人でもやれるようになった仕事はいくつもありますし、ネットが社会に浸透するにつれ、多くの業態で拠点、労働の集約化が顕著になっていますからね」

「つまり、新産業の出現が新たな雇用の創出に繋がったのは過去の話で、これから生まれてくる新産業は、雇用の創出には大きく貢献しない。もう、我々世代の知恵や知見、経験則など役には立たない時代になりつつある。そう考えるようになったわけです」

下条は困惑した様子で、口を噤んでしまった。

当たり前である。肯定すれば、もはや高齢者に出る幕はないというのも同然だし、否定するなら取ってつけたような理屈を並べなければならなくなるからだ。

「よくよく考えてみれば、もはや国内人口を増やすなんていうのは、どだい無理な話なんですな。住環境一つとっても、既に子供を二人儲けるのが難しくなってしまってるんですから」

「それは、どういうことでしょう？」

「根本君と会ってから、日本の人口分布図を見てみたんですよ。そうしたら、既に東京、大阪、名古屋の三大都市圏近郊、それに福岡、札幌、那覇近郊の人口だけで、総人口の半分に達しているんですね。いいですか、日本の総人口の半分ですよ」

前嶋が念を押すと、

「それは知りませんでした……。たったそれだけの都市圏近郊に人口の半分が集中しているんですか……」

下条は、驚きをあらわに絶句する。

「東京在住で、新たに住居を購入する人たちには都心のマンションが人気ですけど、ファミリー向けの間取りは2ＬＤＫが圧倒的に多いんです。それも、寝室以外の一部屋は、せいぜい六畳かそこら、しかも江戸間ではなく団地サイズですから、二人の子供が共有するのには狭すぎます。先に、ライフスタイルが変化したと言いましたけど、これも、もはや子供は一人が前提となっていることの表れといえるんじゃないかと思うんです」

「なるほど、居住空間の広さですか……」

改めて気がついた様子で下条は頷く。「居住スペースの広さは販売価格、家賃のいずれにも大きく影響しますからね。デベロッパーだって、新築物件は完売が見込める価格帯をメインにしますから、ファミリー向けの間取りも2ＬＤＫが中心になるんでしょうね」

「しかも、職は都会に集中していますからね。結婚して子供を持とうとすると、住環境のことが頭に浮かぶんじゃないかと思うんです」

「子供が学齢期に差し掛かれば、独立した部屋を与えたいと思うでしょうからね」

「もちろん、一戸建てを購入するという手もありますが、教育費、特に塾や稽古事の学校外教育に係る費用は、どこに住もうと大差なし。所得が二十年以上も頭を打っている日本の賃金事情を考えれば、とても二人目どころの話ではないということになるんですね」

5

前嶋の口を衝いて出てくるのは否定的、かつ絶望的見解ばかりだ。

そこで下条は問うた。

「それでは、もはやお手上げ。日本の少子化対策に効果がある策はないと、会長はお考えになったわけですか？」

仕事を依頼してきた時には、あれほど危機感と焦燥感をあからさまにしていた前嶋が、清々《すがすが》しさすら感じさせる表情を浮かべている。

前嶋は言う。

「先ほど、すでに日本の総人口の半分が、ごく限られた大都市の近郊に集中していると言いましたが、さらに年を経ると東京、大阪の二つの都市に集中してしまうと予測されているんです」

「たった、二つの都市に？」

これも耳にするのは初めてだ。

下条は驚いて、思わず問い返した。

「でもね、それは日本だけに起こる現象ではないんです。先に言ったように、韓国は日本より遥かに速い速度で人口の減少が進むでしょうし、中国もまた然り。少なくとも、日本を含めた近隣三カ国で人口減少が深刻化していくのは避けられないのです」

「おっしゃる通りですね。韓国の合計特殊出生率は既に〇・七台、中国は約一・〇ですからね。これら二つの国は日本よりもはるかに厳しい学歴社会ですし、一般庶民の住宅事情も日本より厳しいですものね。複数人の子供を持つライフスタイルに戻るとは考えにくいこともありますが、そもそも内需が細るわけですから、確実に人口は減少し続けるでしょうね」

「それともう一つ、人口の回復を妨げる決定的要因があるんですよ」

「それは、何でしょう？」

「テクノロジーの進歩です」

前嶋は言う。「今後、どんな新技術が現れて、世の中をどう変えてしまうのかは想像もつきませんが、根本君に『人間が目指しているのは、労働からの解放だ』と言われて初めて気がついたんです」

前嶋の言葉が胸に突き刺さった。

確かに言われてみればその通りなのだ。

自動運転技術を実用化している国は、現時点でさえ既にある。ホテルにしても受付、ルームサービス、掃除をロボットが行うホテルが日本でさえ存在する。最先端の物流施設では、保管品を運ぶのはロボットで、人間が行う作業は極めて僅かだ。

経営的見地からすれば、固定費の最たるものである人件費を最低限に抑えるのは絶対的に正しい。そしてビジネスチャンスはニーズのあるところに生ずるものである以上、人間に代わるテクノロジーは進化し続けるに決まっている。

「人間が目指しているのは、労働からの解放ですか……。確かに、その通りですね。実際、ロボット技術の進歩は著しいものがあります。そう遠からずして人間型のロボットが実用化されるでしょうし、あらゆる職業で人間の労働からの解放が進む可能性はありますね」

当然の帰結というものだ。

いま現在進行中の、人間に取って代わる技術開発は枚挙にいとまがないし、そう遠からずしてそのほとんどが実用化されるのは間違いないのだ。

果たして前嶋は言う。

「携帯電話が一般に普及し始めて四半世紀も経たないうちに、通話端末に過ぎなかったものにメールの機能がついて、カメラがついた。スマホになったら、携帯型の極小コンピュータですよ。携帯電話が現れた当時、こんな世の中が来るなんて、誰が想像できたでしょうか」

「おっしゃる通りです……。まさに、気がつけばというか、振り返ってみればというか、電波の空白地帯なんてほとんどなくなりましたし、海外だってほとんどの国と直接繋がるようになってしまいましたからね。画像や動画だって、リアルタイムで発信できますし、ほんと、あの当時の感覚ではＳＦの世界です……」

「その、気がつけば、後で振り返ってみればという大きな変化が、これからの社会で起きるのは間違いないんです」

前嶋は断言する。「老人介護の現場でロボットが導入されれば、介護要員はほんの僅かで済むようになるでしょう。工場、店舗、物流施設、車や鉄道の運転手も同じです。そして今、人手不足といわれる業界にこそ、人間に取って代わる技術のニーズがあるのは確かなんですから、そう考えると——」

「労働に対する概念、いや、労働の対価で生活を成り立たせるという概念というか通念そのものが成り立たなくなるというわけですね」

下条は前嶋の言葉を先回りした。

「ここから先は、ＳＦの世界のような話になるんですけどね」

前嶋は照れくさそうに言う。「若年層の人口減少は、労働力の減少を意味します。労働力が不足すれば、それを解消する技術開発に拍車がかかる。でもね、それも悪いことばかりではないように思えてきたんです。なぜなら、慢性的な人手不足に陥っている職業にとっては、人間に代わる機械の出現は福音以外の何物でもないからです」

「それは、どういうことですか？」

下条は怪訝な表情を浮かべ、問い返してきた。

「人口減少に直面している国は、日本だけではありません。中国、韓国だって同じですが、その一方で、世界の人口は爆発的に増加しているんですね。そこで懸念されているのが、食糧の供給問題なんです」

「先ほど、将来の日本の人口分布予測では東京、大阪の二つの都市に人口が集中してしまうとおっしゃいましたが、その他の空白地帯を農地として整備し、最先端の技術をもって機械化すれば、農業生産国となる可能性も出てくるというわけですね」

さすがは下条、勘が鋭い。

「農業というと、多くの人は微妙な顔をするでしょうが、時の最先端技術を取り入れた農業は、今までとは全く異なるものになるはずです。実作業のほとんどは機械が行うことになるでしょうから、それこそ肉体を酷使する労働から人間は解放されることになる。農耕地に適さなければ、多層階の野菜工場を建設して屋内栽培を行えばいいし、そうなれば豪雪地帯でも年間を通して野菜を栽培できますからね」

「野菜工場は現実的なアイデアだと思いますね。実際、キノコ栽培のほとんどは工場化されていますし、イチゴや葉もの野菜の栽培も既に始まっていますからね」

「そこに日本人の向上心、改良改善への強い熱意が加われば、シャインマスカットを始めとする果物で知れたこと、味、品質に優れた品種が次々に開発されるんじゃないかと思うんです。そして劇的に変わるのが、農業従事者の就労可能年月、職業寿命です。肉体的な負担が大きい仕事は機械が行う。人間が管理するのは機械のオペレーションが主となれば、最小限の人員で、最大限の収穫が得られ、生産性は劇的に向上する——」

「結果的に、従業員の収入も上がるというわけですね」

またしても先回りした下条に前嶋は言った。

「介護もまた然りでしてね。立地や設備のグレードによって入居費用に差が生じるのは仕方がないとしても、介護をロボットが行うようになれば、日々のケアのクオリティに違いは出なくなるはずです。つまり、人件費を最小限に抑えることによって、財力のいかんにかかわらず同レベルの介護が受けられるようになるでしょう」

「労働が軽減化されれば職業寿命が延び、生涯賃金も高くなる。人間に代わってロボットが介護するとなれば、施設の入居費用も格段に安くなるでしょうからね」

「もちろん、そうなるまでの移行期間をどうするのか。さらにロボットに介護を任せることに抵抗を覚える方はたくさんいるでしょう。解決しなければならない問題は多々ありますよ。でもね、人口減少が避けられないものであり、そして技術の進化がこれからも続く限り、時々の先端技術をどう活かすかを考えるべきなんです」

「おっしゃる通りだと思います」

下条は大きく頷く。「新技術がビジネスチャンスを生むものである限り、技術の進歩を止めるのは不可能です。ならば、その技術をいかにして活用し、万人を幸せにするかを考えるべきだと私も思います」

「老害という言葉こそ使いはしなかったけれど、根本君の指摘はもっともですよ。もはや過去の経験則も、知見も知恵も、ほとんど用をなさないほどのスピードで社会は変化してるんです。そう考えると、そんな状況下にありながら、自分の力で将来の道を切り拓こうとしている根本君が頼もしく思えてきましてねえ」

それは、偽らざる前嶋の本心だった。

会話を交わしていた最中は、無礼なやつだと思った。社会の何たるか、組織に属したこともない、二十一歳の若造が知った口を利くなとも思った。

しかし、根本のオフィスを辞して一人になって考えてみると、そんな思いを抱いたのも、彼の指摘がことごとく的を射ていたからだということに前嶋は気がついたのだ。

実際、メタバースにしてもSFの世界さながらの技術だと驚きはしたものの、これがいかなるビジネスを生み、世の中をどう変えていくのかとなると皆目見当がつかない。NFTに至っては、どう考えてもビジネスになるとはいまだ理解できないでいる。

しかし、自分には見えなくとも、根本には見えている。そして、自分の足で、将来を切り拓こうとしているのは紛れもない事実であり、前嶋はそこに希望を見たのだ。

「彼らのような人間たちが、これからの時代を率い、社会を造っていくんです。他国でベンチャーを手がけている、あるいは志している若者たちが、彼と同じ考え、同じ思いを抱いているのなら、それこそ素晴らしい未来が開けるんじゃないかと思うんです」

前嶋の言葉を聞いた下条が、二度、三度と頷く。

そして、口元に穏やかな笑みを浮かべると言った。

「そう考えると、今現在世界をリードしている国の人口が減少に向かうのも、あながち悪いことばかりではないように思えてきますね」

下条が言わんとすることが、言葉からだけでは理解できない。

「それはなぜです？」

「人口の多さが国力に直結し、指導者の野心を掻き立てるように思えるからです」

「なるほど」

　下条の考えには、やはり傾聴すべきものがある。

「万事において数は力なんですね。つまり、人口が減少するにつれ、日本、中国、韓国の三カ国のみならず、おしなべて減少傾向にある先進国にとって、国をいかにして維持するかが最大の問題となるはずです。だって、そうじゃないですか。肝心の国民が減少する一方では、覇権を夢見たって意味がありませんからね」

「つまり、日中韓の人口減少は、地域に安定をもたらす可能性があると？」

「まあ、例の国がありますし、ロシアだってお隣さんには違いありませんので明言はできませんが、少なくとも同じ問題を抱えたら、個々で対策を講じるよりも、一致団結して対処するのが効率的、かつ効果的なのは間違いないのですから」

「しかし、国家体制が――」

「その点は、予測が難しいところですが、その根本さんでしたっけ、彼のように国家の枠を超えて活躍する人たちが、これから続々と生まれてくるのなら希望は持てますね。もしそこに国家が介入し、ビジネスの成長を妨げるような兆しがあれば、それはそれで日本にはビッグチャンスの到来ということになりますよ。ベンチャーの経営者は権力の介入、束縛を嫌いますからね。日本がベンチャー特区を設け、海外の起業家に永住権、あるいは国籍を与える体制を整備すれば、喜んでやってくるんじゃないでしょうか」

「つまり、ベンチャー企業の経営者を志す若者に、いかに快適な環境を整えることができるかに、国の将来がかかってくるというわけか」

「既に、それを政策として行っているシンガポールに、多くの日本人経営者が居住しているのがその証しです」

下条はそこで一旦言葉を区切ると、顔の前に人差し指を突き立て、「これは、大変大切なことです」と念を押すように言い、話を続けた。

「根本さんのように、メタバースやNFTに取り組むベンチャーがいる一方で、もう一つ彼らが巨大なビジネスチャンスがあると狙っている分野があります」

「それはどんな？」

「宇宙です」

下条は、真剣な眼差しを向け、キッパリと断言した。

「宇宙？」

宇宙産業に巨大なビジネスチャンスが眠っているのはもちろん知っているが、前嶋には話が大きすぎてピンとこない。

「国家プロジェクトとして月面探査が行われ、人間を再び月に送り込む計画が既に公表されていますが、宇宙を利用したビジネスが今後急速に成長していくのは間違いありません。そして先にも申し上げましたが、巨大な市場が生まれる分野には、才能、人材が集まり、資金が集まるものです。その点、宇宙産業の市場はまさに天文学的大きさなのです。なにしろ、七千兆円を超えるとさえ言われておりますのでね」

「七千兆円？」

途方もない金額を聞いて、前嶋の声が裏返った。

「しかも、まずは巨大な宇宙ステーションを建設し、二〇五〇年には月面に定住施設を造り、人間を住まわせることを計画しているベンチャーも現に存在するのです。それも、日本にですよ」

途方もない夢を抱き、夢の実現に情熱を燃やす若者が、この日本にいる。

その事実を聞かされただけで、前嶋は胸が熱を帯びてくるのを感じた。

「宇宙開発は国家の威信をかけたプロジェクトと言われてますが、本当のところは国家ではなく為政者の威信といった方が当たっていると思うんです」

なるほど、さすがは下条、その通りだ。

頷いた前嶋に下条は続ける。

「だからこそ、月面にいち早く自国民を送り込み、自国の領土として資源を独占する。そんな野望を剝き出しにして、先陣争いを繰り広げているわけです。でもね、会長。ベンチャーの経営者たちは、為政者の野心なんか関係ないんです。もちろん、大金を摑む野心を抱いているのは否定しませんが、彼らの野心が叶うことは、そこに大きな産業が生まれ、雇用が生まれるということと同義なのです」

世界全体のGDPは、二〇一九年で約八十六兆ドルだから、宇宙産業ひとつが、現在の世界経済の規模に匹敵する市場を創出するといっても過言ではない。まさに空前絶後の新産業が誕生することになる。

「そんな夢や野心を抱くベンチャー経営者たちが、この日本に住むようになれば、あるいは国の枠を超えて夢の実現に邁進《まいしん》するようになれば、当面の間厳しい時代が続くとしても、いずれ素晴らしい時代がやってくるんじゃないかと私は思うんです」

下条の話を聞きながら、前嶋の脳裏に一つの言葉が浮かんだ。

誰のものかは思い出せないが、こんな言葉だ。

「現代は先を読めない者にとっては悲劇。先が読める者にとっては喜劇」

いま日本が直面している状況がこのまま続けば、悲劇に繋がることは間違いない。しかし、その先に開けるであろう未来に思いを馳せると、一時的なことに過ぎないように思えてきた。

下条は言う。

「ベンチャーをやっている若者に、国家なんて概念は存在していないのは事実だと思うんです。いや、彼らのみならず、ネットネイティブ世代には、国家という枠組みで物事を考えること自体が、とっくの昔に限界を迎えているんじゃないでしょうか。私には、そう思えるんですが……」

下条の言葉が、妙に腑に落ちる。

国家という枠組みで、物事を考えること自体が、とっくの昔に限界を迎えているのか……。

前嶋は、その言葉を胸の中で反芻《はんすう》しながら、下条の背後に見える、東京の街並みに目をやった。

窓越しに見える高層ビルの群れに、雲の切れ間から真昼の太陽が降り注ぐと、ガラス張りの壁面が、眩《まばゆ》い光を放った。

前嶋は、そこに希望の光を見た思いがして、いつの間にか口元に笑みが浮かんでいるのに気がついた。

本書は実際のデータやニュースをもとにしたフィクションです。登場する団体名、人物名等はすべて仮名です。

初出
「小説推理」二〇二二年三月号～二〇二三年二月号
書籍化にあたり、加筆・修正をしました。

楡 周平●にれ　しゅうへい

1957年岩手県生まれ。慶應義塾大学大学院修了。米国企業在職中の1996年に発表した国際謀略小説『Cの福音』がベストセラーになる。翌年、小説執筆に専念するため米国企業を退社。「朝倉恭介」シリーズや『無限連鎖』をはじめとするサスペンス小説など幅広い作風で人気を集める。05年の『再生巨流』以降は経済小説を精力的に執筆。近著に『終の盟約』『食王』『ヘルメースの審判』『黄金の刻　小説 服部金太郎』『日本ゲートウェイ』などがある。

限界国家《げんかいこっか》

2023年6月24日　第1刷発行
2023年7月24日　第2刷発行

著　者――楡《にれ》 周平《しゅうへい》

発行者――箕浦克史

発行所――株式会社双葉社
東京都新宿区東五軒町3-28　郵便番号162-8540
電話03(5261)4818〔営業部〕
03(5261)4831〔編集部〕
http://www.futabasha.co.jp/
（双葉社の書籍・コミック・ムックが買えます）

DTP製版――株式会社ビーワークス

印刷所――大日本印刷株式会社

製本所――株式会社若林製本工場

カバー印刷――株式会社大熊整美堂

ISBN978-4-575-24637-7 C0093